玩儿

于谦 著

湖南文艺出版社
HUNAN LITERATURE AND ART PUBLISHING HOUSE

博集天卷
CS-BOOKY

图书在版编目（CIP）数据

玩儿 / 于谦著 . — 长沙：湖南文艺出版社，2018.3（2022.1 重印）
ISBN 978-7-5404-8403-3

Ⅰ . ①玩… Ⅱ . ①于… Ⅲ . ①散文集－中国－当代 Ⅳ . ① I267

中国版本图书馆 CIP 数据核字（2017）第 287205 号

上架建议：畅销 | 文学

WANR
玩儿

作　　者：于　谦
出 版 人：曾赛丰
责任编辑：薛　健　　刘诗哲
监　　制：蔡明菲　　邢越超
策 划 人：成　果
特约策划：董晓磊
特约编辑：尹　晶
特约营销：殷　浩
营销编辑：霍　静　李　群　　张锦涵　　姚长杰
封面设计：黄　海
设计支持：潘雪琴
版式设计：张丽娜
作家经纪：新果文化
出版发行：湖南文艺出版社
　　　　　（长沙市雨花区东二环一段 508 号　邮编：410014）
网　　址：www.hnwy.net
印　　刷：北京中科印刷有限公司
经　　销：新华书店
开　　本：880mm×1230mm　1/32
字　　数：200 千字
印　　张：10
版　　次：2018 年 3 月第 1 版
印　　次：2022 年 1 月第 8 次印刷
书　　号：ISBN 978-7-5404-8403-3
定　　价：49.80 元

若有质量问题，请致电质量监督电话：010-59096394
团购电话：010-59320018

目　录

再版自序

时间过得好快，一转眼，《玩儿》一书出版有五年了。之前想的只是把自己的经历做个记录，分享给爱玩儿的朋友们。毕竟这种爱好也算小众，落在文字上就更不会有太多人有兴趣去读了。但事实出乎我的意料，书的销量非常不错，竟然拿了中信出版社当年的图书最佳销售奖。这使我很高兴！高兴的主要原因并不只是因为销量，而是因为我在书中想表达的理念能被更多人认可。

不瞒各位，写书之前，我一直认为我的经历属于特立独行，我的想法在大众眼中也近乎旁门左道。这种想法是我从小到大在逆反中形成的，虽然我从中体会到了无穷的乐趣，但毕竟不会被很多人所接受。但现实告诉了我，每个人的性格当中都有一种相同的天性，那就是和自然和动物的亲近，尤其是在现在这种紧张的工作生活中，残酷的竞争和压力下，这种心态能带给自己轻松和快乐。然而很多人在工作和生活的逼迫下，压抑了自己的天性，忘记了人原本应该这样生活。很多朋友给我留言，说羡慕向往这种生活。我非常高兴能给您提个醒，让您想起了生活不只是工作和付出，同时还有享受和回报。还有一部分朋友认为这种生活要靠雄厚的经济基础。这我不抬杠，有钱才能更好地玩儿。但我书中想说的东西跟钱真的关系不大。我想说的是有钱没钱都要玩儿，有的玩儿没的玩儿都要让自己的生活丰富多彩！实际上我所说的玩儿，是一种心态！有了这种心态，您无论在什么情况下，都能让自己活得真实而潇洒。真的。不信您就再买一本，再看一遍，体会体会。再体会不到就再买一本，循环往复，相信您总能体会到的。

最近大家给我的留言大多说的是：书买不到了，实体店和网上都没有了。我挺奇怪，开始还以为书中涉及了什么敏感言辞，仔细一想，没有呀，写的都是动物的故事呀！而且就连动物的交配我都没有描写呀！后来一问才知道，是已经售完了，并且版权也已到期，无法再加印了，我心里这才踏实下来！

随之而来的问题就是出版社联系我要求再版，并且这次想做精装版。他们的理由是经典书籍应该出一版精装的。我倒不这么认为，我的理解是：之前想看的您也看过了，真心喜欢的朋友您可以留一本精装版，首先是便于保存，今后也可以随时翻看一下，和朋友交流一下养宠物的心得。当然，不喜欢的朋友您也可以买一本，见到我的时候要想拿书砍我，精装本能砍得更疼一点儿！

于　谦

序

他活得比我值！

三百六十行，行行出状元，哪行出色都能成家。说相声说好了叫表演艺术家，唱歌唱好了叫歌唱家，唱戏唱好了叫戏曲家，同样，玩儿好了叫玩儿家。

玩儿家有很多，玩儿的种类无数，各有巧妙不同。虽说玩儿家众多，但我只认识一位，德云社的官中大爷——于谦。

和于谦师哥相识十余载，合作极其愉快。台上水乳交融，台下互敬互重。抛开专业，谦哥在"玩"一字上堪称大家。

有人觉得玩儿充满贬义，认为玩物丧志云云，其实这才是无志之举。玩儿是一种境界，也是一种生活态度，更是建立在高标准的生活质量之上。试想：进村儿来有只鸡还得抢着吃了，他懂得什么叫贵族鸽子？说玩物者丧志，也没见不玩物者干成什么大事儿呀！

在我的记忆中，好像沾玩儿的事儿，谦哥没有不玩儿的。天上飞的，地下跑的，草窠里蹦的，水里游的，各种活物一概全玩儿！文玩类也应有尽有，核桃、橄榄子、扇子、笼子、葫芦、手串儿，头头是道，珍藏无数。

豆棚瓜下，鸟舍马圈，谦哥常常一待就是一天。兴之所至，更邀上三五知己，凉啤酒，热烤串儿，谈天说地，大有侠义之风。

接触十几年了，我对谦哥甚为了解。他不争名，不夺利，好开玩笑，好交朋友。在他心中，玩儿比天大！

我非常认同他的观点，又不是成吉思汗，攻城略地有什么意思？就算熬成了太上老君，也是给玉皇大帝烧锅炉的。人的一生几十年光景，乐一乐就过去了。谦哥这辈子挺值，每天都开心，想玩儿什么就玩儿什么。支持于谦师哥，将玩儿进行到底！

郭德纲

癸巳夏月

猫

王

我从小喜欢动物大家都知道。进了学员班，这个爱好受到了空前的限制。住校学习，不会有这个条件让你养宠物，老师也不会让。三年毕业一回家，这个爱好又恢复了。那时，家里养了一只黄雀儿，一只猫。那时候养猫不像现在，讲究什么名贵血统，珍奇稀有。各家各户养的都是普通的家猫，有点儿讲究的也不过是什么狸花、三色、绣球、踏雪之类。我这猫我就挺喜欢，纯黑色，短毛，一根杂毛都没有。两只黄眼睛格外引人瞩目，虽然品种不名贵，但在当时也不是轻而易举就能找到的。这只猫的出现，让我心里又产生了一个小九九儿……现在家里有只纯黑色的猫，如果我能再找一只纯白色的来，两只一起，黑白双煞，这多好呀！什么东西都得玩儿得跟别人不一样不是吗！

　　说来也巧，天遂人愿。有了这想法没多久，有一天，张程凤老师给我打电话。

　　这话是1985年，那时候甭说手机，家里都没有电话。不管多急的事儿，想打电话得走上十多分钟去胡同口小铺儿里用公用电话打。来电话也是，小铺儿老板可以帮你传，但对方得告诉人家我找哪门哪家的小谁，我叫谁谁谁，麻烦您告诉他：我想他了！——当然，这点儿小事儿就别装孙子了！见面再说吧哈！说的是这个意思，事情要简单就给你传个话，事情要复杂就叫你去接电话或回电话，反正电话两边得有一个人等着。所以那时候没有什么正经事儿不打电话。

咱还是说正事儿吧！那天传电话的来了，告诉我："于谦，去接电话去，说是你老师！"我跑着到了小铺儿，电话没挂。拿起一听是张程凤老师，寒暄几句之后张老师说："于谦，我知道你喜欢小动物，我这儿有只猫你要不要？朋友送给我的，我养了一段时间，但现在因为其他原因不能养了，你要你抱走吧！"

因为之前我脑子里早有这个想法，听您这么一说，我当时就问："什么猫呀？"

"一只白猫，给我猫那朋友说是波斯猫，但我看着不像。波斯猫的眼睛不是应该一蓝一黄吗？这猫两只眼睛都是黄的，而且短毛。但是可好了，又聪明又机灵！我养了半年多，跟我可亲了！现在八个月，什么都明白……"

张老师还在电话那头叨唠着这猫怎么怎么好，而我没等您说完就已插话道："张老师，这猫我要了，您别给别人了，明天下午我就去取！"

挂了电话我就想，这就是天意，这就是福气，这就叫应该应分，这就叫该着扛着。想吃冰就下雹子，想什么来什么呀！而且来得那么及时，那么合适，那么如我所愿，那么恰到好处！您想，一只纯黑，短毛，黄眼睛，一只纯白，短毛，黄眼睛，这不就是天造地设的黑白双煞吗？幸亏不是波斯猫，我要那玩意儿干吗呀？一蓝眼一黄眼？黑白双煞这白煞得了玻璃花儿了？这也不像话呀！真这样我还不要了呢……我越想越满意，越想越高兴，赶紧给我们学员班的班长，也是和我最好的廉哥打电话，约他明天下午到我家，和我一起去张老师家取猫。

没想到我的这个决定，引出了一段我养猫历史上最为难忘最为传奇的经历。

第二天午饭后，廉哥到我家了。聊了会儿天，哥儿俩直奔张老师家去了。现在养宠物都讲究，往返运输都是宠物箱，既省事儿又省心。那时哪儿有这么好的条件呀？谁给只猫呀狗的，不管多远，都是抱着回家！所以我俩也是什么都没带，空手就去了。

张老师住在虎坊桥一带的一栋老式筒子楼里。敲开房门一见是我们俩，老太太特别高兴。一是很久不见，二是第一次到家中做客，老师沏茶倒水，前后张罗，倒让我们这俩当学生的有些坐立不安。好不容易踏实下来，聊了一些嘘寒问暖的家常话后，话题转到了猫身上。说着话，老师打开里间屋的屋门，从里面放出一只小白猫。

小猫出屋一见有生人，不等主人过去抱，马上钻进了沙发底下躲了起来。张老师乐了，说："看看，就是认生！没关系，你们坐，喝水，咱们聊咱们的，它一会儿就好了！"果不其然，我们又聊了有十多分钟，它小心翼翼地从沙发底下钻了出来，一露头就被张老师抢着抱在怀里，一边捋着毛一边用疼爱的语气介绍着这个小宠物。"看！就是它，漂亮吧？我们长得可精神了！是只小公猫，还差四个月就一岁了，你看看在沙发底下沾这一身土！怕什么呀？一会儿你还得跟他们走呢！你看它这小眼神儿，可聪明了，你说什么它都明白，眼睛里全是戏！……"这一套话也不知道是跟猫说的还是跟我们说的。喜爱动物的人大都这样，养个宠物当家里的一员，极端拟人化。交流也用人类语言，就跟它真能听明白似的。一会儿冲它说一会儿冲你聊，有时候弄乱了，闹得你都恨不得钻沙发底下蹲着去。

张老师一边说一边把小猫放在了地上，这时的小家伙也已经过了紧张劲儿，眼睛盯着主人，准备开始玩儿了。毕竟才八个月大，还是个小猫呢！张老师也明白它的意思，顺手拿起了沙发上的一个报纸卷儿开始逗它。这一逗，把我们哥儿俩都看傻了，对视一眼，哈哈大笑！老太太不明所以，抬头看看我们，问道："怎么了？你们哥儿俩乐什么呢？"我们一时收不住笑声，边乐边说："张老师，这哪儿是它眼睛里都是戏呀？这是您眼睛里都是戏呀！您给我们上课时要早这么示范我们早就学会了。这绝对是手随眼走，眼到手到，手到猫到呀！您别说您是干什么的，您一逗猫别人就能猜出来！"张老师听了我们的话也笑了，说："你们这俩臭小子，拿老师打镲是吧？这要上课的时候非罚你们俩耗一小时山膀不可！"边说边又把猫抱了起来。

趁这时候我仔细地观察了一下这只猫，确实挺漂亮，全身雪白，虎头虎脑，两只黄眼睛特别有神。和我想要的一模一样！我心中暗道一声漂亮，内心早已喜欢上了。和老师开了个善意的小玩笑，趁着屋中欢声笑语之际，正是见好就收的撤退之时。我不失时机地和张老师说："那您忙吧，我们走了。等有空我们再来看您！"张老师也顺着我的话说："好吧，早点儿回去，别让家里人着急。"

"那这猫怎么拿呀？"这关键的时刻，倒霉的廉哥说话了："没事儿，我抱着回去就行。"说完这话，廉哥走上前来伸出双手就要接猫。听说马上一抱就要走，张老师也没觉得有什么不妥，毕竟那时候大多数人都这样。只是临行前想和自己喜爱的、已经饲养了多日的小宠物做个简单的告别，于是她掉转猫身，让猫的脸冲向自己的脸，疼爱且略带伤感地说："行了！跟人家走吧！到人家里听话啊，别在人屋里满世界拉尿啊！吃饭也有点儿样儿，别那么护食，听见了吗？去吧！"说完，把猫身转过来脸冲外，双手虚掐猫的前肢下面，伸手就要往廉哥手里递。

这时候，我突然感觉到猫的状态变了！也不知是感觉到了要被我们抱离这个家，还是真听懂了张老师的话，反正是在老师把它转过身的同时，它挣扎了几下没有挣脱，便最大限度地伸长了两条后腿不动，两只眼睛出现惊慌之色。这一瞬间的反应也只有我观察到了，因为张老师此时看不到猫的正面，而廉哥正在边接猫边和张老师道别，注意力根本没在猫身上。另外，就凭廉哥对宠物的了解程度，即使看到了，也不会发现什么异常。就在他接过猫准备将它抱在胸前时，小猫两只前爪一伸，尖尖的指甲钩住了他衬衫的前襟，两只后爪一个外蹬，钩住了他衬衫的下摆，瞬间挂在了廉哥的衣服上，想拿可拿不下来了。廉哥想往外拽，猫的四只爪子钩住衬衣拽不动，只得抱回怀里。这时张老师和我赶紧上前帮忙想把猫的爪子从衬衣上摘开，可哪儿想到猫的速度比我们快多了，并且它爪子上的指甲收放自如，想怎样就怎样呀。趁廉哥抱着它扯着衬衫的双手往回收的一刹那，它四爪紧抓几下想往上爬。廉哥怕它脱手跑掉，下意识地往怀里一搂，等把猫搂住不动时，小猫已经到了他的肩膀上。两只后腿蹬着他的前胸，两只前爪死死抓住他的后背，身体爬在他的肩膀上。这还是他紧紧抱住了猫的身体，不然早就从肩膀上跳到地下跑没影儿了。

就这一刹那，几个动作做下来，猫终于没跑了，但您可别认为我们占了上风，实际恰恰相反！您别忘了，这是夏天，人身上穿的只有一件衬衣，里边就是肉了！就这一套组合抓，当时廉哥的前胸后背就见了血了，虽不至于说血流如注，但这几条血道子可是很明显，血印当时就从衬衫上透了出来。

事情突变到现在，形成了一个凝固僵持的状态。猫被按住自认为跑不掉，又见趴在人肩膀上相对安全，也就暂时不动了。廉哥这边是想动不敢动。这几秒钟的工夫就被抓成这样，好不容易猫安静下来了，再动？不是找倒霉吗？实际上刚才倒这霉也是自己找的。我和张老师急忙伸手想把猫从他肩膀上抱下来，廉哥赶忙拦住了我们："别动！别动！您拿不下来，在我衬衫上抓着呢！你们一动，它再一折腾，我就成花瓜了！"

"那也不能就让它在这儿待着呀！这你们还怎么走呀？"

"就这么走，反正离家也不远，坐车就几站。张老师，您给我找根绳子，轻轻地拴在猫脖子上，它万一要跳下来别让它跑了。您再找件旧衣服，打开了搭在我肩膀上，连猫一起罩起来，省得它到外面害怕再闹。一会儿到家，不管它怎么下来，跳河一闭眼，就一下的事儿！咱别在您这儿耽误了！"好家伙，他把自己豁出去了！

那也只能如此了，现在动不了呀！张老师按照他的吩咐把绳拴上，另一头交到他手里。又拿了件厚衣服把猫罩好，我在旁边也插不上手，眼睁睁看着一切准备就绪，廉哥如大家闺秀般稳稳当当地走出了张老师的家门。怎么还那么稳当呀？他不敢不稳呀！万一惊了肩膀上那小祖宗，身上又得多几个血道子呀！

即使是这样，猫也没轻饶了他，自从张老师千叮咛万嘱咐百般不放心地把我们送出楼门，一直到我们俩抱着猫千辛万苦地迈进我家院儿门。这一路上廉哥像唐僧一样为取真经历经了九九八十一难，而我像如来佛一样明知道他为我办事，等他有难了偏偏就在他旁边看着不帮忙，我自己都觉得我挺孙子的！

可是话说回来，真插不上手呀！你说我把猫接过来我抱着，抱过来之前就得先折腾一阵，这一折腾指不定廉哥身上又得加多少伤呢！得，凑合着吧！

可进了家门我为难了，也是一直困扰我们的这个老问题——怎么让这猫从肩膀上下来。还是廉哥，大一岁是一岁，想问题就是全面。另外也可能是他这一路上净琢磨这事儿了，毕竟这罪在他身上受着，他比谁都急。进门之后他让我先把门关上，之后轻轻取下罩在肩膀和猫身上的衣服，让猫在见到新环境之后暂时稳定一下，同时让我解下拴在猫脖子上的绳子。过了一会儿，他慢慢蹲在地上，将抱猫的双手轻轻地松开。小猫感觉到抓住自己的那双手不再用力了，同时也对周围的新环境有了一定的了解，缓了缓神儿，嗖的一下，跳下了廉哥的肩膀，眨眼间钻进了床底下。可就这一跳，廉哥身上又加了点儿伤！

这时的廉哥不像刚才那么稳重了，他火急火燎地站起身边脱衬衣边骂："我靠，可下去了，疼死我了！"这时，家里的人都跑到这屋来想看看这猫什么样儿，进屋之后没看见猫，正看见廉哥这血染的风采，都吓了一跳，急忙围上前问情况，找药的找药，拿棉签的拿棉签。这时我才仔细地看了一下廉哥的前胸后背。真惨！长长短短的血道子前后各有十几二十条，规律是短的深，长的浅。另外还有很多出血点，不用问，这是猫指甲尖儿直接扎入肉中造成的，看得我起了一身鸡皮疙瘩。心疼加埋怨地说："你可真能忍，你怎么不说话呀？"

廉哥苦笑着说："我说什么呀，又动不了，得了！早点儿到家比什么都强！"大伙儿一边治伤的同时，也把情况了解清楚了，全家人开始批判我："就你幺蛾子多，非弄什么黑白双煞。你自己倒抱呀？看把你哥给挠的！"

"你怎么不想着拿个纸盒子呀？哪儿有这么抱着回来的呀！"

"你怎么不接过来换换呀？这一道上得受多大罪呀！"你一言他一语都奔我来了。我一看也没有我解释的余地了，干脆别说了，听着吧！

大家说着说着，话题慢慢聊到了猫身上。姥姥问："不是抱回来了吗？那猫呢？"廉哥赶紧站起来替我解围："哦，刚进屋就钻床底下去了。姥姥，走咱吃饭去吧，我饿了。"

姥姥赶紧说："对，也到点儿了，吃饭去吧，都做得了！"

几个姨和姨夫也都拥着廉哥奔东屋吃饭去了，边走边说："对，甭管猫了，先吃饭。一会儿熟了它自己就出来了！"

嘿！后面的情况让您猜十次您也猜不出来：一会儿就出来了？这猫在床底下一待就是半年！

您要说这半年这猫没出来过？倒也不是。给它放的食和水每天早晨都见少，说明它夜里出来吃喝了。为它准备的大小便用的沙盆被我移到了床下，每天收拾时也能见到它排便。但是全家人真是半年多没在床外边见过它，我有时好奇，趴地上掀起床单往床底下看，总是能见它躲在紧靠里边的角落，两眼惊恐地看着我，嘴里发出嘶嘶的声音，向我示威。我当时心想，反正猫在屋里，你还能老不出来？总有一天熟了就好了。

这一天真不好等，终于有一天我正在屋里看书，眼前白影一晃，床边露出了一个猫的脑袋，我心头一喜：半年多了，你终于忍不住了！仔细一看，我已经不敢认这只我亲手抱回来的……哦，说错了，是我亲眼看着廉哥亲手抱回来的白猫了。来的时候是只八个月大的未成年猫，各方面发育得都还没成熟。现在可不一样了，纯粹的大小伙子了！雄性特征极其明显。首先说这脑袋大得出奇，虎头虎脑，面部饱满，两腮鼓胀。一双黄眼炯炯有神，一副胡须钢针一般横嵌在它厚厚的上嘴唇两边。传说中猫逮耗子时，如果遇到孔洞缝隙，耗子钻进去了，猫会以自己的胡子为标准衡量洞口，胡子过去了，整个猫身就能钻进去。这猫，这胡子要过去了，估计连狗都能进去了！整个身子比来时长了一半，滚肥溜圆，浑身是肉。四爪粗壮，身高毛亮。一条尾巴长而有力地拖在身后，上面的白毛，根根直立，绝不倒伏。我是没见过猫王，想来也不过如此了。直到现在，我养过的、见过的所有猫，还真没有比它威武的呢！

这猫从床下一露头看到我以后瞬间动作凝固了一下，我也怕再把它吓回去在床底下再趴半年也是个事儿，所以我也没敢有别的动作，只是眼睛和它对视着。就这么僵持了几秒钟，它见没有什么危险，低头压身，眼睛依旧盯着我，半匍匐状态从床下走了出来。床旁边就是个酒柜，酒柜过去就是个三屉桌，桌子旁边有一个旧的小方凳，上边放着个脸盆，平时出门进门洗手用的。再往前两米左右就是屋门了。那时住平房，一间屋子半间炕的，家具都挤在一起贴墙放，它沿着墙，穿过酒柜、三屉桌，一直走到了方凳下面卧了下来，这时眼神从我这儿移开，直勾勾地仰脸看着门外。看到这儿您要问了，看门外干吗仰着脸呀？您可能没这生活，以前平房的门底下边一半是实木的，上边一半是四块小玻璃，所以只有上半部能透光。如果外面来个人，或有什么动静，从门的上半部能够看到。

这猫卧在这里大概半个小时，纹丝不动，一点儿没有要出来的意思。我可为难了，它不动我也不敢动，生怕惊了它。但这么耗下去也不是事儿呀！于是我小心翼翼地以最慢的动作、最小的幅度，起身向屋门处移动。我想，先出去，把它自己放在屋里安静一会儿，知道没有危险了，大概就会自由活动了。可虽然我的动作幅度很轻柔，但从我动念起身的那一刻开始，它就转过头来，两眼死死地盯住了我。我故意不看它，把动作调整回正常状态，直直地朝屋门走去。大部分动物都这样，对视即意味着挑战，意味着对它有企图，反之它对你的戒备之心会小得多。这招确实管用，最起码它没有受惊跑掉，但也是两眼紧张地望着我直到我推门出去，只是走过它身边时，我听到方凳下传来"嘶"的一声，其意是驱赶还是示威不得而知，但感觉得到这一声不过就是走个过场而已。

忘记过了多久，等我再进屋时，它已经不在方凳下了，我低头看看床下，也没有。正在奇怪，一抬头，看见它正在窗台上呈坐姿低头看我。平房的后窗很小而且高，不知道它怎么上去的。眼神中紧张依旧。不管怎样，它开始自由活动了！

从此之后，这猫每天的生活轨迹就是这三点一线，不是在床下，就是在凳子下，都没有，你就在窗台上找吧，准有。

这样，又过了半年。这猫养的，摸不着更不敢抱，没有任何情感交流，只是落一个家里养了只猫而已。前后一年多时间，家里人也都习惯了。

西屋里除了床、酒柜、三屉桌，对面墙边还有一张单人床和一个大衣柜。这些东西在一间十几平方米的小屋里贴墙一放，墙边就基本上没地方了，平时要想坐就只能坐在床边上。屋子中间放了一把老式的藤椅，上铺薄棉垫儿，相对舒服点儿，是姥姥的专座。不知何时，这猫看上这地方了，经常在椅子上趴着。开始人来了还跳下去躲一躲，后来干脆不躲了。再之后不单不躲，人要是坐时间长了，它一烦还给你一爪子，抓跑你为止。自此之后，这个地方就基本归它了。有时人在椅子上坐得好好的，它跳上来了，你好心给它挪出点儿位置让它卧在你身旁吧，不出十分钟，它就开始上爪子，那爪劲儿绝不是逗着玩儿，真下狠手！日久天长，这地方只要它一来，人就走。别招老人家生气！

这样的冷战终于有了转机。有一天，我正在屋里喝茶看书，门一开，老五进来了。老五也是我们学员班的同学，学相声的，而且后期也是主攻捧哏。不单在专业上我俩有共同之处，平时的相处也很说得来。北京话形容叫能尿到一个壶里去。所以我俩关系很好，好到什么程度呢？这么说吧，有句老话叫熟不讲理，说的就是这种关系。见面没有好话，打招呼基本都是互骂。因为关系太熟了，感情又太好了，所以在后面的对话当中，脏话比较多，您见谅。我们不是单纯地为骂人而骂人，而是这些脏字代表着一种亲近、一种感情。一种不骂不足以平民愤的咬牙切齿的关系。

五哥在我的同学当中可以算是个可圈可点的人物，爱摆份儿，好拿架子，平时也是吃不吃总端着的劲头儿。可能是因为小时候学习不错，造成了长大后不论到哪儿都爱给人讲点儿道理的毛病，自己挺拿自己当事儿。当然了，跟别人行，我们同学之间还容这个？往往正在一本正经地想给你普及点儿什么知识的时候，让我们一句话就给他摁到泥里去，一点儿面子都不留。这也是对待这种好为人师的人的一种简单有效的方法。

老五一进屋，我俩一边嘻嘻哈哈骂着，他一边很随意地就坐在了那把藤椅上。因为当时那猫没在藤椅上，所以我也没有在意。他经常来家里玩儿，也知道家里养着一只白猫，可是没怎么见过。我俩这儿越聊越热闹，这个时候，猫从后窗台上下来了。只见它一步蹦到酒柜上，从酒柜到三屉桌，从三屉桌到床，从床到地，之后直奔藤椅而来。看到这情景，我心里暗笑起来，行，等它上去给你两爪子我看个乐儿吧，不把你抓得蹦起来算我白养它一年多。我聊天的同时观察着猫的举动，接下来发生的事儿，可他娘的给我气坏了。

这猫走到藤椅跟前，一个小跳，蹦到了椅子上。老五看到有猫上来也没在意，边说话边伸手摸这猫，从头到尾地顺着毛捋。捋了两下，竟然伸手到猫的下巴底下给它挠痒痒去了！这搁平时我们连想都不敢想呀，它非跟你玩儿命不可。我一看势头不对，这手势太危险，刚想提醒他别这样，这猫抓人。话还没出口呢，再看这猫，脑袋往棉垫儿上一扎，身体翻了过来，四爪朝天一动不动地享受起来了！——动物都是这样，一旦把肚皮露给你，只有两个意思：一，表示臣服；二，对你完全没有戒备之心。这太奇怪了！我养它一年多，都没敢碰它，这孙子跟它一面之缘，它居然俯首帖耳，我有点儿不信！

我很惊奇地说："哟！它怎么跟你那么好呀？"

这丫跟我说话也是呛碴儿的："它他妈凭什么跟我不好呀？我又没虐待它！"

我当时就急了："孙子！我虐待它了？每天好吃好喝好侍承，到现在都没让我碰过一下，一年多了！就算是个童养媳都他妈能圆房了！"

老五听了这话美得都快找不着北了，还故意气我："那活该！这就叫缘分！"

我确实挺生气，其实倒也不是生气，主要是想不通这事儿。当时开骂："瞧你丫那揍兴！你跟它不是有缘分吗！你抱走！"

嗬！一听这话，他逮着理了："抱走就抱走！正好前两天我们家老太太还说想抱只猫养着解闷儿呢！"说着话，他还真的伸手把猫抱了起来往胸前一放，像抱小孩儿一样。这猫也是，靠在他胸前的脑袋往胳膊肘上一趴，一脸的幸福，我就去！这算是找着真爱了？赶紧滚！回家结婚去！少在我眼前晃悠！

老五一看猫这样，更美了，屋里盛不下他了："怎么样？看看！这就叫乖！嘿嘿，跟姥姥说一下，我就不在家吃饭了，赶紧把猫送回去了！"

"孙子！还惦记吃饭？尿炕还没抽你呢！赶紧走吧！"——您瞧这不是没影儿的事儿吗，挺好一猫，给人家养了！

说归说闹归闹，毕竟养了一年多，怎么也是有感情。自从五哥把猫抱走之后，我还挺惦记，好在我俩常来常往，经常到彼此家里串门儿，总能见到。每次我去他那儿都给猫带点儿小零食什么的。

话说这猫和他家也真是有缘，这不服不行。自从进了他家的门，他妈、他姐，说抱就抱，说揉就揉，怎么搓弄都成，他跟猫玩儿疯了的时候俩人儿满地打滚儿！全家人爱得不行不行的。得！这也算找着个好人家，不至于在我这儿受罪了！

要说这人也是贱！猫让人抱走了，我还总操着心。没几个月，我就想着这猫快两岁了，该给找个媳妇儿了，这么好的猫怎么也得留个种呀！您瞧，也不是有我什么事儿。于是托人弄呛四处打听，谁家有好母猫，要白色的，品相过关的。门当户对嘛！

这一撒出风去，引来一位神人，也不是外人，正是当时我的相声搭档，这孩子比我小半年，中等个头儿，四方脸，大嘴岔儿，长得挺精神，就是说话云山雾罩，吹吹乎乎。人送外号：刘迅道长。这是因为他神似电影《林海雪原》中在山神庙里收留一撮毛儿的那个刘迅道长而得名。但这个道长人不坏，热心肠，和我既是发小儿，又是搭档，关系自不必说。

他听说我要给猫找媳妇儿，当时来精神了："哥，这还用费那么大劲儿吗？您怎了？找我呀！"

我一翻白眼儿："找你？是你能配呀还是你能找呀？"我跟他说话就更不客气了，一是他比我小，二来又是搭档，关系更近一层，客气多了显得生分。

好的是他也不跟我上论，互相都吃这一套！"哥，您这不局气了啊！您不知道，我们一街坊就养一白猫，还是纯种波斯猫，母的，我还上她们家去过呢！那是咱姐呀，我明天去看看去，她要同意，等闹猫的时候咱把咱的公猫抱过去，顶多跟她们家养两天，等配上了咱再抱回来不就完了吗！等真下小猫的时候咱挑一只养就齐了，又不指它挣钱。您觉着呢？"

"您瞧！说得还头头是道，这倒可行。"

"您这叫什么话呀？您这才养几个猫呀？您又不是不知道，我们家三只猫呢！老往出跑，就是不知道回来，我差不多天天晚上出去找猫去。我们那片儿谁养什么猫我心里门儿清！"

他说到这儿我倒没话了，确实，他妈，我们那阿姨也喜欢猫。他们家里养了好几只，阿姨成天围着这几只猫转悠，只要到晚上凑不齐数就把他打发出去找猫去。所以他说这话我还真信。

即使这样，这话也得横着说出来，谁让我们是发小儿呢，就这关系："你丫先别吹牛逼，明儿先问问去，事儿成了再侃！"

"得！您听我信儿！"

您别说，就这件事儿，是我印象中刘迅道长干的少有的几件靠谱儿的事儿之一。第二天，我正在老五家吃午饭呢，道长进门了！不单他来了，怀里还抱着一猫，这猫还是白的！还是一眼蓝一眼黄，还是母的！还特别漂亮！

"行呀！有两把刷子呀！怎么就把人家猫抱来了？"

随着我跟老五这面带惊喜的一问，他算开了闸了。本身平时就好个海阔天空云山雾罩，这回更没有别人说话的份儿了："操！咱是谁呀？命就是这么好！我今天早晨起来说上那院儿问问去吧？我哥交我这事儿咱得完成呀！我进屋和那大姐闲聊几句，把咱那想法一说，人家满口答应。敢情我这大姐怀孕了，这猫养不了了，但是人已经养了三年多有感情，舍不得送人。正想找个家里有条件又愿意养的朋友，替人养个一年半载的，等孩子生下来人家再接回去。我一听这事儿咱成呀！阿姨这儿又没事儿，一猫也是养，俩猫也是喂，就搁咱家呗。等她把孩子生完了咱再把猫给她送回去不就完了吗？人家还说了，这猫在咱家可能时间长点儿，可别让它生太多，最多两窝。生完了人一只小猫都不要，您爱怎么处理怎么处理，您只要把母猫给人家抱回来就行！瞧！这事儿就这么痛快！

哥，您觉得怎么样？您说好咱们就这样，您要不想养，我把猫还给人抱回去！"

嚯！连叙事带吹牛，说得唾沫星子横飞，满嘴冒白沫子，最后还不忘将你一军。大凡好吹牛的人都这样，只要他认为这是一好事儿，大吹大擂之后必要往回拉一两次抽屉，目的是得让你从嘴里说出来："别价呀兄弟！别送回去呀！这多好的事儿呀！打着灯笼也难找呀！咱们不是正想这样呢吗？这幸亏是你，要没你我们指不定找到什么时候呢！您受累回去跟人说一声，就这么办！兄弟辛苦！兄弟辛苦！"哎，这他就美了。

咱也是这么说的，这时候这话怎么不横着出来了？谁让人家这事儿办得确实漂亮呢，天时地利人和都占了，又大老远把猫给您送来，图的不就是这么一句话嘛。都是哥们儿，这点儿面子还是要给的。该捧的时候就得捧。

他听我们这一客气，高兴了："这有什么辛苦的？咱这关系……"

"孙子！喝酒！"

"唉，得嘞！"

——该摁的时候就得摁！

简短截说，这母猫就在老五家里住下了。波斯猫就是不一样，血统高贵，不单品相出众，性格还极其温驯，和人有极强的亲和力。养了没几天就和人之间建立起感情了，全家人都很喜欢它。不只如此，和男朋友相处得也很好，总是温文尔雅，出双入对。养了一个月左右，终于发情了。您瞧，生理期都那么准时，简直没毛病！

有话则长，无话则短。母猫顺利怀孕了，大家都知道猫三狗四这个规律，是说猫的孕期三个月，狗的孕期是四个月。但养过猫的都知道，正常情况下母猫从怀孕到生产应该是一个半月，老人都说猫是按黑白天算的，十二个小时算一天。甭管怎么说吧，反正是一切顺利！

转眼之间，一个半月到了！老五家里把这当个大事儿了！窝呀，垫子呀，毛巾呀，棉花呀，碘酒呀……一切接生的应用之物全准备好了，并且随时观察母猫的身体状况，就等着迎接小生命的到来。那段时间我也是白天去晚上回，基本算是长在他家了。

这一天终于来了！可惜是个晚上，我没有亲眼看到那个场面。第二天我到他家时，一开门他就告诉我："生了！"听到这俩字儿我一下就精神了，连忙说："哪儿呢？我看看！"我跟着他来到里屋，八仙桌下面一个纸箱子，那是给母猫准备的临时产房。只不过今天上面盖了一块布，为了挡光影，便于产妇休息。我们轻手轻脚走到近前，他轻轻掀开盖布，我往里一瞧，母猫侧卧在里面正抬脸看着我们呢。

"小猫呢？"我问道。

老五伸手到母猫肚子底下摸了一会儿，托出一只毛茸茸的小肉滚儿。

"就生一只？"

"啊！"

"还是黄的？"

"嗯！"他用无奈但肯定的语气回答着我的问话，半天，又补充了一句，"昨天晚上我们全家等了半宿，真没有了。这不老太太还睡着呢嘛！"

这句话一说完，我们俩都没声了，这事儿确实挺奇特，猫是多胎动物，平时一窝少说三四只，生一只的情况不是没有，但很少见。早就听老人们闲聊时说过这么一种说法：猫这一窝只生一只，不好，妨主人。当然这迷信的东西咱也不信，但毕竟这很少见的事儿让我们赶上了，总还是有点儿心虚。

更奇怪的是俩白猫生了个黄猫，我仔细地看了看小猫崽儿，黄毛中间还有浅色的条纹，这明明是只黄虎斑呀！怎么会呢？难道有隔壁老黄？不能！即便有，他们家住楼房，还是二楼，这俩猫根本就不往外放呀！由于那时对动物知识知之甚少，只是喜欢，所以很长一段时间我对这事儿百思不得其解。后来有一次见到张程凤老师聊到此事时才知道，这公猫的爸爸是一只黄虎斑。这只小猫崽儿也算是返祖了！这是后话，暂且不提。

不管怎样，生了小猫就是好事儿，添人进口嘛！短暂的一阵疑惑之后便恢复了心情，既新鲜又兴奋。十点多，他妈、他姐相继起床，睁眼第一件事就是出来看猫。一是看看母子是否平安，二是还期待着会不会后半夜再生个一两只。虽然没有，心情依旧。家里的氛围十分喜庆，做饭，收拾卫生，洗涮消毒猫的各种用具，全家人忙得不亦乐乎，都在为这个小生命的到来而高兴。

可能是太高兴了，随之乐极生悲的事情来了。

我这阿姨太勤快，平时拿干活儿当白玩儿，家里就甭说了，收拾得一尘不染，干干净净，猫来了之后，恨不得三天一擦五天一洗。这猫总是雪白锃亮的。我理解，她不是嫌猫脏，而是喜欢猫干净，这还真不是一个概念。这次母猫生崽儿，加上她再一高兴，比平时更勤快了多少倍。传统中国式妇女总是用干活儿来表达自己的各种心情，高兴时也不例外。可是家里确实没什么活儿可干了，怎么办呢？得嘞，给猫洗个澡吧！刚生完小崽儿三天的母猫，被老人家彻彻底底从头到尾洗得干干净净！洗完了冲水，冲完了擦干，擦完了吹风，吹完了死了。怎么死了？产后风呀！刚生产三天哪儿禁得住这么折腾呀！当天晚上高烧不退，一点儿都没耽误，不等天亮，连夜就死了。

这下老太太可傻眼了，什么活儿也都不干了，直到第二天我去家里时一家三口儿人还冲着死猫发愣呢。问明情况之后我也傻了，这怎么办呀？后面还有好多牵扯呢！小猫怎么喂养？拿什么还给原主人？怎么和人家说？……思来想去也没主意，只有先紧着着急的问题解决。

首先，这小猫已经几个小时没吃东西了，再不喂食，也会出现危险。阿姨把家里的抽屉翻了一个底朝天，找出来一个小药瓶子，这个瓶子的盖子是一个橡皮做的吸水球，下边连着玻璃管，是用来抽取瓶中药液的。捏紧橡皮球，把玻璃管插入药液中，放开皮球，药液会自动吸入皮球中。拿出玻璃管，轻轻挤捏皮球，药液会从玻璃管细小的终端一滴滴地流出。这是很多种儿童用药的药瓶设计。估计我一说大家就知道这是个什么东西了，生活中也比较常见。但至今我还不知道这个东西叫什么名字。现在要拿它给小猫喂奶，我们姑且就叫它吸奶器吧。

首先我们将奶粉冲好，把温度掌握在三十五摄氏度左右，这是动物最适口的温度。然后用那个小的吸奶器把温牛奶吸入皮球中。把小猫握在手里，玻璃管从猫嘴的侧面轻轻插入，轻轻挤压皮球，让牛奶从玻璃管中慢慢流入小猫嘴里。太神奇了！这小东西口中牙一接触到牛奶，反应了不到两秒钟，仿佛突然明白了什么似的，竟然使劲儿地吸吮玻璃管！它一定是把玻璃管当作妈妈的乳头了。这真是出乎我们的意料！本以为要让它接受人工喂养方式，怎么也得费一番周折，最起码也得换几种方式或者器具，等它饿急了或者心里认可了这就是妈妈的乳房才能够接受。没想到会这么顺利！这还没睁眼的小家伙求生的本能这么强烈，太好了！看来以后的喂养工作要比想象的容易多了。

即使这样，这第一顿奶也喂了半个多小时，直到看到小家伙肚子渐鼓，不再吸吮奶汁，沉沉地睡去时才算结束。我轻轻地将它放回纸箱，里面有铺好的碎布和棉花，既柔软又温暖。好好睡一觉吧！虽然少了妈妈的陪伴，但毕竟不用忍饥挨饿了。

放下小猫，回过头来，我身后的三个人六只眼正直直地看着我呢。我也马上就意识到了这些眼神的含义——小猫是活了，大猫的事儿怎么办？

还能怎么办呀？解铃还须系铃人，给刘迅道长打电话，让他想办法。谁让这猫是他抱来的呢！也别在这儿干发愁了，打电话，先把他叫来再商量办法吧！

道长接到电话后，一刻也没耽误，马不停蹄地赶到了老五家。一进门就开始咋呼："怎么了哥？什么情况呀？不是一直好好的吗？就是病也得病几天才能死呀，怎么说死就死了？也得有个原因呀。这我怎么跟人家说呀？人一家子跟宝贝似的，这要是……"这一大套，这时候要是没有人拦着，他非吐白沫儿不可。都是哥们儿，咱也不能眼看着兄弟死在我跟前不是？所以我赶紧把他的话茬儿压下去："你丫先别那么些话行吗？先听我说。"

"唉！"我和老五简单地把事情的经过和他说了一遍，最后等他出主意。

情况和我们预想的一样，道长听完之后，大眼儿瞪小眼儿看着我们，也没话了。愣了半天憋出一句："那现在怎么办？"

事情到了这个份儿上也就没有心气儿斗嘴骂人了，只有踏踏实实坐下来商量。我用平时同学当中对话时少有的温和语气对刘迅道长说："兄弟，我们俩想了半天，现在这事儿只有这么办。你去你那大姐家里和人家实话实说，看看人家怎么说。反正猫已经死了，哪怕咱再买一只赔给人家呢？但这事儿只有兄弟你亲自跑一趟了，我们都不认识人家呀！兄弟，您受累吧！"

话说到这份儿上，也不必多解释了。除了这样也真没有其他更好的办法了。刘迅道长心里也明白，这事儿自己不出头别人办不了。得嘞！兄弟之间，义不容辞！当时说："行！我去一趟，您二位等我消息。"

事不宜迟，让阿姨从家里找出一个旧的军挎包，道长背上挎包，装上死猫，毅然决然地出发了。

您一定好奇，猫死了埋了就完了，干吗还给人家带回去呀？这您就不知道了，玩儿也是有规矩的。借人家的活物，不管是用来做种、欣赏或者其他什么，死在家里也算是正常现象。家有万贯，带毛的不算嘛。谁也保不齐出事。但还给人家时，活要见物，死要见尸，以证明这东西不是卖了或者据为己有不想还了。这可是人性问题。猫死了现在想起来虽不算什么大事儿，但当时对三个十几岁的孩子来说，压力也的确不小。看道长背包出门时，大有点儿风萧萧兮易水寒，壮士一去兮不复还的悲壮情绪。感觉这事儿办成了则罢，如果办不成，他就和这母猫并了骨了！哈哈！现在想来，大可不必。

等待的时间永远是漫长的，尤其是心里有事儿，即便只是几个小时也不好熬。终于，楼下传电话的来了："让老五下楼接电话，说是你同学！"

我三步并作两步，几乎是跳下二楼来到楼下公用电话旁，抄起电话，刚"喂"了一声，电话那头就开始了："哥！坏了，这事儿闹大了！我进他们家话都没说，刚把死猫往外一拿就炸了，一家子哭得跟泪人儿似的，也不听我解释，说什么都没用！到现在他们都还没弄明白这猫是怎么死的呢，净哭了！"

听他这么一说我也没办法了，只有管他要主意："那你说怎么办？"

"哥，这样吧，我现在什么都别说了，说他们也听不进去。反正死猫他们也看见了，我先找地儿把猫埋了，就别刺激他们了。关键是咱这姐姐还怀着孕呢，这么哭下去要出点儿什么事儿可就不是猫的事儿了。"

听他说完我心中又是一惊："哎哟兄弟！太对了！我把这事儿都给忘了，人家还是孕妇呢。赶紧，别让人再看见那死猫了！赶紧找地方埋了吧！然后呢？也不能不说呀。"

他估计是打电话之前已经想好主意了，没多犹豫："这几天先别说了，反正是邻居，我时不常去家里看看，什么时候她情绪平稳了，我再跟她商量怎么办，好吧？"

"好好好！我们随时听你消息啊！你多辛苦吧！"

撂下电话，我们又进入了更长久更难熬的等待当中。

有话则长，无话则短。大概第三天，道长直接来了。——这几天我依旧是天天早来晚走，一直耗在老五家。这天我俩刚吃完中午饭正在里屋聊天，听见敲门声，阿姨开门，听到外面是道长风风火火的声音："阿姨，我哥在家呢吗？"

听到这个声音，我们哥儿俩赶紧出来了："怎么了？有什么消息吗？"

"哥，这么回事儿，这两天我每天都去那大姐家劝她去，终于今天人家给了咱一句痛快话儿，就看您同意不同意了。"

"快说！"

"唉！人家说猫死了也活不了了，但这猫我养了三年多确实有感情，现在突然没了，心里也是空落落的。说别的都没用，你把那公猫拿来我养吧，算是母猫的替身，让它陪着我吧，也算个念想儿。——怎么样？您几位商量商量？主要看阿姨愿不愿意。"

老五他妈在旁边插话了："嘻！都什么时候了，还什么愿不愿意呀？把这事儿平了再说吧！你们哥儿俩别渗着了，现在就把猫给人送去！顺便带点儿东西看看人家，道个歉安慰一下！"

这事情来得太急，闹得我们俩有点儿蒙。几句话的工夫养了这么长时间的大白猫就送给人家了？但是潜意识当中也还知道不送不行，愣在原地不知该怎么办了。

阿姨看见我们哥儿俩这样，又发话了："哎哟，别舍不得了，你们收拾收拾，我给猫洗个澡，干干净净给人送去啊！"

这时老五的情绪突然变得急躁了，冲着阿姨说："得了得了！

别洗了！再洗死就没的送了！"

阿姨一听这话当时就不高兴了："这叫怎么说话呢？你心里不痛快你以为我心里好受呀？你要不想给，那你说怎么办？"边说边坐在椅子上哭了起来。

唉！这叫怎么话说的？我赶紧过来劝："阿姨您别哭，您跟他生什么气呀？谁也没说这事儿怨您呀对吧？事情就到这儿了，谁也没办法。您别着急别生气，我们这就把猫给人送去啊！"

转头我又劝老五："你这叫怎么说话呢？没大没小的！看把阿姨给气的……"看他张嘴瞪眼还想矫情，我赶紧拦住他的话头儿，"行了别废话了，赶紧拿上猫，快走！"

拉他赶紧走有两个目的，一是抓紧时间把事儿办了，另外最主要的是让他赶紧离开家，省得娘儿俩谁说一句气话再吵起来。这时候都在气头儿上，少说为妙！他也明白，赌着气回里屋抱起猫直接出门了，我紧跟着他也出了屋门，这时就听身后道长的声音："阿姨那我们先走了啊！您别哭了，这猫您养得干净，洗不洗澡都没关系……"

听到这儿我赶紧回身把他拉出屋顺手把门带上了。"你怎么他妈那么些话呀？倒不落礼，也不看看什么情况！眼里没渗漏儿！"骂了两句也不知道他明白没明白，反正没说话，低着头跟我走了。

一路无话，道长带着，哥儿仨抱着猫来到了邻居大姐家。大姐家住平房，我们小心翼翼地进了院子，推开房门。屋里很安静，但人不少，大姐、姐夫和老两口儿，估计是大姐的父母。我们作为孩子，首先是晚辈，又是戴罪之身，当然是客气得不能再客气了。挨个儿叫人，鞠躬行礼，点头哈腰，那腰弯得跟要系鞋带儿似的。大姐一家人倒是挺客气，站起身把我们迎进屋引到沙发前坐下了。但看大姐的状态还是没有从失去爱猫的悲痛中走出来，而其他人更多的则是由对大姐的关心转化为对我们的责怪心情。

我们在沙发上坐下，同时把猫也放在了沙发上。话也不必多说，只一句："您看，这就是那只公猫。"随着话音，一家人的目光转向了猫的身上，而我们哥儿仨的眼神则都是密切关注着全家人的反应。还好，从他们的眼神当中还都没有表现出对这只新成员的排斥。当然，也不会表现出那种初见爱宠的热情和兴奋，只是一种默许接受的态度："嗯，放地下吧，让它跑跑。"

老五把猫放在地上，猫用自己的脸颊在老五的手边亲昵地蹭了几下，无比温柔。老五略带伤感地说："嗯，行了，乖！好好在这儿待着吧啊！"说罢站起身，对大姐和家人说："叔叔阿姨，姐姐姐夫，实在对不起了，都是我们不好，把事儿干成这样，让您一家人跟着伤心生气。"

话说到这儿也没法儿再往下说了，猫死不能复生，还能怎样？更何况我们把我们的猫也送过来了，现在图的就是一个原谅的话呗。大姐一家也是通情达理的，虽然痛失爱宠，心情悲痛，但也明白事情无可挽回，双方都已各尽人事了，淡淡地说："行吧，放这儿养着吧，你们要是想它了，可以随时过来看看。"

行！这就不错！话都说到这份儿上了还让人家怎么样？还非得让人说出来，行！这猫真漂亮！比我们死的那只好看多了！我一见它就把那猫死了的事儿都忘了，谢谢你们啊！要不你们别走了，我请你们吃饭吧！那是神经病！

所以也别等饭了，见好就收。我们哥儿仨赶忙站起身，交代了几句场面话，点头哈腰地就出来了。

走在路上，仨人儿都没话了。还有什么可说的呀？挺好一猫送人了。这回倒真应了我这黑白双煞的典了，而且这煞气还真不小。算了，不提了！

道长离家近，先回家了。我和老五回家把事情交代一下，又安慰了一下阿姨，我也告辞回家了。事情就这样结束了。

结束了？想得美！这叫树欲静而风不止，而且后面那半句仿佛搁在这儿更合适，叫子欲养而亲不待呀！

一个月以后，刘迅道长飞鸽传书，急招一撮毛儿和小炉匠山神庙议事。说白了吧，道长分别打电话，而且急赤白脸非要见面，有事儿要当面说。于是我们又在老五家集合了。

当天是我先到的，和老五俩人儿坐在屋里正猜他到底有什么事儿呢，道长进门了。道长的风格永远是那么风风火火。说起话聊起天来极为进入情节，能把很平常的事情说得神神乎乎的。这次一进门，自身更是带着些神秘色彩——鸭舌帽、羽绒服、黑裤子、运动鞋。奇怪的是左手光着，而右手戴着一只厚厚的棉手套。猫的事情过去一个多月了，我们的心情也慢慢恢复如初了。心情一恢复，聊天的状态也就恢复了。看见他这个扮相，我们都觉得好笑，没等他说话，我先说了："你丫拍花子去了？这是吗德行呀？"

这一句话不要紧，把他后面一车话勾出来了。"我操！哥，我要有拍花子那手艺就好了！一拍脑袋就跟我走我还至于费这么大劲儿？我还至于让它给我咬成这样？"边说边摘下棉手套，摘下手套我才看见，里面用纱布做成的像指套一样的东西戴在他的小拇指上。他边摘纱布边说话，语气里依然带着神秘劲儿，举手冲天："这口给我咬的，你们看看，咬穿了！都他妈透亮儿了！"说得虽急，但语气中听不出痛苦和后悔的意思来，只有英雄主义和大无畏的精神，中间还夹杂着点儿流氓假仗义的味道。

"操！你不吹牛逼能死呀？哪儿就他妈透亮儿了？过来我看看！"说着话我拿过他的手，仔细一看，我也有点儿于心不忍。只见在他小指指肚左右各有一个小孔，而且小孔四周皮肉也都被咬烂了。孔很深，横过指肚，伤口贯穿，虽然没有透亮儿，但确实是咬透了。

这时老五过来，看见伤口也吃了一惊："我操！怎么这么厉害？谁咬的呀？"

"还能有谁呀？咱家那宝贝儿呗！"

"就别他妈宝贝儿了！赶紧说说怎么回事儿。"

得！这回话语权交给他了！本来平时讲起故事来就没别人说话的份儿，这回我们俩就连"嗯啊这是"这些话佐料都省了，彻底听他的吧。

他大刺刺地往椅子上一坐，摆出一副有功之臣的样子："先给我来杯水！"

"你妈的！赶紧说！"我一边骂一边给他去沏了一杯茶。

回来时，他已经进入正题了："昨天晚上我那姐夫突然上我们家去了，跟我说自从那天咱们走后，这猫一脑袋就扎进床底下，至今没出来过，给什么东西都不吃，开始想熟悉几天就好了，或者饿几天就出来了，可到现在这一个多月了也没见好转。家里想跟我商量一下，是不是把猫还拿回来吧。都是喜欢猫的人，别因为自己喜欢让猫受这么大的罪，万一再饿死了，就不是爱它了，而是害了它了。我一听人家说的在理呀，既然人家愿意让咱把猫拿回来，我想从您这儿和阿姨这儿想必都是求之不得的事儿，所以我就没和咱家这边商量，心想着明天我去大姐家把猫抱走送到咱家来不就齐了吗？想得挺好，今天早晨我到大姐家去抱猫，那猫还在床底下呢。我怎么叫也不出来，拿棍怎么赶，就是捅它都不动地方。我也是心急，心想给它拽出来不就完了吗？我也想到了别让它抓着或者咬着，我还让大姐给我找了一双棉手套，谁想到我的手刚抓住他的前爪，它上来就是一口，而且咬上还不撒嘴。折腾半天我才把手从它嘴里拿出来！"

说着话又举起手："你们看看，这幸亏还戴着棉手套，这要是光着手，连抓带咬的，这手非废了不可！我这是刚从医院打完破伤风针才来的。五哥要不您亲自去一趟把猫接回来得了。"

　　道长连说带比画，绘声绘色，口沫横飞。虽然还是自诩自赞之情溢于言表，但是却给我俩听得歉意萌生。这兄弟虽然平时说话办事语言盖过行动，形式大于意义，但到关键时刻还是不含糊，为这么点儿事儿前后跑腿儿受累就甭说了，担责挨骂也没有一句抱怨，现如今又受了这么重的伤，依旧亲自跑来送信儿，真可以说是急人之所难，为朋友两肋插刀了。这样的人让他吹乎吹乎满足一下虚荣心又有何妨呢？

　　当时估计老五想的和我差不多，我俩几乎是同时换了一副嘴脸，满脸堆笑，端茶倒水，询伤问药，嘘寒问暖。不吝关怀赞美之词，痛下颂扬吹捧之药，把道长弄得轻飘飘犹如驾云一般舒服。

　　大凡这种性格的人都是这样，骂他几句，当时就发蔫儿没话了，捧他几句那可了不得，当时就斗志昂扬，信心满满，多大的困难都能克服，什么样的问题都不在话下了。道长就是典型的这种性格。听到我俩这一捧，端起茶喝了一口，站起身说："哥，咱们别待着了，趁着还早，我跟您去把猫抱回来吧？不然夜长梦多，谁知道是人家变卦还是咱家猫出事儿呀。抱回咱家我也就放心了！"

　　"你瞧，兄弟又说到点子上了。咱得济着正事儿办呀！我跟老五都没脑子，就知道干着急，关键时刻还得是兄弟……不过你手上这伤行吗？"

"没问题！这小伤还叫事儿吗？先把咱宝贝儿抱回来再说……"您瞧，都咬透亮儿了还不叫事儿呢！

我们仨人儿背着个空挎包，二次来到了大姐家，依旧是那几间平房，依旧是那几个人。不过这次见面全家人的表情已经从之前的伤心埋怨变成了现在的担心和期待。盼着我们来了能把猫早点儿救了，别让它再受罪了。和家人打过招呼之后，大姐一指床下："快着吧，还在这儿呢！"

这回谁来？道长是没戏了，一朝遭蛇咬，十年怕井绳。有今天上午这一次，估计连自己家的猫都不抱了。我？歇了吧，就这状态我要敢抱两年前就抱了，还轮得到老五？嘿！来吧老五，关键时刻，它不是跟你好吗？亮个相吧小宝贝儿！看你的了！

老五也知道这时候没有人能替他，根本就没客气，走到床前跪在地下，掀起床单，压低身子往里一看，猫就躲在紧靠墙角的最远端。老五也是聪明，先不急于抓猫，把床单完全掀起来，让猫看清他的长相，然后在床边"啧啧"地叫它，等到猫完全看清了他是谁之后，猫的眼神发生了变化，从惊恐愤怒变得哀怜求助，紧跟着"喵"的一声轻叫。随着这一声叫，老五慢慢跪爬进床下，边挪边说："猫咪，宝贝儿，跟我回家了！"随之用手抓住猫的后颈，轻轻将猫拎了出来。整个过程猫没有一丝挣扎和反抗，乖乖地被老五抱在怀里胡噜了几下之后装入了挎包。

大姐一家人瞪着眼睛都看傻了，只有道长在旁边甩出一句话："操！这玩意儿，谁养的就是谁养的！"

　　我白了道长一眼："这他妈打小儿是我养的！"

　　老五白了我一眼："你叫它它答应吗？这是缘分！"说完话，拿着劲儿，挺胸抬头地走了。

　　回到老五家，阿姨早就给猫做好了饭等在那里了。老五轻轻地把猫从挎包里拿出来放在地下。这猫虽然在床下待了一个多月，又脏又瘦，但精神依旧，而且就跟没发生这段事情一样，先是吃食喝水，紧跟着就跑到阿姨怀里又玩儿又闹了。给我们那阿姨高兴得都快哭了！都不知道怎么着好了！马上打水，给猫洗澡！——这澡是非洗上不可！

　　我们哥儿仨下厨做饭，一是庆祝一下这件事情的圆满结局，二是得给道长兄弟道道辛苦，也算慰问一下伤员，哥儿仨好好喝点儿。席间，主要的话题都是围绕着这只猫——怎么听话，怎么懂事，怎么认人，怎么忠诚。道长无不佩服地反复说着老五抓猫的过程以及大姐一家的羡慕之情。

　　突然阿姨话锋一转："你说人家这一家子招谁惹谁了？好心好意把猫借给咱，到现在落得鸡飞蛋打的。虽然这事儿谈不到谁错，但总归是咱们的失误才闹成这样的。人家大姐还怀着孕，让人受这份儿刺激，到现在咱们是一家团圆，人家还是白伤了一只猫，这说不过去呀！这样吧……"阿姨一指怀中的白猫，"它儿子也一个多月了，应该断奶了，长得虎头虎脑可爱极了。你们明天再跑一趟，把这小猫给人送去吧。一来让人家有个寄托，二来这小猫怎么着也是那母猫的亲儿子，这不更算是念想儿吗？"

此言一出，大家都十分赞成。之前抓猫紧张，又急着往回送，出人家门时只是简单地告别，谁也没有细想过猫走之后人家的感受。现在想起来，确实有失公平。现在阿姨这想法一出，打消了所有人心中的内疚感。明天再跑一趟！

书不重述，转天我们把小猫给大姐送去，一家人惊喜非常，连连道谢，弄得我们还挺不好意思。

至此事情圆满，双方合意。两家人因猫结缘，至今仍是朋友。

那只公猫美美地在老五家享受着阿姨精心的照顾，直至三年后我们去农村演出，带回一只小花狗，一猫一狗倒也其乐融融。又半年，狗狗长大，成天追猫玩耍。虽说猫狗打架，最终占便宜的是猫，但这猫终究受不住后边总跟一条狗的心理阴影，终于有一天，蹿出阳台，投奔隔壁老黄去了。全家找遍楼前楼后，不见踪影，阿姨伤心至极。正赶城内打狗之风甚紧，情急之下，将狗送回乡下老家，托人寄养。

从此，家中又恢复了之前的宁静。

鸟

鸣

鸟儿还是待在树上好看

老北京人都知道，北京城内鸟市很多，最有名、规模最大的当属西城车公庄桥旁的官园花鸟鱼虫市场。我小时候家住官园旁边，学校离鸟市更近，平时还好，如果到春秋两季，北雁南飞、候鸟迁徙之时，官园鸟市从里到外，街道两旁，连摆摊儿的带野市绵延一二里地，全是爱鸟儿人。

上小学一年级时，一次偶尔路过，我见此热闹场面便被吸引住了，五颜六色、形态各异的鸟儿更是让我走不动道儿了。好奇心盛，于是问名称、询价格、说品种、聊习性。那天，我第一次听说并认识了黄雀儿、画眉、百灵、红子、靛颏儿……回到家，我找了一个邮包裹时用的木箱，拆掉顶盖，钉上一块铁丝网，箱中放上两根树杈儿，又找来两个瓶盖当食水罐儿，自制的鸟笼就算做成了。第二天我又一次来到市场，手里攥着平时攒下的五毛钱，野心勃勃，看哪只鸟儿都像是我的，势必据为己有而后快。可细问才知道，同样的品种差价也很大，体形、毛色、站姿、叫声等，无不和钱有联系。而我手里这点儿钱，只够买几只野鸟。经过反复咨询、对比，我买了两只粉眼儿，如获至宝，俩手攥着就回家了。

粉眼儿，也叫绣眼，是一种候鸟，分紫胁、青胁两种。体形较小，细长流线，通身翠绿，只有眼周有圈儿粉白色，由此得名。由于长相秀气，喜热畏寒，南方饲养较为普遍。此鸟儿叫声清脆悦耳，但饲养很讲究，有专门的绣眼笼、钩子、盖板儿、食水罐儿等，用具一应俱全，都是单为绣眼设计的，是深受玩儿主喜爱的，有很长饲养历史的一个品种。

当年的我自然不懂这些门道，回家之后将鸟儿放入木箱中，添好食水，就开始欣赏了。那时的欣赏水平只是看着鸟儿在枝杈上跳跃的形态，就已经大为满足了。搬个小板凳在木箱前一坐就是几个小时，一会儿把木箱拿到背风处，一会儿挪到太阳底下，一会儿喂苹果，一会儿清粪便，老北京话叫——摆忙……于是，出事儿了！由于箱底不好清理，又没有替换的鸟笼，只能捂住笼门伸手进去，就在这个环节，一只鸟儿钻出手缝儿飞上了院儿中的大柳树。这鸟儿要是远走高飞了，我也没有那么着急，毕竟急也没用。可它却偏偏站在柳树枝上跳来跳去，大声鸣叫，这让院儿中的我望树兴叹呀，束手无策，又不舍得放弃，眼望着树梢哭的心都有。姥姥实在不忍看我这样，把家中一个装干粮用的竹子编的小筐拿来扣在地下，边缘支上一根小木棍，又在中心撒了一小把玉米面儿，木棍上系根绳子，把绳子顺到屋中，告诉我，抓住绳子，等鸟儿饿了会飞下树来吃食，当它站在筐底时一拽绳子就会把它扣在筐中。

现在看来，老人家的本意是不忍看我难过，想个办法让我岔乎岔乎，对于这办法能不能逮到鸟儿并没有抱多大希望。不过这主意在当时的我看来简直就是一根救命稻草，抓着绳子躲在屋中，一等就是两个小时，这期间我咬牙切齿地盯着每一个在院儿里出入的邻居，生怕他们的走动影响小鸟下树觅食甚或远走高飞。而树上的绣眼可能是因为越狱成功，心情大好，站在枝头飞来跳去，放开嗓子叫出了也许是它有生之年最美妙的声音，叫累了绿毛一耷，脑袋往后一盘径自睡了……这一来，又把我搁在旱岸儿上了。

直等到下午四五点钟，树上的鸟儿又来了精神，开始跳来跳去，越跳越高，从树杈儿蹿到了树梢，并四处张望，大有不辞而别的架势。躲在屋中的我，这时的心已经提到了嗓子眼儿，但心理也已发生了变化，不再对逮鸟儿抱有任何幻想，只是在等待着和它告别的最后一刻。就在这时，树梢的鸟儿发现了院儿中的筐和筐中的食儿，没有任何思考和犹豫，振翅下树，像一颗从空中掉落的石子一样飞入筐底吃起食来。整整一下午，我等的就是这一刻，手起，拉绳，棍倒，筐落，将鸟儿扣入筐中，而随之心底却产生了一丝莫名其妙的失落感。直到多年后，我才明白这个失落感的真正含义——当时可没有时间多想。瞬间，喜悦冲走了所有的情绪，我冲出屋摁住竹筐兴奋地大叫："逮住了！逮住了！"姥姥拿来一条毛巾被罩住竹筐，这样伸手进去时毛巾被的软边能围住手腕儿不至于再让鸟儿逃脱。这才拿出鸟儿放入笼中，添好食水，我却不敢再轻易地开笼门收拾了，只是坐在旁边静静地看着，而看的兴致仿佛也不如从前高了，总觉得它在笼中的状态不如在树上好看……

玩意儿终须落声嗨

我的养鸟儿生涯就这样开始了吗？根本谈不上。因为对鸟儿文化知之甚少，对鸟儿欣赏品评的说道又一窍不通，只是纯粹的饲养，没多长时间兴趣就淡了。可这期间，在逛鸟市时又发现了这样一群人，他们聚集在鸟市旁边的空地上，支好自行车，车的前把和后货架上绑的都是木棍，棍上落着各种各样的鸟儿。鸟儿的脖子上拴着脖锁，上有细绳与木棍连接，中间只有很短一段是鸟儿的活动范围。驯鸟儿时打开脖锁，鸟儿处于自由状态却不跑，围绕人身飞转，或从远处朝人飞来，或做出各种让人惊叹的表演。结束时驯鸟儿人给鸟儿一些食物作为奖励，一边把鸟儿拴好一边拿眼瞟瞟围观的人们，扬扬得意地到旁边和同伴抽烟聊天去了。这种具有表演性质的玩儿法吸引了我，可以和自己的爱鸟儿近距离接触，还可以看到鸟儿自由飞翔时的美态，重要的是鸟儿在脱离你掌控之时给你带来的那种成就感和刺激，还有一点不太重要的，就是围观人群中投来的惊喜、羡慕的眼光……于是我开始了对这门功课的了解，那段时间我又认识了梧桐、老西儿、交嘴、燕雀儿、金翅儿、太平鸟……

这种玩儿鸟的过程实际上是个学艺的过程，你必须塌下心来交朋友，虚心地向人请教驯鸟儿的方法。这其中也有很多类似于相声学艺过程中遇到的只可意会不可言传的经验，需要你感悟体会，细心观察。好在那段时间的工作不忙，相声正处于低谷，演出少之又少，演员不坐班，除了每周一、周四的点名，单位给了我大量的空余时间。那段日子里，十七八岁的我整天泡在鸟市，和那些玩儿鸟的大人混，虽说少了些团结紧张、严肃活泼的作风，但却不失悠然随性、清闲舒畅的心情，同时也总算学了些有用没用的能耐。从那时起就有很多人说我："打鱼摸虾，耽误庄稼；年纪轻轻，玩物丧志；提笼架鸟，不务正业；八旗子弟，少爷秧子；清朝遗风，未老先衰……"好在他们说时一脸的和善，所以我也是当好话听的……

言归正题，"混"了两三年这样的日子，我驯鸟儿的手法基本过关了。在我手里的生鸟儿不出两周，吃飞食，叫大远儿，开箱子，叼八卦，叼彩旗，打飞蛋儿，样样拿得起来。我有时还能顺手挣些零花钱，三五毛钱买个鸟儿，驯个几天就被喜欢的人十块八块地买走了，不卖都不行。在玩儿鸟儿的同伴中我也有点儿资格品头论足、说三道四了。

就在这当口儿有一件事让我记忆犹新，现在有点儿年纪的人还能记得当初有个电视剧叫《大马路，小胡同》，写老北京人生活的，挺热播，里边有一个情节，大杂院儿邻居养了一只寿带，叫声难听，吵得邻里不安。剧情搞笑，我印象特别深刻。电视剧播完，这鸟儿也跟着火了。这鸟儿本来不叫寿带，学名红嘴蓝鹊，老百姓俗称麻喜鹊，北京山区多见此鸟儿，颜色艳丽，叫声婉转，只是没有讲究，加上体形太大，之前没有什么人养它。自从电视剧播出之后，鸟市上才经常出现，但卖价便宜。闲来没事儿我买了一只，经过两周的训练，十八般武艺样样精通，按玩儿鸟儿人讲话："这鸟儿全活儿①！"品相也好，红嘴，蓝身，灰腹，红腿，头上带白色斑点儿，十二根顶端带白的蓝色尾羽整整齐齐分为六对，依次延伸一尺多长，末端微向下扣。加上身子有将近二尺长，项下戴精钢制成的脖锁，上穿彩珠下坠红绒线，雄赳赳地站在象牙镶头、白丝线缠中的紫檀木杠上，英姿飒爽，引人注目。打开脖锁刚玩儿上两把，周围便聚集了几十双羡慕的眼睛。嘿嘿，这就是人叫人千声不语，货叫人点手自来。

我正得意呢，人群中挤进来一个小伙子，三十多岁，穿着讲究，来到我身旁问价，要买。我告诉他这鸟儿是我自己玩儿的，不卖！小伙子死缠烂打，非买不可，最后竟出价一百五十块——1987年，一百五十块，是个钱了。我告诉他，给多少钱都不卖，我还没爱够呢！话说到这份儿上小伙子没辙了，一步一回头恋恋不舍地走了。他还没走出人群，从那边过来一对母女，三十多岁的妈妈带着一个四五岁的小丫头，扎两个小辫儿，穿一身红羽绒服。小孩儿看到这么漂亮的大鸟高兴至极，挣脱妈妈的手，嘴里喊着扑上

---

① 全活儿：北京俗话，什么玩意儿都会的意思。

来要抱……有这方面常识的人都知道，鸟儿怕红色，加上小孩儿的惊吓，扑棱棱展翅上树怎么叫也不下来了。周围的人惊呼过后开始还帮我叫两声，时间长了也各自散了。夕阳下只剩下我和那个小伙子，抬头看着树上惊魂未定的鸟儿，徒劳地"嗨！嗨"地叫着它。终于在临天黑之前，野鸟归林之时，我们眼巴巴地看着它腾空而起向京西大山方向飞去……

多年后和京城有名的玩儿家九爷聊天时，我还耿耿于怀地提起此事，老爷子从容淡定地说了一句："玩意儿终须落声嗨……"

吃喝玩儿乐小分队

我们有个专攻吃喝玩儿乐的小分队，固定成员四个人，其中一个是军人世家，我们叫他"团长"，武警部队的团职干部。三十多岁，又高又壮，寸头，圆脸，说话直爽，声音洪亮。虽职位已到团级，但平常说话中却让人感到没有任何城府，性格憨直，看到他我总想起老北京说人的一个老词儿：愣头壳脑。他平时出入自驾一辆212越野吉普车，好热闹，贪玩儿，跟我们这帮邻居打得火热，平常不上班，请事假、泡病号，可玩儿起来却精神百倍，不论到哪儿玩儿，说几点就几点，雷厉风行，军人特质鲜明。他自愿充当小分队司机，随队听令。这下子，那辆吉普车也"随娘改嫁"过来了。

另外两人是哥儿俩，根据在家里的大排行，官称三哥、老六。三哥虽无业，但很有能耐，以前在地质队工作，前知五百年，后知五百载，什么都懂点儿，玩儿古玩，爱书画，懂电子，好机械，车钳铣刨样样拿得起来，还能打一手好家具。他兴趣爱好繁多，什么东西一看就会，在玩儿的时候总能别出心裁，想出使人耳目一新的点子，需要什么工具他都能手到擒来，做出来肯定比外边买的又好看又顺手，绝对的技术型人才。为人平和低调，内里心高气傲。他整天一副清闲自在、与世无争的样子，但言语中总能透出这么一点儿"玉在椟中求善价，钗于奁内待时飞"的雄心壮志。

老六，比我大八岁，工厂工人，性格温和，老实巴交。平时不多说不少道，踏实肯干，哪儿有脏活儿累活儿哪儿就有他。干起活儿来灵气十足，不管多难的事儿，总能完成得既快又好，是个典型的实干家。对生活要求不高，极易满足现状，最大的享受也不过就是三五个好哥们儿在一起吃点儿，喝点儿，玩儿点儿，乐点儿。和我认识的时间最长，关系最好，并且单身未婚。因此那时我俩每天泡在一起，随便弄点儿什么菜就喝起来，海阔天空，无忧无虑，他是个极其忠诚的好朋友，和他在一起，我总感觉心里踏实稳当。

我们这四个人凑在一起，再加上偶尔有爱玩儿的朋友临时加入，就组成了一个小圈子。那段时间我们可算玩儿疯了，从春天水面一解冻就开始忙活钓鱼，每天不是水库就是鱼坑，只要听说哪儿的上鱼率高，抬脚就走，绝不犹豫。这样玩儿到十月底，大风一起，钓鱼暂停，进山逮鸟儿，拿着工具，带着帐篷，我们在山里一住就是半个多月，直到候鸟迁徙完毕，才回家休整，重新装备，进入水库区去捞虾米，一玩儿又是一个星期。那时的车里就像个百宝箱，鱼竿儿、鸟网、虾米篓、调料、碗筷、煤气罐儿，应有尽有。走到哪儿，就地取材，随遇而安，大有野外生存训练的意思。直到天气大冷，水面封冻，我们这才回到家里，重新开始养鱼驯鸟儿、吃吃喝喝的生活。

要说这几种玩儿法里边最让我上瘾的，就要算进山粘鸟儿了。说粘鸟儿，不是用胶，而是用粘网。用极细的丝线织成网，长五米、七米、九米不等，高三米左右，两头儿用绳圈儿穿在长竹竿儿上，横向每间隔一尺多用细绳穿过，绳紧网松，形成兜，立在树林当中，甭说鸟儿，人都很难发现，飞鸟撞到网上掉入兜中，翅膀被裹住，双脚没有蹬力，只能服服帖帖地被擒。

粘鸟儿的工具也相对复杂，有粘网、网竿儿、铁钎、纤绳、矮平笼、编织袋，还有"油子"。

粘鸟儿的人嘴里说的"油子"，我问过很多人，都解释不清这个词，只是口口相传学来的。在我的理解可能是诱惑的"诱"，"诱子"，叫白了叫成"油子"。逮鸟儿的人在进山之前，都要去鸟市买上几种想粘的鸟儿来引诱野鸟，这种鸟儿不论好、坏、公、母，只要能叫出本口就行，粘鸟儿时放在网窝中当"诱子"。大凡鸟儿结群都是听同伴的召唤，方近左右只要有同类鸟儿，听到叫声必要飞来，落在"诱子"周边的树上，叽叽喳喳叫上一会儿，或一起小憩，或相约共同上路。这是候鸟亲群的必然表现，因此"诱子"是粘鸟儿人必备之物。

有些常年粘鸟儿的人，这"诱子"一养也能养很多年，而且越养越好。也正因为如此，每年春秋两季，候鸟迁徙季节，鸟市专门有卖"诱子笼"的。这种笼用粗竹条编成，形态不美，做工粗糙，但小巧便携，结实耐用，手拿，肩扛，装卸，运输，爬山，涉水，摔挤，碰撞，不易损坏。

粘鸟儿时要找一片矮树林，将粘网沿树木行距之间的空地支成一个半包围势，形成三面有网、一面开门儿的形状，再把"诱子"挂在网窝中间的矮树杈儿上，人则远远地躲藏好等待鸟儿进入网窝。在等待的过程中仔细静听鸟儿的各种鸣叫，如发现哪种"诱子"叫声异常，必是附近有其同类，所以逮鸟儿的人必须能够清晰地分辨出各种鸟儿的叫声特点和异常反应，如不然则容易发生判断错误，造成重大损失。直到野鸟进入网窝中心，人们才从各隐蔽处现身，一边呼喝着一边急速从支网时留好的开门儿处跑向网窝，同时用帽子、衣服或装上石头的塑料袋、背包等物，高高抛起，扔向网窝中。窝中野鸟，听到呼叫声，惊慌失措，又见空中有物，忙乱中抄低急飞，必然撞网落入兜中。

想起那些进山逮鸟儿的日子，苦虽苦，却真是玩儿得畅快淋漓。如果约好明天进山，今晚就甭打算睡觉了，不是有事儿，而是兴奋。躺在床上睁着俩眼就是不困，心里想着第二天山里的地形、网窝的朝向、天气的变化、来鸟儿的时间等状况和应对手段，恨不得把每个细节都事先设计出来，想得热血沸腾，心痒难搔，干脆起床走溜儿，望天呆坐。直到凌晨三点，楼下汽车喇叭一声轻响，赶忙背包下楼，出门看时，楼下三人早已把各种工具装车完毕，站在车前抽烟闲聊了——敢情我还是最慢的。团长司机赶紧过来一边接过我手里的包一边用他习惯性的大嗓门儿喊着："你怎么才下来呀？就等你了！我也不敢使劲儿按喇叭，怕给人街坊吵醒喽……"三哥不紧不慢地踩灭烟头儿："别他妈嚷了，这就快醒了，赶紧上车吧！"老六笑着帮忙把背包塞进后备厢，四人上车往城外大山进发。

车开起来，大家才恢复了平时说话的声音，这时我也看清了车里的情况。团长开车，三哥坐副驾驶位置，脚下踩着一个编织袋，里边是粘鸟儿所用的小件零碎工具，腿上放着扎成一捆儿的十瓶二锅头，这是我们夜间唯一可用的取暖之物。后座是我和老六，我们俩人儿脚蹬"诱子笼"，怀抱粘鸟儿网，头枕矮平笼，背靠拉纤绳，两人中间还放着大伙儿这几天的口粮。最要命的是在车的中间，从后窗到前风挡，纵贯后座和前座，横空架着一捆儿支网用的竹竿儿，再加上我们几个人棉袄套大衣的穿着，车里真是连个挠痒痒的空间都没有。

很奇怪，这样的条件非但没让我们感觉不适，反而更激起了大家的热情。司机的嗓音好像比平常又提高了几个调门儿："哎，我们后楼一哥儿去永定河滩粘鸟儿，昨儿回来了，我告你说啊，现在过黄雀儿了！一拨儿十七只，全让丫给逮住了。七个雀儿，十个麻儿（七个公，十个母），鸟儿我瞧见了！我操！真牛B……"一边说话一边开车，连比画带回头，手舞足蹈的。

老六也随声附和："嗯！我们厂小赵他们前天去香山那边也见着黄雀儿了，少，就五六只。他们没带黄雀儿'诱子'，眼瞅着飞走了。"

"昨儿小军他爸在动物园后身儿，用打笼儿还逮着俩呢！"三哥平常不爱出门，说的是我们楼下邻居昨天的收获。

我也争着把我的见闻告诉他们："反正昨天我去鸟市，看见大批的黄雀儿还都是东北运过来的，本地鸟儿不多，一个儿半个儿……"大家你一言我一语，把有关逮鸟儿的消息汇总到一起，说得热闹非常。实际上谁都知道，这些消息对本次进山粘鸟儿行动的帮助不大，但还得说——先过过嘴瘾。

不知不觉汽车开出市区，驶上了盘山公路。整座大山黑黢黢的，从车窗往斜上方望去，只能看到山的边际与墨蓝色的天空形成一道模糊的交界线。四周漆黑一片，只有车前两束强光把弯曲的山路照得异常清晰又略显神秘，不管你照得多远，走得多快，它总是能隐藏在前方陆续出现的山坳里，让你看不到它的全貌。路两边是被秋风折磨得几近枯黄的野草，就连粗壮的大树也受不了这深秋的山风，眼睁睁看着自己的树叶由绿变黄，相继离开自己的身体。还有那不甘在寒冷中默默忍受的枫树和一些不知名的灌木，在凛冽的山风中坚强地泛出这一年中自己最炫丽的颜色，在我们狭窄的视线里，点缀着一片片艳红。车前这束强光在黑黢黢的山谷里就像一条短暂而有意境的风景走廊，在绵绵的大山里快速前行，可这走廊的一边是直立的峭壁，另一边则是百丈的悬崖。

这一路当然不会只是提心吊胆、担惊受怕。当你小心翼翼注视前方道路的时候，经常会有松鼠在公路上横穿而过，"嗖"地一蹿，没入路旁的草丛里。而野兔往往在车前的光区里向前跑上一阵，就如同向导引路一样带车前行，等什么时候明白过来，这才停靠路旁，看你驶过它的身边。偶尔也能看见刺猬大仙在路中间慢慢地踱步，这时我们所有人都不敢怠慢了，或减速慢行，悄悄地从大仙身旁绕过，或干脆停车，目送它老人家远去，这才驱车前行。车上的人也绝不敢有半分不敬，都静默无言地注视着这圆滚多刺的法身大摇大摆地消失在黑暗中，以此来期盼这次出行的安全和顺利。

由于每年都进山粘鸟儿，所以地点是早就挑选好的，此地离公路不远，是在两山之间的半山腰中横出的一个广阔平台，方圆百米，种有成片儿的栗子树，树身不高不矮，晴天时鸟儿绕山飞行，这里是绝佳的下网之地。平台下方是一片密松林，绵延至谷底，谷底是一条旱河的河床，由于多年无水，河床平坦宽阔，生长了很多高灌木。在中午太阳最毒时，茂密的松林是鸟儿喜爱的藏身纳凉之处，而下方的河床，就是猎捕这些鸟儿的好场所。最可心的就是平台的另一侧，是个天然的水库，水面宽大，深不见底。这水，对于在太阳下长途飞行的鸟儿来说，是具有莫大诱惑力的。这个场所，是我们经过很长时间的勘察，走遍了周围的大山，才最终选定的。可以负责任地说，从粘鸟儿的角度看，我们算是占尽了地利的优势。

差点儿被"团长"玩儿了

秋天，深山，凌晨五点半，汽车到达了目的地。我们的第一件事，就是赶快下车直直腰、伸伸腿。两个半小时的车程加上在车内的坐姿，让我们感到全身酸疼，双腿麻木。四外一片漆黑，哥儿几个一边抽着烟，一边安排着工作。发号施令是团长司机的长项：

"三哥！你拎着这两包东西，这酒可别摔喽！摔了你们可没的喝。这扁笼胳肢窝能夹住吗？可别把条挤折了啊！鸟儿要一跑咱就白干了。

"老六！你就负责这两筐'诱子'吧，别的你甭管，这可是咱的重中之重。尽量端稳了，晃悠大了天亮'诱子'不叫唤就麻烦了。

"谦儿！你扛着这网竿子吧，注意脚下别摔跟头啊！你摔了不要紧，竹竿儿摔劈喽咱可没有富余的。这手别闲着呀，把那包吃的拿上，中午咱就省得再下来一趟了……"

嘿！嗓音洪亮，霸气十足。听着他的安排，我这心里佩服得跟什么似的，不愧是当官儿的，事儿就是想得周到，还没有一丝拖泥带水……

正在这时，旁边的老六说话了："你别太鸡贼了行吗？你也拿点儿东西！"

听到这句话，我和三哥都乐了，黑暗中也没太注意，合着他把东西都分给我们了。三哥乐得连东西都拿不住了，指着他说："我说分得这么快呢，这就叫逢傻必奸呀！平常看着憨憨厚厚的，要不是老六心里有数儿，今儿就都让你给玩儿了。"

大伙儿的笑骂他倒不往心里去，也完全没拿自己的小把戏被戳穿当回事儿，反倒扬扬得意地辩驳："我得给你们打着手电照路，我这工作最关键，也最危险，没有我你们全都得折山下去。"老六平时少言寡语，但在节骨眼儿上一句不落："不用。我们走惯夜路了，不用手电，你就帮忙拿点儿东西比什么都强。"团长一看找这辙不管用，又开始耍赖："那绝对不行！大半夜的，不打手电，黑咕隆咚，这要摔下去怎么办？我得对你们负责！"嘴里大声唠叨着，也不听别人讲话，打亮手电朝坡下走去。

我们仨谁也没打算真跟他较劲儿，就为拿他找乐，拿起东西一边走一边跟他打镲。三哥边走边乐："丫真能装孙子，谁都比他岁数大，还对咱们负责，真拿咱们当部队的新兵蛋子了。"

"嘿！你跑那么快干吗？给我们照着点儿呀！"老六也跟着起哄。

我扛着网竿儿走在最后，也不甘寂寞地冲前边大声嚷道："我说，团长！一会儿上到顶，下网之前咱得先列队，集合，报个数吧？看看有没有轱辘到山下去的！"就我这一句话，可让他逮着理了。本来走在前边的他，停下脚步回头等我们跟上来，同时嘴里头闲话就开始了："你以为怎么样？你们几个还就是缺练。真应该让你们上部队参加几个月的军训，像你们这样散散漫漫、吊儿郎当的，那根本就不行。这要搁到我手底下，每人先跑五公里。跑回来还想废话？气儿都喘不上来！嘿嘿！就你们这小体格？一个个的……"

"就你废话多，别贫了，赶紧照照路！"三哥呼哧带喘地拦住他的话茬儿。确实，这还真不抬杠，这老不锻炼体力就是不成。我们的汽车停在盘山路上，我们要带着所有的装备下到沟底，横跨旱河，登上对面那座山的平台，再加上负重、坡陡，这刚往下走了四五十米，仁人已经气喘吁吁了。这时，谁也没心思跟他斗嘴了，黑暗中咬牙屏气，耳朵听着他一个人唠叨，眼睛看着前方的亮光，蹒跚前行。下到谷底，横穿旱河，再向上爬，拎东西的胳膊早已发酸，腿上的肌肉开始哆嗦，并且越走越慢了。

你别说，不得不承认，这受过训练的就是不一样。虽说手里没拿东西，但这一路嘴可没停，老有话，而且中气十足，不呼哧带喘。直到登顶后，我们仁放下东西，坐在地上都站不起来了，他围着我们还说呢："这人不锻炼哪儿行呀？你看这喘的！这刚哪儿到哪儿呀？想当初我们野营训练，背着行李一走就是几十公里，到目的地衣帽要整齐，行李不许散，掉队的回去挨罚！就你们仁这熊样，有多少厕所也让你们扫干净了。这要打起仗来……"哎哟！叨叨叨，叨叨叨，不知道哪儿那么些话，他说着说着靠着一块岩石坐在地下，从包里拿出一个烧饼、一瓶矿泉水，用这两样才算把自己的嘴给堵上，这大山里才算恢复了宁静。

过了十多分钟，我感觉心跳平稳了，喘气儿也匀实了，也觉出冷来了。山里的风真硬，再加上刚才出了一身汗，潮湿的衣服紧贴全身，一阵风就能把身上的棉衣吹透。凉风从领口、袖口直接灌了进来，我赶忙裹紧军大衣，站起身，点上一根烟，深吸两口，准备和大家一起商量商量在哪儿下网。谁知我们仨来到他面前一看，他居然睡着了！嘿！当时把我们佩服得五体投地，三哥看着他发出了由衷的赞叹："操！丫就是一牲口！"

叫醒了团长，四个人把网支好，"诱子"挂在网窝中心的矮树上，添满食水，天也蒙蒙亮了。我们收拾好东西，退到两山之间的高坡上。此地离支网的地方六七十米，地形略高，站在这儿正好俯视鸟网，一清二楚。脚下是两座大山山脊的会合处，身背后是宽阔的水面，站在这儿，既可以清楚地看到鸟儿的飞行路线，又不会惊吓到鸟儿的亲群降落，还可以迅速地冲到坡下对鸟儿进行必要的哄赶，真是绝佳的天然捕猎场。

一切工作就绪，哥儿几个又拿出了早已准备好的钓鱼竿儿，回头甩进身后的湖水中，在等鸟儿撞网之余，搞起了第三产业。

其实，我们并没有奢望着鱼鸟双丰收，也没有东方不亮西方亮的鸡贼想法，所要的只不过是那份儿悠闲自得、轻松惬意的感觉。所以下钩之后随即就打开背包，拿出了头天采购的火腿肠、咸鸭蛋、卤猪蹄、酱牛肉、西红柿、黄瓜、榨菜、烧饼和二锅头，堆放在地下铺好的塑料布上，四个人团团围坐，借着东方山顶刚刚泛出的白光，吱溜一口酒、吧唧一口菜地吃喝起来。

深山里的自在时光

天渐渐亮了，四周的群山从一条轮廓线变为了实体，且能看到很远的纵深，一层一层，连绵不断。水汽凝结成薄雾，盘绕在山腰，给美景增添了一份儿神秘感。偶尔有一丝飘过身边，让人产生腾云驾雾的感觉，缥缥缈缈，恍若仙境。不同种类的植物用其特有的颜色映衬着大山整体的墨绿，在移动的轻烟里，红、黄、橙、紫，时隐时现，给视觉带来温和却坚定的冲击。湖面平静得像一面大镜子，反射着你所看到的一切，恍惚之间如同天地合一、时光凝固一般，把现实描绘成了一幅意境深远的风景画，而我，则有幸成为了画中人。

不一会儿，太阳就把大山深处的温度也调整得暖洋洋的了。我们全身沐浴着阳光，听着远处的鸟鸣，看着眼前的美景，守着垂钓的鱼竿儿，喝着醇香的美酒。此刻的我，已然深刻理解了古曲中唱到的"卸职入深山，隐云峰受享清闲"那种远离尘世、超凡脱俗的心境。

酒足饭饱，我们躺在山坡上闭目养神。此时，精力旺盛的团长兄弟又开始了他让人心碎的折腾。山前山后，山左山右，山上山下，一会儿一趟，每次还都回来汇报一下所见所闻："哎！翻过这山，那边一坡的红叶，真漂亮！这次没带相机，这要是拍下来参加我们部队的摄影展，绝对牛逼！"说完也不听我们有何回应，自顾自地找着他感兴趣的东西看着玩儿着，不一会儿又没影儿了。

一会儿，他提着一个塑料袋兴冲冲地从山下跑上来："哈哈！都尝尝！你猜怎么着？我下山到村儿里转去了，和一大姐聊了半天，我让她给我爆了一锅栗子，倍儿甜！这才是真正的油栗。"说完抓了一把放在自己兜里，撂下塑料袋又走了。

当我们仨被暖阳晒得浑身通泰、似睡不睡的时候，又听到了他的喊声："别睡呀！醒醒！就咱们去年看见的，水库对面那山后头那一片树，还记得吗？知道那都是什么树吗？山里红！我操！这一片！半拉山都红了，掉得满地都是，也没人摘也没人捡。太他妈多了……"哥儿几个被他这么一折腾，困意全无，坐起来刚想问一问情况，他又快步下山去了——真够闹腾的。

我们仨睡是不能睡了，起可也不愿意起，浑身懒洋洋地不爱动。老六站起来，伸了个懒腰，拍拍身上的土说："我下去看看网上有鸟儿没有。"有时一些叫不出名字的杂鸟路过这里粘在网上，扑棱棱地乱动，会让鸟群害怕。我和三哥也站起身，看着他慢慢走下了缓坡，身体影了在了矮树后。说来也巧，人不去没事儿，人刚进网窝，就听里边的老西儿"诱子"一阵急叫——来鸟儿了。

"老西儿"是俗称，这种鸟儿学名"锡嘴雀"，嘴短而粗，体大身沉，头顶浅咖啡色，浑身土黄，膀花黑白相间，短尾圆身，长腿大头。观赏价值不大，鸣叫也没有什么特点，但架在杠上，吃飞食、叫大远儿却是一把好手，更因它嘴形奇特，是天生"打飞蛋儿"的好材料，所以广受驯鸟儿之人的喜爱。

听到"诱子"的叫声，我们精神起来，但随之而来的就是担心。网窝里有人，这绝对会影响鸟儿降落在最佳地点。作为行家里手，又正在坡下的老六，不可能听不到鸟儿叫，更不可能不懂躲避呀，可为什么没动静呢？刚想到这儿，坡下树丛中闪出了老六的身影，手里攥着一个一尺多长的物件，快步往坡上跑来。

他刚跑到我们身边，就见在太阳强光的照射下，天空中四个黑点儿，扇着翅膀，转过山坳朝我们飞来，飞到近前，听到"诱子"的召唤，一个盘旋落在了网窝外的高树上。这种情况是最吊人胃口的，不敢轰，落点比网还高，一轰直接就飞走了，又舍不得放弃，只能站在原地跟它们耗。索性也别跟着瞎着急了，坐下静等吧。这时大伙儿才注意到，老六的手里攥着一只小鹞子。

鹞子学名叫"隼"，棕身灰腹，黄眼黄腿，钩嘴利爪，细身长尾。别看个头儿还不如喜鹊大，可厉害着呢，动作灵活，眼尖嘴快，野外捕鸟、鼠为食，是北方常见的一种小型猛禽。

这只鹞子在远处盯上了网窝中的"诱子"，随即潜下谷底，沿山坡贴地疾飞，直扑坡顶。这方法的确不易让停在树上习惯空中预警的鸟儿发觉，等到了山顶时自下而上扑击猎物，十拿九稳。战术虽好，可谁承想凭空蒙下一层细网，始料未及，滚入兜内，一个好猎手，就这样以自己极其狼狈的结局宣告失败。

　　这只鹞子可算是意外收获，虽然是开门红、好兆头，但最终大家还是决定把它放归野外，还它自由。虽然市场上也有一批养这个的人，但毕竟我们这次的目的不在于此，何况对驯养它的手法也不太了解，又何必节外生枝呢？！

　　一说放飞，老六童心大起，拿着鹞子，助跑两步，头冲前，尾冲后，像投标枪一样朝空中扔去。这小东西也真不愧是飞行高手，脱手后自觉力大，并不急于乱飞，而是借力向空中冲去，等到这一扔之力殆尽，这才展翅钻向高空，飞行姿态又快又美。事有凑巧，鹞子逃脱的飞行路线恰好经过坡下网窝，乍脱束缚，惊魂未定的它，只顾拍翅疾飞，越快越好，当然没有心思顾虑别的，而网窝外高树上的四只"老西儿"，见半空中有天敌快速朝自己扑来，惊慌失措，从树梢直向地面扎来，准备超低空顺树丛间逃命。而这一扎正好是网窝之内，一只擦网而去，另外三只，则像空中扔下来的三块半头砖一样，狠狠地砸进网兜中。

　　这个结果太出乎意料了，三人来到坡下看时，三只鸟儿老老实实地躺在兜里一动不动。您别看现在老实，伸手拿的时候可要特别注意。它的嘴又粗又圆，咬人极狠，一般情况下，从网上摘它都要戴手套，或者直接捏住它的头颈让它不能随意扭动，而且力量轻重要掌握得恰到好处，重一点儿会伤了它的性命，但稍一放松，就会在你手上咬出一个血口子。

我们小心翼翼地把鸟儿摘下来，再用橡皮膏把它的嘴粘住，免得互相撕咬，直到把它们放进矮笼，这三只"老西儿"才真正算是属于我们的收获了。开张大吉！哥儿几个精神为之一振，疲劳和困倦一扫而光，站在坡上，望着远山近谷，强烈的阳光仿佛给四周罩上了一层金黄色的薄纱，使色彩暖了起来，温度也随之升高了。温暖的阳光让僵死的秋虫又恢复了活跃，草丛中螳螂、蚂蚱，扑扑啦啦地飞舞着，能格外清晰地听到蛐蛐、蝈蝈的叫声，它们在争取着最后的时机，吸引异性，传宗接代。

　　逮蝈蝈可是老六的拿手好戏，这时，听到蝈蝈的鸣叫，他又忍不住要试一下身手了。深秋的蝈蝈夜晚躲在灌木根部的背风处，身体僵硬，如同死了一样。直到太阳高照，身体受热恢复活动能力，这才爬到灌木枝头，享受阳光。

　　逮它可不容易，伸手去抓，它会松开脚爪，让身体掉回到灌木根部，它的颜色极具保护性，眼神一错就很难再找到，即使找到，它躲在灌木丛深处，人进不去，手够不到，根本别想逮到它。这老六可真够绝的，首先循声定位相当准确，顺声音肯定能够找到蝈蝈所在的位置，看到后悄悄过去，两只手左手在下，伸入灌木枝中间，右手往上一晃，蝈蝈受惊松爪下落，正好落在早已等待好的左手心儿里。时机、位置，精准无误，手到擒来，百试不爽。

　　这一开始逮蝈蝈，可一发不可收。老六上阵，我和三哥打下手，越逮越上瘾，一会儿工夫跑遍了半个山。足有两个小时，逮了三十多只蝈蝈。等回头看时，网窝已没在山脊之后了。当三人意犹未尽地回到坡上一看，当即傻眼了，就在我们兴致勃勃逮秋虫的时候，网窝内粘住了一个意想不到的大家伙——驴！

山下村儿里住着百十户人家，以种地为生，平时在山上种栗子树、红果树为副业，靠山吃山，靠水吃水。家家户户饲养毛驴，因为驴在山区是最佳运输工具，能负重，能爬坡，饲养简单省成本，平时放养在山上吃草，晚上拉回院儿中给点儿秸秆就可以。这头驴溜到坡上吃草，那粘网支在那儿，连人都看不见，它哪儿能看得见，撞到网上还向前走，网也撕破了，网竿儿也拽倒了，只有网上细细的钢绳缠在驴身上，这傻驴浑然不觉，依旧低头啃青草，拖着网竿儿，慢慢地往前走着。

哥儿仨赶紧跑下山坡，把驴围住，摘掉破网，用打火机烧断钢绳，收回网竿儿。把驴轰下山后细细检查，好好一张粘网被撞得七零八落，大窟窿小眼子，根本没法儿用了。大家赶紧拿出备用的粘网支好，千万不能因为这个错误再影响收获了。三哥一边干一边乐，充满自嘲地笑道："嘿嘿，粘鸟儿愣能粘着一头驴，这能申请吉尼斯世界纪录了。"

出来玩儿就是心情决定一切

　　一通儿忙完以后，我们又重新回到山坡上，这回可再也不敢到处乱跑了，老老实实坐在那儿聊天、侃山、抽烟、喝水，眼睛、耳朵随时留神着四外的动静，生怕再出什么岔子。这时候，我们的团长回来了，声随人到，刚翻过山梁就扯着嗓门儿喊上了："你们快来接我一把呀，我都快吐血了！"循着声音看过去，见他肩上背着一个大麻袋，从山脊上走了下来，嘴里喊得邪乎，可脚步仍然很快，一点儿也不显疲惫，三哥开起了玩笑："哟！团长改驴垛子了！"看着他负重的身影，大伙儿乐得都直不起腰了。他走到大家跟前，放下麻袋大声抱怨："你们可真行，就没人接我一把，一百多斤！也就是我，换你们？背着它翻两座山试试！"哈哈！抱怨的同时还没忘了顺道吹吹牛。

　　不过他说到这儿，我们大家才把注意力集中在这麻袋上。老六好奇地问："这里是什么宝贝呀？""嘿！你们看看吧！要是一般的东西能值得我受那么大累？"怀着强烈的好奇心过去解开袋口一看，满满的一袋山里红——我的心呀！拔凉拔凉的。"你弄这个干吗呀？""干吗？你们懂什么呀？这才叫纯天然、无污染的绿色食品，绝对没施过肥、没打过药的野生山里红。"

原来，他刚才遛了一圈儿看见后山有红果树，满树的红果没人采，于是回到这边山下村儿里找老乡要了个麻袋，自己到山后摘果子去了。这个山区有大量的红果树，都分到了各家各户。可由于收购价钱便宜，又离国道太远，每年都有大量的果树无人采摘，果实成熟落地，自生自灭。老乡们也无暇管理，现在有人采摘，乐得做个顺水人情。只要你愿意，想摘多少摘多少。估计也是自有这树以来，今天第一回碰上这么一个不怕累的。据他说，老乡放着羊，抽着烟，蹲在岩石上边看边和他聊天，看了足有一个多小时——哈哈，就没遇上过这么不开眼的人！

他也真是不知道累，摘了整整一麻袋，翻山越岭地背了回来，待他滔滔不绝地讲述了全过程后，又说："这东西，到家洗干净，放点儿白砂糖和胡萝卜一块儿煮，煮烂以后把皮和籽捞出去，就是果茶，可比外边卖的果茶好多了！真材实料，不加防腐剂。老三！老六！哎！让你们老太太每天喝上一杯，保证身体什么毛病都没有，信不信？"得！话说到这儿，谁也别和人家抬杠了。出门在外交朋友，奉行的一个基本原则就是看这人孝顺与否。不管他馋、懒、奸、滑都占齐了，只要孝顺，这哥们儿就可交，更何况人家心里惦记的还是朋友家的老人。哥儿几个全都闭了口，就剩三哥还顺着语言的惯性唠叨着："你费这劲儿干吗？城里头五毛钱一斤……"挤对人明显没了力度，语气中倒多了一些关爱和心疼。可团长完全没往心里去，继续说红果的好处、果林的壮观、采摘的乐趣——完全没有感受到大家内心的波动。

四个人坐在一起，抓出一把红果，有一搭没一搭地嚼着。您还别说，确实和城里卖的不一样。这种红果比较原始，没有经过嫁接改良，籽多肉少，个儿小皮厚，但味道又浓又纯，酸中有甜，适口性极强。

山里的天气变化很明显，昼夜温差极大，只要太阳爬上山头，温度很快就升高了。这时正是正午时分，军大衣穿不住了，脱下来铺在山坡的草地上。棉袄也敞开了怀，我们躺在深山峡谷中尽情地享受着这片寂静和深秋的暖阳，天高云淡，清风拂面。心旷神怡之余，一阵困乏袭上身来，四个人闭目养神，迷迷糊糊地神游物外了。

我们四个正在似睡非睡之时，坡下的网窝有了动静。这次是"交嘴诱子"一阵急叫，甭问，准是和附近的同伴搭上了话。这种鸟儿学名交嘴雀，分青红两色，鸟儿的上下喙相互交错，因此得名，北京的玩儿主们叫白了都称它"交子"。

别看眼睛迷糊了，我对这个声音可是特别敏感。我一声轻呼："来交子了！"睁眼看时，那三个人早已坐起身来，眼望山谷，凝神等待了。顺着他们的眼光看去，山顶和蓝天交际处，一小群鸟儿绕过山尖儿朝我们这边飞来了。网窝里的"诱子"越叫越急，催促着天上的鸟儿赶紧下来。就这个事儿我到现在也闹不明白，就算智力不够，不知道设有粘网埋伏，可身陷笼中不得自由应该能够自知呀。即使如此，看见同伴，不说示警，反而呼唤，这让人很不能理解。如果说有个别的叛徒、内奸，也还说得过去，但所有的鸟儿都是如此！更有甚者，有些自由飞翔的鸟儿亲群格外执着，舍生忘死，前赴后继，"交子"就是这类"英雄"的代表。

这一群交嘴雀听到网窝中的召唤，加快飞行速度，从高空直扑地面，像箭头似的射向粘网。可是由于山中刮风，粘网的网兜受风力影响鼓胀起来，有三只撞到网上没有滚进兜中，反而弹出网外。鸟儿触网受惊，急往外飞。这时"诱子"又是几声大叫，已经逃脱的鸟儿在空中画条弧线，掉转方向，从另一面再次撞向粘网，义无反顾地滚进兜内。这一瞬间让我们看得目瞪口呆，不敢相信这种鸟儿亲群竟然到了这种地步，简直有点儿傻了。

一群鸟儿十七只无一幸免，全部老老实实地挂在网上了。网窝中的"诱子"也停止了鸣叫，不知它们现在心里做何感想，是幸灾乐祸，还是内疚自责？或者鸟类也有吃人嘴短，拿人手软之说？但愿它们当中有谁能够眼望落网的同伴发出这样的感慨："能遇上这样的朋友，这辈子值了！"

哥儿四个到了坡下的网窝当中准备摘鸟儿，摘"交子"跟摘"老西儿"有同样的危险，都容易被鸟儿咬破手。只不过"交子"的嘴上下带钩，垂死挣扎时，咬人也特狠，上下两喙一合，手上就是一个小眼儿，往外冒血，跟针扎的一样，钻心的痛，所以要格外小心。

我们四个人极其兴奋，这趟进山总算没有白来。正值午饭时间，大家随即拿出食品，倒上白酒，准备庆祝一番。出门郊游、野玩就是如此，心情决定一切。动不动的、值得不值得的，找个理由就要喝点儿酒庆祝一下，而且大有千杯不醉的意思，不但能喝，而且能吃，饭量成倍增长，每顿饭都跟三天没吃了似的。尤其我们这帮吃货，坐到那儿看什么都好。杯来盏去，大快朵颐，狼吞虎咽，真像打仗一样，且谈笑间樯橹灰飞烟灭。

玩儿让我远离寂寞，忘掉不顺

　　酒足饭饱之后，我们又躺在山坡上晒太阳，抽着烟，喝着水，看着万里无云的蓝天，有一句没一句地聊着天，正在心旷神怡之时，一阵急促的铃声响了起来——铃声来自身后水库边无人看守的鱼竿儿。

　　有一种钓鱼的方法，道理和拉砣儿相似。用海竿儿，竿儿上带线轮儿，甩线，不用看漂儿。甩入水中把线绷直后竿头夹住一个小铃铛，有鱼吃食，竿头晃动，带动铃响，这才提竿儿收鱼。这种方法不用老拿眼睛看着漂儿，钓鱼的同时，还能有暇兼顾其他。这种钓法也很普遍，适合于海面、水库等水面宽阔、鱼群密度不大的地方。

　　这几根鱼竿儿自从支在那里以后，大家都忙着逮鸟儿捉虫，除了偶尔过去换换钓饵，几乎把它们忘了。现在铃声乍响，那真叫情理之中，意料之外。老六第一个做出反应，一跃而起，我们其他人紧随其后，奔向湖边。这时，可乐的事儿出现了，可能是因为老六过于兴奋，跑的速度太快，到了岸边收脚不及，扑进了水中。岸边是个缓坡，即使扑到水里，马上站起身来，也不过三五秒钟的事儿，最多衣服湿了，却不至于呛水。可紧随其后的团长，看到老六入水，赶忙去拉。这二杆子货，上去抱起双腿就往上拽。这下可好，水里的人想爬都爬不起来了，脑袋扎在水里，喊也没法儿喊，两手还得死命地撑住地，整个一在水里拿大顶的姿势。多亏没拖几步就上了岸，在脑袋出水的一刹那，就听老六一声大喊："快他妈松手！"这时三哥和我也赶到了，七手八脚地把人扶到岸上。再看老六，不但浑身全湿，还喝了好几口水，坐在地上大口喘气儿，顺着头发往下流汤儿。老六缓了好半天，愣给气乐了，指着团长说："我他妈差点儿死在你手里！"

三哥乐得上气不接下气，断断续续地说："你说让我说你什么好？哎！你真牛B，这幸亏是钓鱼，这要是打起仗来，你能把你们政委给淹死。"到这时候了，团长嘴里还有话："老六就是缺练！这就起不来了？想当初我们训练的时候，倒着把脚盘到绳网上，收腹引体，照样起来，那才是功夫呢！"老六实在矫情不过他，没好气儿地说："废话！这他妈是一回事儿吗？"一边说一边抖掉头上的水，找太阳地儿晒衣服去了。

逮鸟儿，是需要耐心的，这也和钓鱼差不多，在鱼上钩之前的等待太令人焦急了。而且逮鸟儿这活儿，还更多了一份儿无奈。如果附近没有鸟儿，那任凭你计划周全，方法多样，也会一无所获，可以说有点儿靠天吃饭的架势。也许正是因为这种不定性，才让人更加期待，更加上瘾。

两个多小时过去了，连个正经八百的鸟儿叫声都没听到。下午两三点钟是山里一天当中温度最高的时候，这时是鸟儿的午休时间，经过一上午的长途飞行，在这时鸟儿要找一片密林，遮阳避暑，寻吃觅喝稍事休整，补充体力。虽然大家心里明白，但在这样的心境下也不免觉得有点儿燥热难耐。老六的衣服已经晾干了，哥儿四个围坐在山坡的树荫下，迷迷糊糊，蔫头耷脑，谁也没话了。

正在这时，网窝里传来两声清晰的鸟儿叫声，"喈！喈！"来燕雀儿了！哥儿几个又来了精神，兴奋地睁开眼，四下寻找。可是这两声鸣叫过后，网窝内就再没有动静了。听错了？还是"诱子"也像我们一样闲得难受叫两声解解闷儿？在野外逮鸟儿，这种事儿倒也常见。有时"诱子"听到了类似同类的声音，呼应两声以证虚实极为正常，可这两声也太尖厉、太急切了吧？又似乎有点儿反常。爱鸟儿的人经常与鸟儿为伴，大致能从鸟儿的状态和叫声中读懂它的内心。就像人与人交谈和争吵的声调是有明显区别的，这两声鸣叫就是这样。我们虽然不能了解它到底说了什么，但显然感觉到分贝有异，内中涵盖了很多意思。

从鸟儿叫到现在，大家谁也没说话，都是玩儿主，心有灵犀。关键时刻，多话没用，当时每个人脑子里肯定都在猜测着这两声鸟儿叫的初衷。直到这时，老六才张嘴说话："我去网里看看。"甫问，他认为是网窝里出现了什么异常情况，或有蛇吃鸟儿，或有鼠偷袭，导致了鸟儿的异常鸣叫。也不必细问，去看一眼就明白了。我们仨又顺势躺在了山坡上，准备静等老六的巡查结果。可就在老六起身的同时，我们听到了一阵此起彼伏的燕雀儿叫声。燕雀儿本口鸣叫大致有两种，近距离交流用"mia"，急切的呼叫用"喔"。
这是一阵密密麻麻的"mia、mia"声，由远及近，同时中间还夹杂
着轻微的翅膀扇动的声音。

　　我们几个人齐刷刷地向天上看着、找着，却没见有一个鸟影
子。正诧异间，就见东北方向山顶上乌云似的一片东西，翻过山尖
儿，铺天盖地地卷了过来。这时的我们看得有点儿傻眼，一时没有
反应过来，愣怔怔地望着这团黑云向我们的方向移动过来。直等离
得近了，三哥喊了一声："燕雀儿！"我们才像明白了什么似的，
不约而同地蹲下身子，伏在了身前的灌木窠子下。

　　这时，鸟群的先头部队已经到达了我们所在山谷的上空，而大
批后续的部队还在不断地翻越山峰。先来的成员显然发现了网窝内
的目标，开始在上空盘旋，后续的部队在赶到山谷上空后，也自动
卷入其中，越来越大，越卷越厚，形成一个庞大的黑色旋涡。绝大
部分的鸟儿都在随着这旋涡旋转飞翔，有一小部分组织纪律性不强
的，则在四处乱飞，但绝不离开鸟群。这个鸟群太大了！要说遮天
蔽日，那是一点儿都不过分。我们从下往上看，只能看到头顶黑压
压的一片，在这黑旋风转动的同时，偶尔星星点点地能露出几点蓝
色的天空。这景象只有在《动物世界》的节目中见到过，我们四个
人像欣赏美景一样望着天空，没有一个人敢吱声，生怕稍有动作惊
吓了鸟群。

　　天上的鸟群越聚越大，当山那边不再有鸟儿追随过来时，飞鸟

已经遮住了我们所处的山坳的上空，旋转着，鸣叫着，仿佛要叫上所有的同伴，共赴理想家园。因此，这么庞大的鸟群，全部都在高空盘旋，竟没有一个俯冲下来。

这时，正是"诱子"立功的时候了，只要它们招呼几声，天上的鸟儿肯定会扑向地面。可这时网窝中的"诱子"也沉默了，它们静静地站在笼中，一动也不动，一声也不哼，望着天上的同伴。我不敢说它们一生当中从没见过这么庞大的同类群体，可它们现在的想法绝对不是呼唤同伴停留，而是迫切地随同伙伴远行。

天上的鸟群盘旋等待着地面上的同伴，而下边的同伴被困笼中不能展翅。成千成万只燕雀儿在召唤着网窝中的朋友，而笼中的鸟儿却木木呆呆地没有反应。这个时间可不能太长，鸟群不会等待太久，最多两圈儿，鸟群看不到回应就会放弃同伴，远走高飞。在这关键时刻，蹲在树丛中的老六用嘴学起了燕雀儿的叫声。这声提醒了我们，对呀！鸟儿不叫人叫吧！与其坐视不管不如一搏，成败在此一举。我们四个人相继学起了燕雀儿的叫声，"喁！喁！喁！"

这叫声还不能太多，为什么？哈哈！我一说您就明白了。这毕竟是学鸟儿叫。就算学得再像，也不能完全和鸟儿叫一样。更何况人有人言，兽有兽语，鸟儿的语言当中也会包含很多情绪和思想，人不可能把这些东西都了解到。就像人类互相之间说瞎话一样，只能蒙一时，不能蒙一世，而且撒谎要尽量简短，以免言多语失，被别人识破。在这方面，点到为止是可信度最高的。哈哈！不是经验之谈，纯粹分析得出的结论。

说是这么说，当时想的只是不能这样束手待毙，怎么也得做点儿什么，纯粹死马当活马医，没抱太大的希望。没想到的是这几声"喔"还真起了作用，天上的鸟儿听到了叫声，明显有了反应。鸟群转到网窝附近时，带头的鸟儿一个俯冲扎向地面。可能是因为这似是而非的叫声没有真正地道出鸟儿的心里话，队头儿也只是象征性地做出反应，在天上向低空抄了一下，随即像醒悟了一样，又飞到原有的高度，与此同时做出决定，放弃地面的同类，带领大部队，径直往西南方向飞去。

别看只是领头的鸟儿这低空一抄，看似动作娴熟，技巧高超，可让人没想到的是鸟群太庞大了，领头的这一飞，后面的队员紧随其后，到网窝上空都有一个抄低俯冲再拔高的过程。整个鸟群瞬间从旋涡变成了一条黑色长龙，翻滚舞动着。由于惯性，在这条黑龙即将离去时，龙尾巴却扫到了粘网。成群的燕雀儿撞到网上，四片粘网瞬间倒塌，带着网上的鸟儿，平平地拍在了地上。

我们一声惊呼，随即向坡下跑去。来到近前一看，整张粘网平铺在地上，上面密密麻麻挂满了燕雀儿。由于网兜着地，鸟儿的身体裹在兜中在地面上费力地跳着、挣扎着，挣出粘网、逃回空中的也不在少数。我们也顾不上这些，保住大部分的战果才是主要的。几个人连忙立起粘网，让落网的鸟儿不再有机会逃脱，随即上手摘鸟儿。

摘大批的鸟儿又有另一番讲究了，要掌住了眼，先摘公的，品相好的。因为鸟儿挂在网兜中随时有可能挣脱飞走，只有入了手、进了笼的才能算囊中之物。最后再摘被网线缠成死结的鸟儿，绝不能因为一只鸟儿大费周章，导致兜中的其他鸟儿逃离，这样会得不偿失的。

这一战总共捕获燕雀儿五百八十多只，公、母各半，两只白色岔毛喜鹊膀儿（基因突变，致使毛色有异于其他鸟儿，翅膀膀花为白色。此品稀缺，尤为珍贵）。摘鸟儿费时近俩小时，由于人在网窝中不能离开，其间一支十几只金翅雀和四五十只燕雀儿的后续部队经过此地，因怕人未曾降落。一切复原之后，时间已近下午五点，两个扁平笼装得满满的，今天可算是满载而归。

这时天已渐渐地暗了下来，尤其是山谷内，太阳的余晖被高山遮挡，不再能够像正午时分那样普照万物，整个山谷里一片灰暗。随之，阳气下降，阴气上升，寒冷的空气再次包围了我们。配上深秋山中的残枝败叶，此时此景，令人无端地顿生凄凉之感。我由于刚才一阵忙碌，身上出了一层薄汗，此时被冷气一浸，连打了几个冷战，于是赶忙催促："不早了，收吧。"团长还沉浸在刚才的兴奋情绪中，意犹未尽地说："着什么急呀？天黑还早着呢！现在正是鸟儿入林的时候。"

"差不多了，这到家就得九点多。"

"回吧，再逮着鸟儿往哪儿搁呀？"

三哥、老六边说边动手收拾东西。不管是钓鱼还是逮鸟儿，这个时候，都是心情比较复杂的时候。舍不得走但必须要走，情绪很高但彼此的话却较少，因为这一天下来大家真的是累透了。缺觉，疲劳、奔波、紧张，在情绪兴奋时根本感觉不到，随着"回家"这一决定，这根绷紧的弦松懈下来，全部的消耗都在此时体现出来了。谁也不愿意多说一句话，默默地收拾好东西，翻山越岭，累兵似的朝停车的方向走去。

大家匆匆地装东西上车，爬上各自的座位，团长的车还没开出山区，我们三个就都睡了过去。这时候，可真得说人家是受过训练的武警战士了，不显任何疲态，没有丝毫困意，手扶着方向盘，眼睛望着正前方，脚底踩着离合器，嘴里吃着山里红，一辆车开得是又快又稳，一车籽吐得是天女散花。当我们再睁眼时，车已停在自家楼下，他还吆喝着大家："快点儿把逮鸟儿的工具往楼上拿！"三哥白了他一眼，懒洋洋地说："有困难，还得找警察！"

那段时间，像这样的玩儿法，我们几乎每周一次。钓鱼、逮鸟儿、捞虾米——只要老六休息，必要过"组织活动"。一直持续了两三年，直到国家颁布了《中华人民共和国森林法》，禁止捕鸟儿，此项活动才宣告停止。现在想来，这个玩儿法未免对生态环境有害，和绿色环保、保护自然的倡导有违。但那一段日子可真是令人难忘，它充实了我的生活，填补了我的空虚，使我不感孤独，远离寂寞，躲避了相声界的消沉氛围，忘掉了事业的坎坷不顺，交到了朋友，学到了知识，认识了自然，体会了友情。

鸽

语

老北京人的面子是金不换的

记得有一次，法国的一家电台来到北京，携带着精密先进的录音设备，准备实地录一种最能代表老北京的声音。他们用了很长时间，查阅了大量的资料，又经过实地考察，排除了电报大楼的钟声、清晨上班时骑自行车人群的嘈杂声、小贩的叫卖声等等，最终选择并成功下了北京上空的鸽哨声。

鸽子是老北京的标志和象征，是北京文化中最具代表性的东西。老年间王爷贝勒、皇亲国戚这些八旗贵胄对鸽子的高度痴迷，和富商巨贾乃至平民百姓的上行下效，使老北京观赏鸽形成了单独的品系，拥有了名目繁多的种类，并确定了细致入微的品评标准，同时造就了老北京观赏鸽的高贵血统。

有这样的说法，外国人喜欢自然美，中国人崇尚畸形美。自古以来，盆景、假山、京巴、金鱼，包括妇女缠足都是国人崇尚畸形美的例证，其中老北京观赏鸽更是典型。原鸽为灰身、小头、长嘴、小鼻包儿，而老北京观赏鸽则经过多年的改良和定向培养，形成了现在的方头、短嘴、大鼻包儿，并且羽色多样，明显区别于原鸽和外血观赏鸽。不管这种说法正确与否，总之历史上从不缺乏对老北京观赏鸽的痴迷者。

当然，这其中包括我。

我接触观赏鸽是在上二年级的时候，那时住在大杂院儿中，我的同班同学，也是我的邻居、发小儿，他家在另一院儿中有一间闲置不用的小西屋，也就不到十平方米。我俩经常从他家中拿出钥匙跑到小西屋里去，那时小西屋就是我们的玩具室，那里藏着一只相思鸟、一只黄雀儿、两只小兔子，还有三只小鸡崽儿——都是我俩省吃俭用攒下的家当。有一天他跑到我家神神秘秘地和我说，马甸附近有个鸽市，要一起去看看，于是我俩带上所有的积蓄出发了。

当时的马甸鸽市是在一个坑坑洼洼的土堆上，好像附近还有一段旧城墙的残垣断壁，破破烂烂，如今推断应该就在现在的元大都遗址附近吧。周边最明显的建筑物就是一个肿瘤医院的大楼，四下很荒凉，只有鸽市是热闹的，走路的、推车的、驮鸽子笼的、提鸽子挎的人都在兴致勃勃地品头论足，讨价还价。这其中还有不少人，到那儿不是为了买或卖，而是拿上自家几只精品鸽到市上显摆的，他们在和朋友谈天说地的同时，心满意足地倾听着旁人的赞美，接受着羡慕的眼光。

而我们两个人这时早已眼花缭乱，眼看、耳听、嘴问，尽量多地摄取这方面的信息。这次我们才真正地知道了什么叫点子、铁膀儿、墨环儿、乌头、铁翅白——最后经过反复砍价，终于掏空了自己的腰包以三块钱外加十斤全国粮票的代价购到一对点子，兴高采烈地人手一只拿回家中。

　　进了小西屋，我俩就忙活开了，先找来一只废弃的柜子，打扫干净后又用别人家扔的草帘子自制了一张窝垫儿，接着各回各家去偷粮食。大米、小米、绿豆、红小豆一样一点儿拿来掺在一起，至于食水罐儿也不那么讲究了，垃圾站捡两个罐头盒刷干净摆在那儿，看着就已经非常规矩了。为了不让鸽子满屋乱飞，我们又找来胶布缠住翅膀，一切安排就绪后，坐在旁边观看，鸽子伸头吃食喝水就是对我们最大的奖励，顿觉一切功夫都没有白费，为此担惊冒险、花钱受累——值！

　　其实，就我俩当时对鸽子的那一点儿认识来说，这对点子养一段时间兴趣慢慢也就会淡了，毕竟不懂品评，不知好坏就不会鉴赏。但谁知养了不到两个星期，这对鸽子开始叼草筑窝，没几天竟然下了两个蛋，并且开始轮流孵蛋了！这下可打了我们一个措手不及，没有心理准备，没有这方面的知识和经验，顿时抓瞎了。无奈之下，我们开始了一生之中第一次自主的社交公关。胡同里离我家只隔三个门有一家邻居养鸽子，平时我们很少到那院儿去，因为那个年代给孩子灌输的思想是，提笼架鸟的都是社会闲散人员，养狗养鸽子的更不是什么好人，所以一直不敢和这些人接触。但这次不行了，人家是内行，有关鸽子的一切问题都得问人家，叫人家老师，因此只能硬着头皮上那院儿里，提心吊胆地和人搭讪。接触了才知道，人家是本本分分的小两口儿，三十多岁，男的是工人，女的是商店售货员，有一个三岁多的小女孩儿。因为男方遗传方面的原因，只要生男孩儿长到五六就夭折，因此前边有两个儿子都去世了，夫妻俩拿闺女当宝贝似的格外疼爱。也正因为这个原因，他们尤其喜爱小男孩儿，对家中莫名地总有两个小男生到访感到十分高兴，每次都是又拿糖又倒水，分外亲热。

在老师的耐心帮助下，我们知道了鸽子一次只下两个蛋，通常情况下头蛋是公，二蛋是母。鸽蛋孵化期为十八天，小鸽子出壳后不需人工饲喂，由亲鸽轮流喂养，俗称喷。前期是流食，称为鸽乳，中期是半消化的粮食，后期亲鸽吃完后直接喂给小鸽子，大概一个月小崽儿就能自己吃食了。有了这些知识，我们心里踏实多了，按部就班地照着老师说的做，耐心地等待雏鸽破壳，然后眼看着亲鸽一口一口地饲喂一双儿女。与此同时，我们体会着做父母的艰辛和小生命成长的不易——这个经历也是我真正了解并喜爱上鸽子的开始。也正是这个经历，让我改变了对养鸽人的最初印象，拉近了我和他们的距离，让我从心里佩服他们，感激他们，尊重他们。

我成了老师家的常客，经常跑到他家看他怎么喂鸽子，怎么驯鸽子。驯鸽子实际上就是放飞的过程，现在叫驯放，以前叫飞盘儿。观赏鸽飞盘儿是饲养者要通过控食水、轰赶等手段来训练鸽子在空中的队形、高矮和快慢。老话说，人越吃越馋，越睡越懒，鸽子也是同样的道理，越飞越爱飞，老不飞翅膀没劲儿就更不爱飞了，长久下来身体素质下降，容易得病。因此，养鸽子的人也是不能睡懒觉的，天蒙蒙亮就要起床。因为早晨的这一次放飞是最重要的，也是最让饲养者过瘾的。

睡了一夜的鸽子早晨醒来精神和体力都是最充沛的时候，出笼就是半天云儿，在空中跟一群蚂蚁一样大小，让人瞪着眼睛看，一不留神就找不着，这一气儿就能飞半个多小时。当然这是要经过严格驯放的，尤其是刚下窝的小鸽子，飞的时间要严格控制，循序渐进，稍有差错就可能飞丢了，这在放飞过程中是极普遍的事儿。

一个星期天的中午，饭后我来到老师家，想看看他飞盘儿，听听他聊聊鸽子，谁知一进院儿就看他两眼望天，面带焦急。细看鸽子全在房上落着，天上一只都没有，"飞丢了？"我问。"嗯，刚下窝的那只墨环儿，跟着转了两圈儿，挺稳当的，不知因为什么突然就奔北扎下去了。"听到这情况，我心里也跟着急起来，但急也只能放在心里，一句话也说不出来，连老师都没辙，我这个当学生的能有什么办法？再说我学的课程远远没讲到这儿呢，也只有跟着干瞪眼。看了又有十几分钟，他跟我说："你帮我盯着点儿，我上北边找找去。"说着推自行车就往外走。

骑车去找飞走的鸽子，现在您觉得不可思议，这不跟大海捞针一样吗？可在当时太正常不过了。一羽鸽子几块钱、十几块钱，甚至几十块钱，这是平常人一个月的工资呀！更何况好鸽子不是有钱就能买到的，所以那时饲主为了找一只飞失的鸽子，骑自行车杀出个几十里地是家常便饭。这只墨环儿品相相当不错，又是老师自己繁育的，不做最后的努力实在是不甘心。

　　他和我交代了两句后推车刚要出门，一直望天的我这时突然看见一个白点儿在云彩上边时隐时现地由北往南直扎过来，飞得既高且快，我大叫一声："是这个吗？"说也奇怪，养鸽子的人不管鸽子飞得多高，都能准确地认出自己的鸽子。老师听到喊声后只向天上看了一眼，二话没说扔掉自行车跑向鸽子窝，抓出一只正在抱窝的鸽子，一只手攥住一边的身子上下摇晃，让另一边的翅膀自由扇动——这招行话叫"给垫儿"（不知是哪个 dian 字，来由也无从查证），目的就是吸引飞鸽的注意力，鸽子追群，看到地面翅膀的白影晃动，一定会仔细观察一番的。这招还真是管用！本来鸽子已经飞过小院儿上空了，这一给垫儿，只见鸽子突然连续做了几个急速的闪躲、翻身动作以后，在空中画了一个弧线，箭头一样扎向地面，瞬间落在了鸽子窝上，惊恐不安，神态慌张，正是那只漂亮的小墨环儿。

　　这时老师倒不着急了，虽然小鸽子一直神情紧张地四下张望，并几次振翅欲飞，但他却一动不动地注视着鸽子，小声和我说："先别动！让它定定神儿。"我俩就这样等了十多分钟，小鸽子渐渐安静下来，回到窝里卧下了。这时老师才过去抓出鸽子周身查看，只见鸽子嗉囊附近有一小片血迹，吹开白色的羽毛一看，皮肤上有一个小孔，肉中还嵌着一枚铅弹。他赶紧取出铅弹，回屋拿来红药水给鸽子敷上，之后又找来两个小盒，装上食水，把鸽子放在单独的小窝里，关上门点上一支烟后，这才放心地说："没事儿了，这回这鸽子再也不会丢了！"

我刚才一直在旁边观看他给鸽子疗伤，这时才得机会说出自己对整个事件的疑问。经过他的推理讲述，总算明白了真相，理解了小鸽子刚才的一举一动。原来在放飞时，鸽子被气枪打中，慌不择路往北飞去，疼痛稍减之后，强烈的归巢欲使它掉头返回寻找自己的家。为了不再中枪，它高飞入云，远离气枪射程，但慌乱之下不觉已飞过自家小院儿上空，注意到"垫儿"之后才看清家中主人的信号，几个翻身闪躲动作是为躲避子弹，迷惑地面的假想敌，然后快速地穿过危险区落在自家房顶上——好聪明的小家伙！至此，我只有一件事还不明白，为什么说它从此不会飞丢了呢？老师自信地告诉我，自此之后，小鸽子在放飞时会随时提高警惕，密切关注自家的方位。因为它知道，只有家才是最安全的。

丢鸽子是太常遇到的事儿了，逮鸽子也实属常见，而这一失一得也正是养鸽人对鸽子如痴如醉的重要原因之一。鸽子飞丢时的揪心着急，失而复得的激动喜悦；逮鸽子时的斗智斗勇，失利后的灰心丧气，这一切都给饲养者强烈的心理刺激，使心情瞬间出现极大的反差。因此，那时的养鸽人会经常大打出手，甚至动刀玩儿命。因为丢鸽子不仅意味着心爱之物的丢失、金钱方面的损失，更重要的是输了手艺、丢了面子，而老北京人的面子是金不换的。

"过死"还是"过活"

那时的养鸽人都有一个自制的网，叫抄网，用竹片揻成圆圈，上面松松垮垮地蒙上线网，有锅盖大小，专为逮鸽子用的。

我从小是跟姥姥和五个姨长大的，您想想，这个组合得对我纵容到什么份儿上。所以鸽子没养多长时间就从地下转为地上，堂而皇之地把鸽子窝搬回了家，大规模地发展起来。姥姥还特地清出半个厨房给我做鸽舍，最多时鸽群发展到三十多只。记得在刚养不到一个月的时候，新买的鸽子还不能放飞，只能捆好翅膀每天蹲房儿。蹲房儿就是让鸽子在房上察看地形、熟悉环境、认家的过程。这捆膀儿也是个技术活儿，要让鸽子不能远走高飞，只能够勉强飞上房顶，尺度要拿捏得恰到好处。

一天下午四点左右，我正坐在院儿中欣赏我的鸽群，盘算着过不了多长时间就可以开膀放飞了，突然之间，院子上空一只白鸽从南向北横穿而过，途中看到房上一群同伴在悠闲地晒太阳，亲群之心顿生，一个盘旋灵巧地落在房檐最高处。它小嘴微张，嗉囊抖动，满眼的陌生与防备，一看就是离群走失，又渴又饿，归家心切却迷失方向，准备在这儿打个尖儿继续上路。

行家评说，人站在地上看房檐上的鸽子，这个角度是最佳视角，最能看出鸽子的美感。这只鸽子算盘子儿脑袋，宽眼轮，细白眼皮，紫红眼，白色荷包凤，一张白玉似的短嘴又宽又厚，一身雪白的羽毛和两只乌黑的翅膀形成明显的反差，再配上紫红色的双腿，站姿挺拔，英武灵动，明显是一只品相超高的铁翅白。

那时的我对逮鸽子的技巧已经基本掌握，并多次看过别人操作，只是缺乏实践经验。我慢慢走进厨房，拿出鸽粮，一边嘴里打着嘟噜儿，一边一小把一小把地往地上撒着鸽粮，装作若无其事地叫着自家的鸽子下房吃饭。鸽子看见粮食陆陆续续地下来了，我用撒食的位置来调整鸽群的活动范围，把鸽群慢慢地向厨房里边引。如果那小家伙的戒备心稍有松懈，或饥饿难忍，就会飞下房来和鸽群一同吃食，到那时，只要把鸽群慢慢引进屋中一关门，这小家伙就是我的了。可这只铁翅白警惕性太高，左看右看，细细地观察鸽群进食，眼看着鸽群已经进到了屋中，它站在房上伸颈转头地瞪眼往屋里看，任凭眼神中充满期待，却只是观望，连要下来的动式都没有。

我又指挥鸽群上房下房，出来进去，反复多次，它都不为所动。一招不成，再使一招。经过反复的引诱，小家伙这时已经从房顶慢慢挪到了房檐边上，看到这个，我连撒几把鸽粮，让鸽群能够长时间地在院儿中停留，吸引它的注意力。然后我悄悄地溜到房檐下，拿起立在窗台下的抄网，站在一只凳子上，这时，我的高度离房檐还有一尺多，鸽子看不见我，我也看不见它，但是我知道，它就在我的头顶上，因为我早已经记好了它是站在房顶的哪一溜瓦上。我找好位置双手捧好抄网，反手向上一扣，小家伙想不到会从房檐下骤然翻起一片抄网，来不及反应，一下被罩在网下——我成功了！

过程令人紧张，结果让人兴奋。把这只铁翅白拿到手里仔细地端详了半天——真是一只好鸽子！其实，对于很多人来说，鸽子的好坏一点儿都不会影响当时逮鸽子的兴致，因为令你痴迷的是那个过程，是把鸽子拿到手里的那种成就感，我就是这样一个人。高兴劲儿过后，随之而来的反而是担心，因为我对占这个便宜没有什么兴趣。况且当时年龄还小，很害怕因为此事而招来麻烦。

当时养鸽子的人之间有"过活""过死"之说。"过活"是指两个人关系好，只要逮到对方的鸽子，或者你来拿，或者我送过去，不伤感情，以鸽会友。而"过死"则是之前可能两人就有过节儿，慢慢形成了一种暗劲儿，逮到对方的鸽子，自己也不养，当场摔死。而对方心里也明白，看见鸽子落在他家，也不去要，自动放弃，等你的鸽子让我逮到，我也绝不手软。而我是个学生，只是喜欢鸽子而已，绝不想掺和到是非当中去，所以我欣赏完它的美态，让它吃饱喝足之后，把它扔向了空中，看着它在小院儿的上空转了半个圈儿直接向北飞去。

其实对"过活""过死"之说我也能够理解，因为玩儿鸽子的人都很"独"。我说的这个"独"并不是什么贬义词，毕竟谁都愿意养出自己的特色，拥有别人手中没有的东西。这说得简单，现实中可是集饲养者几代人的心血之大成，通过优胜劣汰，定向培养，形成自己鸽群中独有的基因特点。老北京养鸽人俗称"窝份儿"，往大了说，这是遗传工程学的概念。辛辛苦苦繁殖出来的一羽鸽子，即使品相极差，也是自己的老"窝份儿"，基因当中都带有自己鸽群的某些优势，绝不能外流。因此，那时很多人都把自己繁育出的小鸽子千挑万选之后，只保留上品，其余通通杀掉。虽然想法未免狭隘，做法非常残忍，但在当时也不失为保护自己知识产权的一种手段。

当然，那些养鸽大家是不会这样的。在北京养鸽人当中不乏大人物，孙中山的夫人宋庆龄女士，一生爱鸽，尤其喜爱紫乌头这个品种，每天下班必先进鸽棚查看，出国访问都带着自己的爱鸽，不忍有一时分离。她的院儿中有一片草坪，是鸽子的活动区，就铺在她卧室的窗外，以便随时观赏。她在临终前还叫人搀扶着坐起赏鸽，正巧鸽子回棚了，先生不无遗憾地说，看来我可能真的不行了，连鸽子都不来看我了……

本人几年前有幸结识了给宋庆龄女士养了多半辈儿鸽子的老把式郑先生，听老人回忆起往事，历历在目，如同亲见；还有同仁堂乐家世代养鸽，为一羽好鸽不惜一掷千金；京城大玩家王世襄老人，费尽心血撰画《清宫鸽谱》，九十三岁高龄还在为拯救中华观赏鸽奔走呼吁；更想多说几句的则是京剧大师梅兰芳先生，梅先生也是观赏鸽爱好者。我上中学时曾经看过一篇文章，写梅先生爱鸽，说在放飞过程当中通过看鸽子飞翔来使自己的眼睛更灵活有神，从而起到练功的作用。看完之后我乐了，既觉得可笑又表示理解。那年头养鸽子的人说好听了是不务正业，说不好就会被冠以小流氓、二流子的头衔，因此养鸽子都得有个冠冕堂皇的理由。现在想想，这看鸽子能练什么眼神？要没有爱好作为基础，眼神拿什么不能练？唉！那个可笑的时代。

　　我说的这还是 20 世纪 70 年代末，听父辈老人聊起"文化大革命"期间，那时养鸽可以说是冒着生命危险的。一旦被发现，便会被说成是资本主义、黑五类等，或揪斗，或毒打，轻者受伤，重者丧命。即使这样，爱鸽人仍是对其不忍割舍，他们在屋中挖地窖，把爱鸽藏于其中；或把鸽子捆好，用手绢包紧，放在军用挎包之中挂一排在墙上。白天上班、挣钱，深夜放鸽子出来吃食、活动，一有风吹草动，便提心吊胆，或隐藏，或转移。我衷心地钦佩这些人，用老北京话说叫"有这口累"，细琢磨，这才真正叫作酷爱，正是因为这种爱，才使老北京观赏鸽这一种群得以延续，也正是因为这种爱，才使北京鸽文化传承至今。

鱼

趣

我的童年才是真正的童年

其实，我觉得在玩儿这方面，现在的孩子很可怜，太单调。除了到商场买玩具，就是在电脑上玩游戏。哪个玩具都说锻炼儿童动手能力，哪个游戏都说开发智力，我一点儿都没看出来，我看到的都是买来的玩具堆得跟小山似的，孩子的新鲜劲儿一过连看都不看一眼，整天沉迷于电脑网络游戏，不单智力没见开发，反而越玩儿越傻，分不清现实和虚拟世界，不懂交际也少有玩伴儿，在电脑前一坐就是一天，废寝忘食，头晕脑涨，还乐此不疲。照这样下去，人的某些功能就该退化了。

回忆起我小时候，那才是孩子应该过的童年生活。没有这些高级玩具，但孩子从来也不缺游戏内容，拍方宝、扇元宝、滚铁环、抽汉奸、耍磁片儿、玩弹球、扔沙包、跳皮筋儿……到处都可以找到玩具，而且都是孩子们自己动脑筋亲手制作出来的。一帮一伙，热闹非凡地追逐在街头巷尾，天真烂漫、无忧无虑，而童年的玩伴儿长大后也会是你终生的朋友。

随着年龄的增长，玩儿的内容和自己制作玩具的技术含量也在不断增加。记得我八九岁时，院儿里街坊有个大哥哥迷上了钓鱼，每天早出晚归，回家时总能带回几尾活蹦乱跳的鲜鱼，到家后，拿盆放水，收拾工具，而家中的爷爷奶奶则忙着择葱、切姜、剥蒜、点火，一边忙活一边津津有味地听他讲述上鱼的过程。不一会儿，一盆香喷喷的侉炖鱼就端上了桌，随之张罗着拿碗拿筷子准备吃饭，同时还不忘打发孩子给每家邻居送上几块鱼肉尝尝鲜儿。这时的小院儿欢腾了，各家各户都来道谢，嘴里夸奖着老奶奶炖鱼的手艺，手里奉上自己的特色菜，之后每家都把小桌放在家门前或葡萄架下，全院儿像一家人一样，吃着、喝着、聊着、乐着，那景象是现在住在楼房里的孩子想象不出来的。而在当时我则认为这一切的美好都是钓鱼带来的，那就学学呗！

那时不像现在，什么东西都讲买。自己动手制作工具的过程也是玩儿的一部分，而且是重要的一部分，它能让你对这个游戏更加了解更加期待。我的第一根鱼线就是姥姥缝被子用的粗棉线，用塑料泡沫中的颗粒穿在棉线中间做了一个七星漂儿，废牙膏皮卷成卷儿当铅坠，找邻居大哥要了一个旧鱼钩绑在线上，然后就剩鱼竿儿是个问题了，我特意跑了很远的路到郊区蔬菜大棚找了两根搭豆架用的细竹竿儿，把线绑在竿头，我的第一套钓具就这样拼凑成功了。

和一小块面倒点儿白酒，滴几滴香油做鱼饵，自行车绑上鱼竿儿，我迫不及待地出发了。玉渊潭公园是离家最近的水面了，骑车大概要一小时。路上脑子里不想别的，一心只想尽快把钩儿扔到水里，幻想着钓到鱼那一刹那的感觉。车骑得飞快，到湖边我支好车拿起竿儿，挂上食儿，哪儿管什么叫风线长了、水线短了、浮力大了、千斤重了，一概不知道，扬竿儿甩线，先扔下去再说。说也奇怪，傻小子睡凉炕，全凭火力壮，越是棒槌越和牌，别看不会钓，扔下去就吃食，抬起竿儿就有鱼，不管是窜钉儿、麦穗儿、小虎头儿，一竿儿一条，虽然个儿都不大，但对我这个初学者来说那简直是意外的惊喜，收获颇丰，不到半小时，把我忙活了一脑门子汗。

正忙得不可开交，就听得身后坡上有人喊我，转身看时，一个男的，四十多岁，推着自行车站在那里朝我招手。没看我这儿正上鱼呢吗！我不情愿地放下鱼竿儿，走上坡岸一问才知道，来人是公园管理处的，告知这地方不是公园的钓鱼区，严禁钓鱼，违者罚款。我傻眼了，谁知道还分钓鱼区和非钓鱼区呀？到这时我才看到岸旁立着"严禁钓鱼"的牌子，无奈只得拉下脸来跟他对付，求爷爷告奶奶，好话说了一箩筐，他看在我是个孩子的份儿上，破鱼竿儿也没有什么没收的必要，最后的处理结果还真不错——竿儿撅折了，鱼也放了，最可喜的是他撅竿儿的时候让鱼钩把自己的手狠狠地钩了一个大口子！该！谁让你丫撅我竿儿来着！可能是他也觉得这事儿弄到这份儿上挺没劲儿的，撅完竿儿看都没看我一眼，蹬上自行车回家上药去了。

说实话，撅竿儿、放鱼，一点儿都没有影响我的心情。那竿儿虽说是我自己做的，但真的没有什么保留价值，那些鱼他不放我也得放，拿回家不能养也不能吃，还能看着它们死了吗？所以我根本就没往心里去。最关键的是我把它们钓上来了，这个体验是最重要的，这个全新的感觉是最让我兴奋的。我高高兴兴地骑车回了家，很长时间都在回味着钓到鱼那一瞬间的感觉，只可意会，不可言传，充满诱惑，妙不可言。从此，我的爱好中多了钓鱼这一项。

　　但是，学生毕竟是学生，沉重的学习压力使我没有时间再尽情地玩儿了，尤其曲艺团学员班三年的住校学习，哪儿还有条件养鸟儿、喂狗、轰鸽子、钓鱼？全部的精力都放在了学校里，每天从早到晚的台词课、声乐课、形体课、专业课、观摩课、文化课，早自习，晚自习，早锻炼，晚开会，累得跟臭贼似的，直到学员班毕业回家才算过了钓鱼的瘾。那时，我家搬到了西直门外大街高梁桥，这对于钓鱼者来说有个特别方便的条件，一出楼门就是高梁河，早晨拿着竿儿出门，玩儿到十一点五十收竿儿，绝不耽误十二点吃饭。而且沿河往西走上十分钟就是展览馆后湖对外开放的高钓区，看守鱼池的人对我们这些老街旧邻不敢得罪，睁一只眼闭一只眼。所以那时我基本上天天泡在鱼坑边上，当然，这一切都沾了相声不景气的光。

有困难要上，没有困难创造困难也要上

时间长了慢慢觉得钓鱼不过瘾了，几个人在一起开始琢磨新招儿。找来一张捕鱼用的撒网，几个人在家换好了游泳裤，出门下河摸鱼去了。所谓的摸鱼就是几个人在水中把撒网拽平，憋一口气同时钻入河底，将撒网的边缘踩进泥里，然后潜水去摸网中扣住的鱼。这本是大家想出来的一个以玩儿为主、以鱼为辅的消遣方式，可谁承想从家门口沿河摸到动物园后门，除去捞上来的破皮鞋、烂袜子、废酒瓶、罐头盒、旧衣服、脏裤子等垃圾之外，居然还有二十多条鲫鱼和两条大鲤鱼，加在一起怎么也得够十多斤。这个收获可真让我们哥儿几个兴奋异常，这游戏自始至终是我们自己的创意，并且通过劳动得到了丰厚的回报。回家以后，焖酥鱼、熘鱼片、红烧头尾、酸辣鱼骨汤，再配上点儿花生、毛豆，哥儿几个美美地喝上一顿。

什么东西好玩儿也架不住天天玩儿。时间一长，又盘算着该换点儿什么新鲜玩意儿了，随即大伙儿想到了偷鱼。其实说"偷"太难听了，也不太准确。当时的初衷是寻找更刺激的玩儿法，而重点不在鱼，更何况俗话说，偷猫偷狗都不算贼，几条鱼还算个事儿？

本着这句话，一群半大小子，谁做事还会思前想后？有了这么刺激的玩儿法，自然顺理成章，一呼百应。

首先要仔细遴选一下参与人员，要求还挺严格。其一，夜间偷鱼，钓位分散，沟通不便，相互交流又不能明目张胆地大声喊叫，因此默契是最重要的。这就需要有长时间相处的基础，多次出游钓鱼的经历，才能做到相互了解，心有灵犀。其次，钓技要高超，钓鱼过程当中遇到的一切技术性问题必须果断解决且中鱼率要高。如果去俩二把刀，钓不着鱼不说，遇上问题再一咋呼，非暴露目标不可。这第三，严格控制人数。这点不用我多解释了，去三五个人是偷鱼，要去一个连，那就是打狼去了！但人数也不能太少，如果真被人发现，动上手也不会吃亏才行。挑来选去，还是我们这几个老搭档。三哥、老六，再加上三哥的同学小军，还有我。我们这四个人被认为是夜间偷鱼的最佳搭档，"锵锵四人行"！

展览馆后湖高钓区，白天对外开放，夜间有专人轮流值班，防止偷钓。之前说过，这个地方对于我们这些老住户网开一面，鱼随便钓，不收钱的。而今天我们这帮人用句老北京土话就叫"牵着不走，打着倒退"。让钓不钓，偏偏要偷。正应了那句笑话，有困难要上，没有困难创造困难也要上！为这次行动，大家进行了周密的思考，此地，离家近，来去便捷；地形熟，宜于隐藏；水面大，巡查不便；不清塘，鱼多且大。大家商量好来回的路线、联络的暗号和应急的方案以后，在一个没有月亮的夜晚，背着早已准备好的渔具出发了。

　　偷鱼的渔具和平时钓鱼的渔具可大不一样了，绝不能扛着鱼竿儿，提着钓箱，大摇大摆地上塘边晃悠去，要那样非让人逮住不可，最关键的是要简便。把鱼线在易拉罐儿上拴死、缠好，这头绑上串儿钩（串儿钩就是在一条长一米左右的鱼线上，每间隔十几厘米拴一个钩，下水后水的底层中层都有饵，上鱼率很高），串儿钩的上部穿上一个特大号的活铅坠，让鱼线在铅坠中间能够自由活动。操作者左手持罐儿，右手拿线抡成圆圈，找好角度后松手，铅坠带线落入水中，然后再慢慢收线，直至手中感觉到鱼线带住铅坠后渐渐绷直。这时，只要水底有鱼吃饵，手上就会感到轻微抖动，使劲儿拉线，鱼钩就会钩住鱼唇，将鱼拉出水面。这种方法省去竿儿、漂儿等环节，依靠手上的感觉上鱼，既简单又便捷，最大的好处就是成本小，花钱少。如遇紧急情况，扔下就跑，不会心疼。钓鱼的人称它为拉砣儿，是最佳的偷鱼方法。

　　我们悄悄地来到湖边，按事先设计好的位置分散开来。每个人之间相隔大概十米的距离，有藏身树后的，有背靠桥墩的，有隐身假山的，各自找好掩体之后，扔下早已准备好的拉砣儿，静等鱼吃食。

　　夏天夜晚，潮湿、闷热，草地、湖边，不一会儿，我们就意识到这次行动策划中的一个重大失误——没有准备驱蚊药。成群的蚊子扑脸撞来，围绕在每个人的身边，只要是暴露在外的皮肤都是它们攻击的目标。用手轰吧？不行。手中牵着鱼线，鱼线必须与水中的铅坠吃上劲儿，既不能拉动铅坠，又不能放松。拉动铅坠鱼钩会与鱼饵分离，鱼线稍松，鱼吃食时手上就会感觉不到，所以只能一动不动地拉着鱼线，感受着线上传来的每一点儿轻微抖动。抽烟更是不行，这在之前就已想到，烟头儿微弱的火光在黑暗中非常醒目，夜里两三点钟巡逻的人看见湖边一排烟头儿，绝不会认为是搞对象的，所以烟是绝对不能抽了。

幸好我们穿的都是长衣长裤，把手褪到袖口里，只留两根手指在外边拉着鱼线，另一只手不停地在脸和脖子四周挥舞。就这样，还不时地被蚊子偷袭，浑身奇痒难熬，单手由轰改挠，不停地抓着身上的大包。当时的狼狈相，真够十五个人看半个月的。我们在岸上受罪也还罢了，只要能钓上鱼来也心甘情愿，可谁知道由于连日的闷热，导致水中缺氧，鱼不是浮在水面呼吸，就是扎在水底纳凉，没有心思吃食，拉砣儿像扔进水缸里一样安静。任凭我们百般地用美食诱惑，从蚯蚓改颗粒，从面食到昆虫，不断换饵，鱼就是不吃一口，急得哥儿几个抓耳挠腮——当然，主要是因为痒痒。

一直坚持到半夜三点左右，天下雨了，哥儿几个精神为之一振，下雨对我们来说可是求之不得的大好事儿，它既可以缓解闷热的天气，又可以减少蚊子的叮咬。虽然湿漉漉的衣服粘在身上也不是什么舒服事儿，但相比起前边的时光那真无异于雪中送炭。最关键的一项好处就是，天气凉爽，气压正常，水中含氧量增高，鱼才会活跃、游动，进食才能恢复。也只有这样，辛苦一宿的我们才可能有所收获。这场雨，让心灰意懒、疲惫不堪的我们又恢复了之前的雄心壮志，打起十分的精神重新起钩、换饵，准备大干一场。就在这时，值班室的灯亮了。

岸边所有人的动作似乎都定格了，目光共同注视着对岸房间那扇透出昏暗灯光的小窗户。瞬间我们又似乎明白了什么似的，不约而同地放长鱼线，慌张后退，隐身在各自的掩体之后。又过了几分钟，值班室的门开了，两道手电筒的光束由内而外射了出来，随之带出两个人，披着衣服，叼着烟，沿湖岸转来，边走边用手电筒四下晃着。我屏住呼吸，目光不敢移动，看着他们一步步走进我们的活动范围。

我们一共四个人，离他们最近的是小军，隐身在鱼塘西侧的桥墩后，下桥沿北岸往东有一片小树林，三哥就躲在树林的深处，树林旁沿湖岸设置了一排排的路椅，路椅之间栽有半人高的黄杨树，我正是凭借着这排黄杨阻挡着巡夜人的视线。湖岸的东北角，紧靠水边人工造景，荷花、芦苇、平台、假山，是白天游人观景的好场所，也是夜间藏身的好地方，假山洞中潜伏着四人中最实诚的兄弟老六。巡夜的两个人走到桥上，漫不经心地四下看着，可能在他们看来，这座桥只不过是巡夜查看的必经之路而已，是不会有人在这里做文章的。因为站在桥头一眼望去，整个桥面一览无遗，没有任何可以藏身的地方。

可就在他们手电光晃过的一刹那，我看到桥墩的外壁，紧贴水泥柱直直地立着一个人形的黑影，当时我的崇敬之情油然而生，豁然间意识到了减肥的重要性，一个稍胖一点儿的身躯是绝对无法在桥体外部的装饰性台阶上找到平衡的。直到多年后欣赏美国大片时，我才突然意识到原来蜘蛛侠的祖师爷诞生在中国并且和我是发小儿。两个值班人员毫无察觉，径自走过我偶像的身边，下桥向东而来，就在他俩拐弯时，我仿佛看到了黑影慢慢移动，知道是小军已转向了桥墩内侧，我的心也暂时平静了一点儿。

二人沿河向东走来，有一搭无一搭地拿手电向左边的小树林里晃着。从状态可以看出，他们并没有听到任何风吹草动，只不过是每天夜间的例行检查而已。如果一路这样走下去，不刻意地往可能藏人的黑暗处巡查的话，我们都不会暴露的，等他们两人走过一圈儿回屋睡觉之后，湖岸边又将是我们的天下了！

我正在打着自己的如意算盘，这时他们脚下绊到了鱼线。原来树林中的同伴在刚才慌猝后退时没有把鱼线放平，搭在了树枝上，离地有一尺多高，给巡逻的人横了一条绊马索。蹭到线后他们马上意识到有人偷鱼，两只手电筒不约而同地照向树林中，另一只手从腰中摘下了橡胶警棍，嘴里不干不净地骂着，威胁着树林里的人，气势汹汹，大有捉其归案、送交法办之势。但嚷归嚷，骂归骂，气焰虽很嚣张，脚下却纹丝不动，根本没有进入林中将对方揪出严惩的态势。其实我们心中都明白，他们俩是绝对不敢进树林的，搞不清对方有几个人，实力如何，手里拿什么家伙，贸然进入弄不好是要吃大亏的。

他们不进来，三哥自然也不会送上门，双方僵持了一会儿，他们俩看林子中没有任何动静，遂骂骂咧咧地扯断鱼线，拽出拉砣儿，扔到路边，暂作罢论。正在这时，鱼塘东北角假山处"哎哟"一声，戛然而止，随即湖中央一条大鱼"呼啦"一声跃出水面二尺来高，掉入水中，中心处掀起偌大水波向周围扩散开来，瞬间归于平静。

他们二人见此情况，放下手中的拉砣儿、鱼线，循声音径直向东北角跑去，路过我身边时有意无意地向我的藏身之处瞟了一眼，这转头的一瞬，我从他们的神态中察觉到了一丝恐惧。我顿时了解了他们此时的心态：目前对手的人数已经至少两人了，还不知其他地方隐藏着多少，而且敌暗我明，不知底细，这时如果把人逼急了，露了面，那就形成了鱼死网破之势，好汉难敌四手，饿虎不敌群狼，更何况狗急了还跳墙呢，所以得饶人处且饶人吧。

果然不出我所料，他们跑到假山旁，虽然明知洞中有人，却并没有贸然深入，只是拿手电乱晃，扯开嗓门儿大骂，扔了几块砖头之后径直回屋，关灯睡觉了。我乐了，敲山震虎，放虎归山呀！老油条了！这才叫聪明，一个月千把块钱玩儿什么命呀？正想着，静夜中传来几声燕雀儿的叫声，这是我们事先约好的集合暗号——鸟儿一般在夜间是不叫的，只有燕雀儿在被惊扰后会发出一种叫声来招呼同伴。我们管这一声叫"拉喥"，特点鲜明但很难学，只有我们这些经常逮鸟儿、养鸟儿的人才会学，以这个叫声做暗号，神不知鬼不觉。

黑夜中我们三个人从各自的隐蔽处幽灵一样会聚到湖岸东北角的假山旁，只见从水中慢慢爬上来一个黑影，仿佛一只手拖曳着什么东西，另一只手向我们急促地挥舞着，看意思是要我们过去帮忙。来到近前才看清，正是我们为之担心的老六，只见他浑身精湿，连头发都在滴水，外衣半穿半脱，左手褪入袖口里，一根鱼线在手腕儿上缠了几圈儿之后从衣袖包裹的手中延伸至水里绷得笔直——"有鱼！"

原来在巡夜人对树林深处的三哥大喊时，老六这边上鱼了。虽然在不远处有同伴已被发现，情况危急，但感觉到手中的鱼线轻轻抖动，仍是不忍放弃，原想一拉之下，鱼钩刺进鱼嘴中，钩上的倒刺会挂住皮肉鱼不至脱落，等危险过后再收线拿鱼。哪想到这条鱼太大了，老六用力一拉，细细的丝线像刀子一样把右手割了一条寸来长的口子，忍不住脱口一声"哎哟"，而这时鱼吃痛后在水中急蹿，跃出水面彻彻底底地暴露了目标。危急中他只想到巡夜人来到之后必然进入山洞搜人，而自己这时已没有办法从独立的人造景观里脱身，再加上不愿丢掉这条今晚唯一的成果，故此毅然决然地用衣袖包住手臂，把鱼线缠在腕上，手扒山石，将自己没入水中。

我们三人赶紧上前帮忙，三哥过去一把扶住了老六，小军拿出手绢为他擦头上的水，我也赶忙脱下外衣包住手准备从他手中接过鱼线让他休息休息。和老六一错身的时候，听见他低声地说了一句："操！我他妈和水真有缘，这回差点儿把自己淹死！"听到这话，我顿时想起了我们进山逮鸟儿时老六被团长拽住双腿，头没入水中的窘相。我正想乐但不敢乐，不乐又忍不住的当口儿，我的双手已经接过了鱼线，鱼线这一入手，我立马没有了乐的心思，这条鱼可不小，因为我感觉到了手里的分量。鱼在水中劲儿大得出奇，吞钩后带着鱼线快速地在湖中横向游动，不时地打挺儿和人夺线，拽得我整条胳膊都跟着抖动，没一会儿就坚持不住了。几个人轮流持线，遛了大概半个小时，鱼终于没劲儿了。

　　我们慢慢收线把鱼拉向岸边，离岸还有几米的时候终于看到了这个家伙，半米多长，翻转着身子正向岸边靠近。鱼到岸边临出水前是最容易逃脱的，垂死挣扎的力道极大，加上鱼线收短，随势就劲儿的余地不大，很容易崩折。幸好我们准备了抄网，抄鱼这一下也有讲究，要把网口对准鱼头，拿网去迎。如果从旁边或后边去抄那就太外行了，鱼碰到网边受惊急蹿，正好蹿出网外，平时为此跑鱼也不在少数，这次更是不敢掉以轻心，迟迟不敢下手，直等到一个有绝对把握的时机，一网下去，迎头罩住。抄起看时，一条草鱼身子直立网中，尾巴仍露在网外，真是个大家伙！

　　我们匆匆忙忙收了拉砣儿、抄网，回到家里时天已经蒙蒙亮了，把鱼上秤一称，十三斤。昨天这一宿要是没有它就算全军覆没了，有了它可以称得上是大获全胜了。可这阵儿哥儿几个也没心思数英雄，论成败，总结得失，各自回家洗澡、换衣、包伤、睡觉。

我睁开眼睛时已经是下午两点多了，楼下的三哥来电话，说鱼做熟了，让我下楼喝酒。我们四个人再次坐到一起，脸上已没有了凌晨时的疲惫，经过半天的休息，皮肤都恢复了血色，精神劲儿也来了，酒杯一端又恢复了往日的海阔天空、云山雾罩，这时我们才有心思回想昨夜的惊心动魄，历数这一宿发生的事儿，几个人聊得慷慨激昂，热闹非凡，这其中有期待、有兴奋、有惊险、有害怕，就是没有一丝后悔，仿佛又找到了一个打发时间的好方法。但说来奇怪，从那以后，居然谁也没提过再去后湖偷鱼的事儿，这次历险只保留在平时酒后的闲谈中，也成了我钓鱼史上唯一的一次特殊经历。

想起那段生活，那真可以称得上无忧无虑、轻松快乐，没有理想，没有目标，没有追求，没有压力。远离现实生活，无视物质刺激，有的只是心情和意境，每天脑子里想的就是怎么让自己开心高兴，这好日子让我不得不再次感谢我热爱的相声事业。

那时的相声几乎淡出了老百姓的视线，演出没人邀，走穴没人用，慰问没人听，晚会没人看，上班没人管，排练没人理，单位没人情，领导没人味儿。

整个社会词典里好像撕掉了相声这一页，仿佛这种艺术已经过时，形式单调，内容枯燥，语言乏味，还不露大腿，不能适应现代社会的发展了。这对我这个忠实的从业者来说是个沉重的打击，从失落到失望，从失望到绝望，深感这个行业已无翻身之日。既然已处坐以待毙之势，不如跳出三界外，眼不见心不烦了。所以那段时间我结交了一帮有共同爱好的朋友，专攻吃喝玩儿乐。

鹰

翔

只想当个把式伙计

老北京"玩儿"文化和清八旗有着很深的渊源。以前，那些王爷、贝勒、八旗子弟，世袭吃着朝廷丰厚的俸禄，整天无所事事，只钻这一门儿。提笼架鸟斗蛐蛐，熬鹰放狗打秋围，玩乐之事，蔚然成风。在这方面下的功夫真是太大了，不厌其烦，越讲究越不嫌讲究，把式、伙计一大群。再加上底层百姓的追风儿，年深日久，这其中就融入了很多劳动者的智慧和心血，形成了独具特色的老北京"玩儿"文化。不过，随着时代的变迁，生活节奏的加快，以前的那些讲究也渐渐地被人们淘汰、忘记或失传。现在的人们，或不玩儿，或不会玩儿，或瞎玩儿，还有的人甚至都没有听说过这东西还能玩儿。岂不知这些玩意儿在一百多年前，就像现今的 iPad 一样，流行于京城的各个阶层，而这其中蕴含的文化，绝不是电子产品可以比拟的。

其实"玩儿"只要自己高兴，想怎么玩儿就怎么玩儿，没有好坏，也无可厚非。可是位于天子脚下的老北京人，骨子里爱面子，永远架子不倒，走到哪儿都带着一股"爷"的范儿。他玩儿的东西也要人前显贵，鳌里夺尊。这就逐渐形成了今天人们所说的"穷讲究"，正所谓：没有最好，只有更好。

　　和现今那些爱玩儿的年轻人相比，我算是比较幸运的。认识了不少大玩儿家，身边还有很多把式朋友，家传干这一行。从他们嘴里能听到不少老年间那些玩儿主的奇闻逸事，规矩讲究，有时还能尝试一把新鲜玩意儿。

　　有一次，我到一个朋友家去串门儿。刚一进屋，他就迫不及待地和我说："谦儿，你看，张家口来一朋友，给我送这么一个玩意儿来。"这个朋友可以算是我的发小儿吧，比我大上几岁，祖辈就从事这方面的工作，可称世家，到他这代仍然没离开这一行，花鸟鱼虫无一不懂，尤以飞禽鸟类见长，精研此道，按家中大排行，人称"老七"，在圈儿内知名度很高。我和他的交往，可谓半师半友。宠物、文玩方面，多得利于他的指点，受益匪浅。平时家中常有朋友来往，拿来体形各异、毛色出众的新鲜玩意儿，不足为奇。

　　我顺着他手指的方向看去，床上放着一个白布卷儿，里边仿佛是画轴之类的东西。走到近前一看，布卷儿一头大一头小，小头之中露出一撮茶黄色羽毛，往上一看，平头、钩嘴、姜眼、凸眉，赫然一只黄鹰。"嚯！这东西现在可少见。"我这一捧，七哥也很高兴："怎么样？多喜兴！二斤三两。"

　　您别误会，说分量可不是要吃肉。玩儿鹰，首先要看鹰的重量，体重超过二斤的鹰，视为可塑之材。所谓身大力不亏，在与兔子搏斗的时候，才能游刃有余。重量低于二斤的，称为鸡鹰，只能抓些体重较轻的山鸡野雉，没有训练的必要。二斤三两，已算是黄鹰里的大高个儿了。

七哥顺手拿起鹰，解开裹在鹰身上的白布，边解边说："看见了吗？这是行家。这白布是为远道途中不伤羽毛，关键的手法是在里边，一根绳子就把鹰老老实实地捆来了。你看——"说着，七哥一只手攥鹰，另一只手把绳子扣解开，在鹰身子上绕了几圈儿，就拿到了我的眼前。可不是嘛！就一条二尺长的绳子，没有任何特别之处。七哥随后在鹰身上盘绕几圈儿，重新把鹰捆上了，"这要上野外逮鹰，不会这手儿，还得带着笼子。受累不说，鹰往笼子里一放，把羽毛就全撞坏了。"他边捆边说，干得麻利，说得简单，可这绳子就绕这几圈儿，到最后我也没看会。直到结束，把鹰放回原处，再看这鹰除了眼睛滴溜溜乱转，全身一动不动，像一根棍儿一样直挺挺地躺在床上。

我还是第一次这么近距离地观察这玩意儿，一身茶黄色羽毛，姜黄腿，黑指甲又长又尖，锋利无比。一只钩喙，弯中带尖，扎挑切割，无所不能。一双巨大的翅膀收拢在背后，一直延伸到尾部，张开后可达身长的两三倍。尤其它的两只黄眼，露出凶光，充满煞气，长时间地与它对视，使人不寒而栗。再想象一下其在空中的速度和捕食时的状态，定类猛禽，名副其实。

喝茶聊天之间，我们说到了黄鹰的玩儿法，七哥详细地给我讲述了一些关于驯鹰的规矩和讲究，其中包括很多奇闻逸事，让我大开眼界。

在老年间，黄鹰是穷苦人饲养驯放的品种。由于体大凶猛，搏斗动作朴实无华，捕猎过程稳、准、狠，在冬季农闲之时，饲喂上一架二架，驯熟之后，到野外猎捕山鸡、兔子等物，既快又多，可以到市场换回钱来补贴家用，所以饲养黄鹰是平民百姓冬闲之时谋生的一个手段。

而皇家贵胄、王爷贝勒，是不稀罕逮兔子换的那仨瓜俩枣儿的，他们是纯纯粹粹地寻开心，图的就是玩儿，为的就是高兴，所以他们饲养的猎鹰品种俗称"兔虎"，学名"游隼"。这种鹰个儿小，体轻，却是天空中飞行速度最快的鸟儿。它的捕猎过程不以凶猛见长，而是以巧分高下，用智定输赢。

饲养这种游隼必须是一对，捕猎时公母共同出击，夫妻双双上阵。每到深秋乍寒，树叶尽落时节，那些王公大臣，率领着兵将家丁，指挥着把式伙计，吆喝着鹰马走狗，陪同着皇亲国戚，簇拥着一朝天子，浩浩荡荡地开赴塞外围场。捕猎时前边是狗，中间是人，人骑着马，膀架着鹰，后跟着羊，羊驮着猴儿，在把式的带领下，围拢在狩猎者的周边。前方用细犬蹚起在草中蛰伏着的兔子，游隼发现目标之后，双双腾起，左右夹击，迫使猎物沿既定方向逃窜，不至遁入灌木林中走失。

在这个过程中，公母两只游隼你上我下、此高彼低在猎物两侧翩翩飞舞，交错翻飞。低飞到猎物身旁时，或伸翅拍扇，或握拳猛击，一击即走，绝不恋战；高飞到上空时，重新锁定目标，迅速发起第二轮攻击。就这样你来我往轮番进攻，兔子在两只天敌的打击和胁迫下翻滚着身躯向前猛跑，直至心肺衰竭，肝胆俱裂，气绝而亡。

两只游隼不理会猎物，转身径直飞回到主人臂膀之上。这时一直跟随在四周的猎犬围拢上来看守着兔子，队伍中的羊冲出了人群，其羊必选身材高大、体形健美、双角粗壮者，羊角上横捆一根过木，木上蹲着猕猴。羊冲到猎物近前，由猕猴下来把猎物拿回交与主人手中。整个过程没有人的参与，却浸透着多少人的心血和智慧。直到主人拿到猎物时，这才不慌不忙地取出佩刀，一刀直捅野兔喉中，将血滴入鹰嘴，再挖其心，奖励游隼。一套程序过后，才将猎物收入囊中，一轮捕猎告一段落。

这一段聊天听得我心神俱醉，如梦如痴，仿佛穿越到了清朝，一同跟随皇帝出围打猎去了一样。不过如果真有此事，我也绝不变身为王公大臣、龙子龙孙，我宁可身为一个把式伙计，天天陪伴在我喜爱的动物身旁。

架鹰的人得有范儿

我兴奋地问这问那，七哥讲得也很尽兴，说起了小时候跟随父亲驯鹰捕兔的经历，越说越怀念，越想越上瘾，突然话锋一转，对我问道：

"你最近忙吗？"

我顿觉莫名其妙，回答："不忙，怎么？"

"本来我想着把这鹰送给朋友，玩儿这东西太耗精力。这岁数了，没这精神头儿了。你这几天要没事儿，咱找上几个爱玩儿的朋友把这鹰驯出来。你们也看看到底这是怎么个手法，省得爱了一回，让人一问连看都没看过。这机会也挺不容易，一来现在鹰不好找，二来我岁数越来越大，三来驯成以后也没地儿逮兔子去。估计呀，咱也就玩儿这一次了，太费劲儿！"

听他这么说，我当然求之不得，只是心里有些纳闷儿："怎么会这么费劲儿呢？咱俩人儿还不行，还要叫几个？"

七哥一听乐了："嘿！到时候你就知道了。再叫上三四个人，谁愿意来谁来，跟家里说好喽，这几天不回去啊！"

嚯！越说越邪乎，还回不去家了？不过越这样我的好奇心越强，越这样我就越巴不得马上开始。我抄起电话即刻联系，不一会儿叫来了三个哥们儿，都是爱玩儿的人，谁不想长点儿知识，开开眼界呀？不到一小时，三个人就到齐了。七哥从柜子里拿出了一个小纸箱，打开一看，里边的东西我一样儿也不认识。一问才知道，这是七哥的父亲传下来的一套驯鹰用的家伙什儿，有鹰帽子、鹰瓢、花盆儿、脚绊儿、蛤蟆儿、五尺子——这些东西您还甭说见，连名字我都没听说过。从现在开始，七哥正式开始了他为期十多天的教师生涯。

驯鹰行话叫熬鹰，说白了就是不让鹰睡觉，但这其中门道可就太多了。从吃、喝、睡、站、飞，一直到体重的增减，都必须在规定时间内完成。鹰的驯化不同于其他鸟类，行内有句老话，叫"紧七慢八，十天到家"。就是说熬鹰的过程，快的七天完成，慢的八天结束。如果十天还没训练成功，这架鹰就废了，永远熬不出来了。所以一切程序必须连贯，不间断，一气呵成。

首先是"开食"。鹰是猛禽，野性极大，被擒后对人怀有很深的敌意，在这种情况之下，你用手拿什么东西喂它，哪怕是它非常喜爱的食物，它也绝对不会张嘴去吃。这一步的训练目的，是要让它明白，人、手是对它没有危害的，不单没害，而且从今往后，它就只能跟人混，吃手食了，如果没人，它就得不到食物。这也是培养动物亲人的一个过程。

七哥从纸箱里拿出两根发旧的皮条，分别绕在了鹰的双腿上，然后将两根皮条归拢在一起，盘了一个扣儿，系在了一个铜制的、做工精美的转芯儿上，转芯儿的另一端连着一根一米多长的粗线绳。七哥边干活儿，嘴里边不停地讲着："鹰嘴主要是撕扯切割食物用的，别看它又尖又钩，在攻击方面基本等于废物，不必太在意。要特别留神的是鹰爪，鹰的捕猎厮杀全靠这爪子，三指在前，一指在后，前指下扣，后指向上，又尖又利，劲头儿奇大，极具伤害性。这其中又以后面的一指最为凶狠，抓住东西以后，指尖直接插进猎物肉中，绝不会松爪脱落，因此你们要特别注意。"

说着话，七哥往自己左侧的小臂上戴了一个厚厚的棉套袖，护住小臂，只留指尖在套袖之外。随后将右手伸到了鹰的两腿中间，五指并拢将鹰倒提在空中，左手过去解开了捆鹰的绳子。这黄鹰乍脱束缚，两翅狂扇，想尽快扭转头下脚上之势。顿时屋中风声大作，感觉气流扑面而来，把桌上的纸、本、抹布都刮到了地下。

可是不管它闹得动静有多大，声势有多猛，双腿始终在七哥手里攥着，空有利爪，无法施展。七哥不慌不忙，左手拢过鹰腿上的皮条，只给黄鹰留出了不到一尺的活动范围，右手放开了鹰腿。这鹰一得自由，便要逃跑。怎奈皮条缚住双腿不能远走，急切间双翅只能在空中进行无谓的拍打。七哥也不着急，任它折腾一番。等它锐气一过、体力耗尽之时，左臂持绳轻晃，把黄鹰身体甩到和左臂平行之处。这鹰体力殆尽无法挣脱，又正在头下脚上难受之时，看见左臂横空，自然急于寻找落点，借这一甩之势，展翅翻身，稳稳地落在七哥左臂之上。

鹰有别于小型鸟类之处还有一点，小鸟被擒之后，或笼养或绳拴，它欲求挣脱，必有一阵又飞又跳，乱撞乱闹。而鹰则不同，它自知体沉，起飞之时消耗很大，所以一旦站稳，便不跳不闹了，如遇惊吓，才双腿一蹬，展翅飞逃。如遇此时，七哥便照方抓药，甩臂轻摇，黄鹰无奈，只能重新落回七哥的胳膊上。

　　七哥架着鹰不紧不慢地跟我们讲："这架鹰的人得有范儿，得有点儿精神气儿。腆胸叠肚，脖子梗着，脑袋扬着，七个不服，八个不忿，走到哪儿都得带着一股霸气，这再配上手里这鹰那才漂亮。别冺头耷脑的，让人一看还没鹰精神呢，那谁玩儿谁呀？"哈哈！听到这儿，大伙儿都乐了。不过细想之下，这老年间玩儿鹰的规矩可真是太多了。不单鹰驯出来要合格，连对驯鹰人的姿态都有要求，真可以说是力求完美。

　　随即，七哥又给我们介绍了鹰脚下的这些家伙什儿。"拴在鹰腿上这俩皮条叫脚绊儿，别看旧，还非它不可。这是驴皮，这东西只能用驴皮。牛皮太硬，伤鹰爪，羊皮太软，容易漂（跑），马皮发脆，容易折，唯独驴皮，柔软适中，韧劲儿还大。现在这东西不好找了——也难说，都做了阿胶了。拴脚绊儿这铜活，行话叫'蛤蟆儿'，起的是转芯儿的作用。不管这鹰连续往哪一方向转，在它这儿把劲儿就泄了，不会让脚绊儿拧成疙瘩。别小看这玩意儿，作用大是一方面，仔细看看，造办处的，上边有戳儿，皇上玩儿的！古董。连着'蛤蟆儿'这头的绳子，叫五尺子，平时绕在手的五个指头上，叫大远儿时拿它连纤绳用。"

七哥边说，边从旁边桌上拿起七嫂早给准备好的一条鲜羊肉，开始给黄鹰"开食"。

"开食"过程的快慢是因鹰而异的，因为每只鹰都有自己的脾气性格。这方面和人一样，有的人学东西快，适应力强，有的人则学东西慢，不善变通。而学得快的往往忘得也快，学得慢的有时反倒扎实牢固——动物也是如此。

七哥左手架鹰，右手拿肉，在鹰眼前晃动，不时地让肉条在鹰嘴上擦过。可鹰连理都不理，昂首挺胸，两膀紧背，身不动，眼不斜，直勾勾地怒视前方，任凭鲜美的羊肉在嘴上擦碰，一副绝不屈服的模样。

还是七哥有办法，用拇指和食指捏住肉条，以中指轻弹鹰嘴，鹰感受到力度后张嘴欲咬。就在这张嘴的同时，捏住肉条的二指顺势一抹，将肉条塞进鹰嘴当中。黄鹰一击不中，嘴里却多了一块肉，可它仿佛没这么回事儿一样仍以先前那个高傲的姿态木木地站着，对嘴里的羊肉视而不见。这时仔细观察它，你就可以从它的眼神中看到恐惧、愤怒、无助、倔强，其中还有一丝莫名其妙。它的肌肉紧张，身体僵硬，站在那儿像一尊雕塑一样。

在这样的相持阶段，七哥出了高招儿。他不再去理会鹰的眼神和那块羊肉，而是由前到后轻轻地转动左臂，这样一来，黄鹰身体晃动，站立不稳，只能跟随他胳膊的转动扇着翅膀，挪动脚步。而它这一动，转移了注意力，精神与肌肉顿时放松，本能瞬间回归，感觉到嘴里的美食有掉落的危险，关键时刻不及细想，下意识地一口将羊肉吞进肚中——首战告捷！

一块肉下肚，你可以感觉到黄鹰的精神不似先前那般紧张了，眼中的敌意也减少了许多。吃第二、第三条肉时，也不像初次那么费劲儿。虽然步骤和第一次一样，但仿佛只是为了保持自己的尊严、维护自己的面子一样，走个过场而已。并且我从中观察到了一个细节，在七哥拿第四条羊肉时，它的眼睛已经在盯着七哥伸向盘中去拿肉的右手了。

七哥那是多精明的人呀，肯定也早就观察到了这个细节，第四条羊肉拿在手中，又放回了盘里。

"不喂了？"

"不喂了。嘿！只要吃就好办！"说着话，七哥点了一根烟，坐在椅子上，对我们哥儿几个说，"接下来的活儿就是你们几个人的了，你们挨个儿架着鹰上外边遛去，哪儿人多去哪儿，为的是让它多见人，适应外边的环境。"

哥儿几个听完都争先恐后地要一试身手，谁都急于要尝一尝架鹰的滋味儿。

七哥乐着说："别着急，有你们烦的时候，还告诉你们，打今儿起一直到它逮第一只兔子，这鹰可就不能上杠了，无论白天还是晚上全得在胳膊上站着，你们可把劲儿使匀喽！"

我的妈呀！我说七哥让我多找一些人来一起玩儿呢！现在看来，这人还是找少了！

玩儿的就是一个心气儿

我们说话聊天的同时，嫂子已经摆好了一桌子菜，招呼我们吃饭了。七哥说："看见了吗？打现在开始，你嫂子负责做饭，咱们几个就跟它摽上了。轮流架着它，渴了就喝，饿了就吃，困了就睡，醒了就是这一出。谦儿！你先架它遛会儿去，一会儿他们换你。来！咱们哥儿几个先喝着！坐！"

"玩儿"实际上玩儿的就是一个心气儿，追求的就是人无我有，人有我精，鳌里夺尊，个别另样，要不怎么谁买东西都愿意买好的呢？架着鹰上街，给了我一个全新的体验。你拿架杆儿拴个鸟儿，或拿绳子牵个狗，大家都会很喜欢，但最多回头多看你两眼。而架着鹰可就不一样了，很多人都没有近距离接触过这东西，所以回头率极高。有的人还专门跑过来问这问那，眼里带着好奇、羡慕。这一趟我遛得可以说是出尽了风头，极大地满足了玩儿主的虚荣心。

回到七哥家里，哥儿几个喝得兴高采烈的。他们看我进门，七哥第一句话就把我问蒙了："打条了吗？"打条？从没听说过这个词。七哥马上意识到我不懂，连忙解释，"就是问它拉屎没有？记住了，这叫打条！"

　　提到屎，各位可别觉得不雅，这对养动物的人来说是非常关键的一个课题。因为动物不会说话，要想知道它的身体状况，人必须要随时随地对它进行细致入微的观察。这观察，除了表象的东西，主要就是看动物的粪便。有经验的把式通过观察动物的粪便，能够知道它有何疾病，身体胖瘦，营养多少，肠胃如何，上火与否，甚至能看出这鹰还有多少天才能下地抓兔子，鸟儿还有多长时间才能开口大叫。所以养动物的人提到动物粪便时，不管什么场合，从来都不避讳。

　　七哥告诉我们，因为鹰的粪便是白色糊状，方便时翘起尾巴，粪便直线喷射达一米多远。所以养鹰的人看到鹰尾巴一翘，必要喊一声"打条"，目的是提醒旁人闪躲。我告诉七哥："两次。"七哥点了点头说："来吧，坐这儿喝酒吧，你们谁换他？"那几个哥们儿早就围了过来，其中一个抢先接过鹰，美滋滋地出门去了。

　　放下了鹰，我才感觉到胳膊发酸，俗话说得好，远路无轻担。别看鹰才二斤多重，端在手里遛这一圈儿两个小时，这活儿实在是不轻省。按七哥的话说，就是缺练。

　　好朋友坐在一起喝酒聊天，是我最喜欢的一件事了。高兴、放松，没有任何拘束，云山雾罩、海阔天空，尤其是兴趣相投的一帮哥们儿，话题更是层出不穷。酒桌上七哥给大家介绍了鹰的习性和玩儿鹰的规矩讲究，几个人听得非常入迷。我们从鹰说到狗，从狗说到鸟儿，边吃边喝，边说边聊，不知不觉这顿饭吃到了下午四点多钟。

大伙儿帮忙刚把桌子收拾好，嫂子早就沏好了一壶茶端了上来。这时，最后一个人遛鹰回来了。这哥们儿是七哥的老街坊，发小儿的一个兄弟，从小和七哥玩儿到大，耳濡目染，对小动物也很感兴趣，而且接触得多了，对"玩儿"了解得也不少。大家叫他杰子，平时自己做点儿小生意，由于时间比较自由，这次七哥把他叫来一起过把瘾。

七哥看他架着鹰进了门，赶紧上前接过鹰笑着问道："怎么样？胳膊酸不酸？"

杰子如释重负，咧着嘴说："好家伙，刚架上还不显，端时间长了可真受不了。你走道儿，还得想着它别掉下来。它一惊再一飞，还得往回拽它，这活儿可不轻省，我这胳膊都快不会动了！"

听到这儿，大伙儿都乐了，七哥说："你跟着较什么劲儿呀？你不用紧张，全身放松，它自己会找平衡，你看哪有鹰从树上掉下来过？"

这一听杰子也笑了："话是这么说，我也知道。可它站在胳膊上你就不由自主地找这劲儿，我还怕它再抓着我，嘿！是够较劲儿的。"

七哥说："你呀，就是架得少，习惯就好了！"

"我呀？哈哈！行了！这也就是跟你们玩儿几天图个乐儿，这玩意儿，好玩儿是好玩儿，你要真让我养，我可不养，忒麻烦。"

"你瞧，爱嘛！你喜欢一个东西，什么叫喜欢？就是你愿意照顾它、伺候它、琢磨它，不怕脏，不嫌累，有这个过程你才能跟它有感情呀！不然它哪儿能给你带来这么些乐儿呀？你光指着它逗你玩儿？凭什么呀？反正我就是这样，打心里这么爱，你说为了它干点儿什么，我愿意！关键是你只要看见它就痛快，天天吃窝头心里都高兴！"

七哥这番话让我感触很深。养宠物确实是这样，你喜欢一个东西，你下决心要养它，实际上是你对它付出的过程。如果你是真心喜欢它，就会心甘情愿地为它服务，你会把照顾它、伺候它的工作认为是你兴趣的一部分，而不是负担。

比如狗，大部分人看到狗都会觉得很可爱，但一想到它的防疫、驱虫、异味、粪便、洗澡、做饭、运动等琐事便望而却步了，不愿为了它而影响自己的生活，这样的人也只能叫作喜欢。而真正能够下决心付出，把宠物当作家里的成员之一，并且能够站在宠物的角度上科学地、按照它的生活习惯给予无微不至照顾的人，确实在平常的生活中要有很多牺牲，而能够做出这种取舍，才叫爱。

当然，爱与不爱都是个人喜好，无可厚非。关键是不要冲动，要理智看待饲养宠物的问题。像杰子一样，自知没有耐心饲养，喜欢了就到朋友家看一看玩儿一玩儿过过瘾，这是极为明智的做法。而不是看到宠物可爱的一面，脑子一热，买回家养一段时间，等体会到照顾它的辛苦时才感觉麻烦，半途而废，不是送人就是抛弃。这样的做法，对宠物是不公平的。我想到哪儿说到哪儿，个人观点，仅供参考。

熬鹰就得出尽狠招

说话聊天的工夫，七嫂端来一个小盆放在桌上，盆里放着几条羊肉和一小团麻。这羊肉和给鹰开食时用的羊肉可不一样了，之前的肉鲜红精瘦，不带一丝肥肉，而这次虽然也是纯瘦肉，但是泡在水里。一看就是泡了很长时间，肉色已经发白。

七哥说："熬鹰的目的实际上就是让它瘦下来，身上没肉，肚内无食，它自然也就不会再折腾了，正所谓：'人穷志短，马瘦毛长。'鹰也一样，饿得前胸贴后背，它肯定没有其他心思，心里总想着这口肉。这时人再拿着肉喂它，它就会消除对人的敌意。时间长了，它就会明白一件事，要想吃饭，只有找人。

"但怎么让它瘦下来呢？让它吃，它就不会瘦，不喂食，它就饿死了。所以，咱们把羊肉切成小条，在水里泡上半天，把肉里的油脂和其他营养成分都泡没了再喂它。这样，它肚里有食，却没有营养，只能消耗自己身体中的热量了。这还不够——"说着话，七哥从水中捞起那团麻，挤干了水，用一小片羊肉裹住，让鹰吞了下去，"这个行话叫'下轴'，鹰有一个习性，在野外捕到鸡、兔时，皮毛骨肉一起吞下，遇有消化不了的东西，会在胃中团成一个椭圆状的球形吐出来。咱们就利用它这个特点，给它喂下一团麻。麻，鹰是消化不了的，下肚以后，麻粗糙的纤维会刮下鹰肚中的膛油，带着油脂被鹰吐出来。这样，双管齐下，里外结合，用不了几天，它就会俯首帖耳。"

听了这番话，我当时的反应就是：人真是太聪明了，可也够损的。这主意是怎么想出来的呢？就这么折腾，甭说鹰，搁人也受不了。

天渐渐黑了下来，七嫂又摆上了一桌子的菜，七哥说："来吧，都坐，喝酒，吃饭，鹰先不遛了。这遛是让它熟悉人多的环境，现在晚上人也少了，它也看不见了，咱就不出去，但在家喝酒可也不能闲着。"七哥边说边慢慢来回转动左臂，臂上的黄鹰站立不稳，被动地来回倒着脚步，"看见没有？这叫倒拳儿，为的是不让它睡觉，老得让它活动着。这鹰肚里没食，要靠睡觉来补充体力，不让它睡觉也是消耗它的一个重要手段。之所以叫熬鹰，说的就是这个。但是鹰有一个与众不同之处，你如果只是盯着它不让睡，它会闭一只眼睛睡觉。你看到的这只眼睛总是睁着的，其实是一个假象，也许背面你看不到的那只眼睛已经闭上睡觉了，你很难发现。所以只能这样来回倒拳儿让它总是站不稳，它就无法入睡。"

听七哥说完，我随口一句："这人是真够缺德的，不给饭吃，从肚子里往外刮油，再不让睡觉，这也太狠了吧？"

七哥听我说完，反倒像逮着理了似的，马上说："哎！就得狠！老话讲善不赢人，说的就是这个道理。你要不这么狠，你但凡心疼它一点儿，它永远也驯不出来，那咱们就输了手艺了！那咱就不如不养。这道理跟人一样，你想学点儿东西，你不下功夫不吃苦能学会吗？你要想出好成绩，所下的功夫必须要超过常人。这就叫吃得苦中苦，方为人上人呀！

"可话说回来，这驯动物，饿，可是个技术活儿，讲究的是一个劲儿。饿不到位它不听话，饿过劲儿了就饿死了。糟践东西不说，照样输手艺，让人笑话。一定要恰到好处，有时差这一顿饭就能饿死，这劲儿太难掌握了。都管玩儿这个的叫把式，怎么讲呀？不是打把式卖艺那把式，是把着手里这把食！把食！玩儿这东西不靠别的，把这食研究好了，那就没问题了！"

话说得有道理，而且七哥给"把式"这个词做了独特的解释。不管是从字面理解还是从字义考虑，这肯定是老一辈玩儿家代代相传，通过实践总结出来的门道。而且这些说法通俗、准确、深入浅出，让人不得不服。

聊天是打发时间最好的方法，七哥说了，不困就聊，谁困了也别撑着，就在床上歪会儿。就这样边吃边喝边聊，鹰在大家的手中轮转，你托会儿，我架会儿，不知不觉聊到了夜里四点。突然架着鹰正在倒拳儿的胜军焦急地喊了起来："哎！七哥！它怎么了？"

大家赶紧盯住他臂上的黄鹰，只见它缩头耸肩，作呕吐状。大家都不知所措了，生怕出现什么意外情况，目光不约而同地望向了七哥。七哥很淡定地说："没事儿，要出轴。"这个词虽然也是头回听说，但有了前面的铺垫，也就不难理解了，鹰现在要吐出傍晚吃进肚中消化不了的那团麻。只见它端着肩，脖子一缩一缩地晃着，酝酿了一会儿，头一甩，吐出了一个类似橄榄状的东西，出轴以后鹰立刻归于平静。七哥过去捡起轴拿给大家看，这团麻已经在鹰的胃中被反复揉搓缠裹得很紧了，并且外边还包着厚厚的一层油脂。掰开看，里边除了麻就是油，很硬很黏。七哥说："嗯，够肥呀！看来起码还得三天才能跳拳儿。"

大家对七哥的话似懂非懂，大致意思知道，但什么叫"跳拳儿"却不明了。可谁也没有开口问，反正一起玩儿，往下的步骤很快就会遇到，慢慢听七哥讲吧。

人熬鹰，鹰也熬人

接下来的几天都是这样过的，白天轮番出外遛鹰，晚上倒替在家熬鹰。黄鹰每天喂三顿，都是泡得发白的羊肉。傍晚下一个轴，夜里三四点钟出轴。每次七哥必然捡起来细细观察一番，看得出来，随着天数的增加，七哥心中也越来越有底了。大家在一起每天除了驯鹰就是吃吃喝喝，侃山聊天，过得无比快乐。只是睡觉少点儿，但谁都不愿意因为睡觉而耽误听讲。因此几个人每天都瞪着两只红眼睛，依旧嘻嘻哈哈地玩儿着。大伙儿开玩笑说，与其叫人熬鹰，不如叫鹰熬人。

四天过去了，经过这几天的努力，黄鹰有了明显的变化。体重减轻，架在胳膊上比先前轻了许多。用手摸它的前胸，胸骨两侧的肉已经消失，没有了圆滚滚的感觉，只能摸到凸凸的一根骨头竖在胸前。眼眶也陷了下去，最主要的是它看人的眼神中透出了和善，不似当初那般犀利。这证明鹰在与人接触的这几天里，随着体重的减轻，野性在慢慢消磨，它对人的敌意也逐渐减弱了。

这天早晨喂食的时候，七哥让我架着鹰，把手中的绳子（五尺子）放长，而他戴上了另外一只棉套袖背对着我站在了我的身前，抬起戴着套袖的左臂，右手拿肉，将肉搭在套袖上，扭回头看着黄鹰，嘴里"嗨！嗨！"地叫着它。黄鹰早已看到了羊肉，眼睛直勾勾地盯着，压低身子，翘起尾巴，头颈前伸去够羊肉。七哥却不让它吃到，看着它的动作随时调整着左臂的距离，黄鹰够了几下见吃不到，便放弃了，恢复了站姿，仿佛把注意力也转到了别处。可七哥拿起肉在它眼前一晃，它马上又翘起尾巴，伸嘴欲够。如此反复三四次，七哥始终不厌其烦地拿羊肉挑逗着它的食欲。

黄鹰终于忍耐不住了，只见它张开双翅轻扇两下，双爪蹬离我的左臂，轻轻地落在七哥的胳膊上，伸嘴叨起羊肉吞了下去。太棒了！要的就是这个过程！七哥说："看见了没有？这就叫跳拳儿。现在咱俩的距离很近，它只是轻轻一跳。慢慢地距离越来越远，鹰从你这儿飞到我这儿，这就叫'叫大溜'，到那时熬鹰就基本成功了，咱们现在胜利在望！"

哥儿几个听了很高兴，没想到胜利的曙光来得如此突然。当你做好了一切准备要走一段艰苦的旅程时，往往感觉成功来得比自己想象的要快。七哥也很欣慰，反复地夸奖着这只黄鹰是如何如何聪明，学东西是如何如何快，最后做了一个总结："这小东西，干起活儿（逮兔子）来肯定是把好手！"

说归说，做归做，革命尚未成功，同志仍需努力。七哥把鹰交给了我们，让我们按照刚才他的方法继续巩固黄鹰跳拳儿，他自己则在旁指点我们的做法。如此重复，开始黄鹰每次还都有一番犹豫的过程，到后来，只要听到"嗨"声，立刻反应，毫不迟疑。

七哥告诉我们："这'嗨'是叫鹰的传统叫法，每次喂食必须这样叫，久而久之，黄鹰形成条件反射，一听到这声音，就知道有肉吃，马上就会朝人飞来。接鹰的这个人必须是背对黄鹰，叫它的时候可以回头，但在鹰向你飞来，将要落在你胳膊上的时候，你必须转回头，脸朝相反方向，不让它看到你的五官，以免黄鹰野性发作或头脑混乱伤到面部。训练过程不能急，每一个步骤都要学扎实。"

黄鹰早晨的这顿饭主要就是练习跳拳儿，即使到后来很熟练了，七哥也不让我们把距离拉开，说一定要让它加深印象，不然将来会出错的。就这样重复七八次之后，黄鹰渐渐对肉失去了兴趣，神态又变得淡定起来，眼神中也不再充满迫切，最后干脆不跳了。正在大家怀疑鹰学东西是否跟人一样，也有反复，这时七哥说道："别喂了，它吃饱了。"咳！吃饱了！这么简单的事儿大家都没有想到。这也难怪，大家都在新鲜劲儿上，光注意自己的动作，叫鹰的声音，看它的姿态，把别的事儿都忘在脑后边了。

转过天来，七哥拿了一条长绳子，叫我们架上鹰和他来到楼下的马路上。这时，黄鹰又恢复了精神头儿——饿了！所有动物都是如此，只要吃饱饭，便浑身懒洋洋地昏昏欲睡。可当饥饿感降临时，全都精神百倍，状态极佳，眼观六路，耳听八方，随时随地准备觅食。要不怎么现在提倡人也应该少吃，说长时间处于半饥饿状态有益健康。当然了，这对我们这些吃货来讲，是精神上的酷刑，会导致短命的!

　　来到楼下,七哥让杰子架着鹰,单手抓住脚绊儿,而他则将五尺子的末端盘了一个扣儿,上边系上一个铁环,将长绳的一头系在自己的腰上,围腰缠绕了很多圈儿后从两腿中间将绳头甩出来,把绳头从铁环中间穿过递给了我,让我学他的样子也将绳子系在腰上。这样,我和七哥之间被一根绳子连接着,而绳子上则用铁环连接着黄鹰。然后七哥把羊肉分为两份儿,装在塑料袋里,让我拿一份儿,他自己拿一份儿。哥儿俩面向一个方向一前一后站好,中间只隔不到一米。七哥又让杰子把鹰交给我,并跟我说:"抓住脚绊儿,只要看见鹰往我这儿一飞,马上松手。"

　　交代完以后,他自己拿出一条羊肉,扭头冲鹰"嗨"了一声。黄鹰有了昨天跳拳儿的基础,今天毫不费力地跳到七哥臂上吃了羊肉。七哥向前走了两步,将两人腰间的绳子绷直,这时我俩之间有了两米左右的距离。七哥架鹰转过了身,让我拿出羊肉,背过身去叫鹰。我把棉套袖换到了右臂,学着七哥的样子,转过身去,左手拿肉搭在右手套袖上,扭回头去冲鹰叫着。

　　距离远了,黄鹰眼睛盯着肉犹豫着,低身探头,左右晃动,就是不肯飞。七哥说:"你大声点儿,干吗那么不好意思呀?把声音喊出来!"确实像七哥说的,第一次和鹰面对面用语言交流,我心里总觉得禽类不像猫狗一样能和人有很深的交流,它们只是条件反射,老觉得和它们说话有点儿傻,再加上身处大庭广众之下,周围很多人都在围观，真有点儿张不开嘴。这又像初次做买卖，在大街、市场上吆喝一样，总觉得拉不下脸面。七哥告诉我："大声喊！一是告诉它你的位置；二是随时提醒它注意力集中，别走神儿；三是强调这个声音，让它明白只要听见'嗨'声，飞过去就能吃到肉。"

听到七哥的解释，我这才明白了这叫声也是有目的的，绝不像对牛弹琴那样盲目。我心里有底，胆子也随着壮了起来，声音就有了底气。"嗨！嗨！"两声，把黄鹰叫得精神一振，它丝毫没有犹豫，展翅飞了过来。这一次，七哥也感到比较满意，嘴里说道："哎，这就对了。"随之身体转了两圈儿，将缠绕在腰间的绳子放长了一米多，背转身子，拿出羊肉，"嗨"的一声把鹰又叫了过去。五尺子上的铁环套在绳子上，在鹰往返飞行时，被鹰带动着也往来于我们之间。七哥告诉我们，这条长绳，行话叫纤绳，铁环连接五尺子，五尺子连接蛤蟆儿，蛤蟆儿连接脚绊儿，脚绊儿拴鹰。这样鹰在往来于两人之间，与纤绳平行飞行时，丝毫不受制约。一旦黄鹰受惊，或野性复发，有横向飞行动作时，有铁环和纤绳的连接，不致逃走。这样练习，万无一失。等鹰练成以后，所有的绳子就都可以不用了。

如此一来一往，黄鹰反复地练习着。每飞一次，七哥就将身体转两圈儿把纤绳放长些，最后，绳子放到了头，两人之间的距离也在三十米开外了。黄鹰往来于两地也需要一定的时间，这时再观察它的飞行状态，太漂亮了！双腿一蹬，身体下落，同时展开翅膀匀速扇动，超低飞行。身体离地也就一尺左右，速度不快，但绝对有别于其他小型鸟类毛毛躁躁的飞行姿态，稳健而大气，威猛中略带诡异。到达时翅膀上翻，身体突然拔高，双爪前伸，牢牢地抓住目标，同时两翅疾扇，带着一股劲风，稳稳地落在人臂上。黄鹰的整套动作带着沉稳、坚定、自信和霸气，气场强大得让人不得不承认它才是天空的主宰，飞鸟之王。

这只黄鹰聪明伶俐，并且性情稳定，学东西快而且扎实，从不出错。无数次往返于两地间，如同小孩儿打醋，直去直回，绝不做非分之想。大家无不称赞它的优秀。正在这时，七哥让杰子站在两地之间，等黄鹰飞到半途中，伸臂击掌作势前冲。黄鹰正在平稳地飞行，突然听到声音，看到有人影晃动，受惊慌乱，扭头往侧面急逃，被纤绳拉住落在地上。"咳！这是干什么？飞得好好的，干吗故意吓唬它呀？这飞乱了也不是鹰的错呀！"我心里刚想到这儿，七哥就说话了："它飞得好，不出错，这当然是好事儿，但咱们必须得让它适应一切环境，遇到突发事件不受影响。最主要的是让它明白，如果乱飞，会被绳子拽住，让它从心里打消逃跑的念头，而这只有在它飞错被纤绳拉住落地时才能明白，所以我让杰子吓唬吓唬它。"——啊！这才叫没有困难创造困难呢。您说，学点儿东西容易吗？

接下来的几天，全都是让黄鹰巩固"叫大溜"。这小家伙真争气，一次比一次熟练，一天比一天利落，到最后真是做得相当完美。连旁边有人故意惊吓它，它都可以目不斜视，直扑目标，哥儿几个对此极为放心，以后绝不会出什么差错了。后几天给鹰吃的肉也慢慢加量了，每天夜里也不是成宿成宿地熬着它了，也能让它站在杠上睡几个小时。随着小家伙的日益成熟，训练课程也接近了尾声。现在要让它慢慢恢复体重，为将来的实战——抓兔子，做准备了。

第八天的早晨，在七哥的带领下，大家又来到了楼下的空场上。今天要检验这七天来黄鹰的训练成果，是小家伙一显身手的时候了。虽然通过这几天的训练，大家心里都很踏实，但毕竟这次是要解开它身上所有的纤绳，让它重获自由，驯鹰的成败在此一举。

七哥反复跟我交代，当鹰落在你胳膊上吃肉的同时，必须快速抓住它的脚绊儿，因为到那时能够制约它的只有这一尺多长的脚绊儿。今天下楼时就没拿那根几十米长的纤绳，七哥让我架着鹰，单手抓住脚绊儿的中部，他则伸手解开了脚绊儿末端连接蛤蟆儿的绳扣，把蛤蟆儿连同五尺子一齐扔给了杰子，自己则戴好套袖，向前走出二三十米背转身站好。黄鹰通过这几天的反复训练，形成条件反射，此时早已心知肚明，两只眼睛死死盯住七哥不放。在七哥走出去的过程中几次跃跃欲试，都被我死死抓住脚绊儿，没能腾空。七哥之前嘱咐过，没有听到叫声就是没有做好准备。手里没肉，鹰靠条件反射作用飞起来，过程中看不到肉，失去诱惑很可能就会有变故，因此这时候绝不能放手。

七哥不慌不忙拿出羊肉搭在左臂上，这才扭头大喊"嗨！"。这一声落，只见黄鹰丝毫没有犹豫，双腿用力，蹬离了我的胳膊，现在，它自由了。虽然腿上还有一尺多长的脚绊儿，但这根本对它没有任何影响。它通过自己长时间的刻苦训练，取得了人的信任。不知是不是因为没有了绳索的原因，它飞得比平时快了，而且看上去更加威武霸气了，同时也增添了几分野性和灵动，给人强烈的视觉冲击。它飞到人的身前，探出双爪紧紧抓住七哥的左臂，稳稳地落在上边，叼起羊肉吞下肚去。这条羊肉，可不是平常用水泡得发白的毫无口感的东西了，而是新鲜、红嫩、实实在在的一个奖赏，因为它毕业了。

与尔同销万古愁

驯鹰接下来的工作给我们出了难题，现在哪儿有野兔呢？驯鹰成功与否，必须以抓住兔子为标志，所有的"叫大溜"都算纸上谈兵。因此，一次圆满的狩猎也是对我们这么多天辛苦工作的充分肯定。但是，现在的北京，哪里具备放鹰的条件呀？有人出主意，永定河滩肯定有兔子，那地方地面广阔，人少草多，适合野兔栖息。大家商量了一下决定第二天一早，杀奔永定河滩。

永定河滩可真是不小的一块开阔地，宽够千米，绵延两侧，一眼望不到边。河水虽然早已干涸，河床暴露在外，但站在岸边纵观河道，仍然可以想象当初有水时声势何等浩大。河床内长满荒草，偶有小块平地被农民开为田地，种些玉米，但一看就知，此田疏于管理，水肥不施，纯粹靠天吃饭。远处有老乡轰赶着羊群来此吃草，的确，这里是个放羊的好地方。

我们将车开下河滩停好，架着鹰追赶上远处放羊的人。首先要向熟悉这个区域的人打听一下是否有兔子，这样心里才有底。羊倌肯定地告诉我们："有兔子，放羊的时候经常能够碰到。"这就行了，剩下就看我们的了。七哥让我架着鹰，手里抓着脚绊儿，并反复地叮嘱我："眼睛灵着点儿，千万别走神儿，兔子出来，只要鹰一飞，赶紧松手。但千万要看清是不是兔子，如果是山鸡或其他鸟类，绝不要撒手。因为对鹰来讲，山鸡很容易捕捉。如果鹰习惯于捕捉山鸡了，它就会懒于捕捉矫健肥硕的兔子了。"七哥交代完之后让我们一行五人扇形排列，把我放在中间，缓步向前推进。

眼前是一眼望不到头的河滩，脚下是齐膝的荒草，五个人蹚着草、顶着太阳向前走着，目不转睛地盯着前方。虽然是秋天，但正午的太阳依然很强烈，晒得我们顺着脑门儿直冒汗。一路之上，各种野生的小型鸟儿被我们的脚步惊扰，从草丛中惊飞而起，但我手上的黄鹰却视而不见，依旧茫然地看着四外，好像根本就没有明白自己今天的任务一样。

我们正走着，草丛中"扑棱"一声，一只大鸟受到惊吓腾空而起，一瞬间，我臂上的黄鹰双腿用力一蹬，展翅飞了出去。我虽然还没看清是什么鸟儿，但看它直向天空而去，断然不是兔子，随即握紧手中的脚绊儿，半点儿也不敢松懈。黄鹰双腿被脚绊儿带住不能远去，失重后双翅急扇，掉头回身又落在了我的胳膊上。在这一刹那，我也看清了飞起的鸟儿，原来是一只中等体型的"枭"。枭俗称猫头鹰，一说这个名字大家应该都不陌生了。猫头鹰是一种益鸟，习性昼伏夜出，在野外靠捕捉田鼠为食，也是猛禽的一种，平常黄鹰与枭应该是互不侵犯和平共处的，今天黄鹰见枭的反应，可能是因为腹中饥饿，或是瞬间反应。幸亏我紧抓脚绊儿没有松手，如不然真让黄鹰上了天，或各奔他方，或两败俱伤，后果不堪设想。

　　哥儿五个顶着大太阳，沿着河床走了五六公里，每一处高草、每一个柴垛我们都上前仔细地察看，用棍棒敲打一番。兔子是非常机灵的，发现附近有危险时，不是急于奔逃，而是卧在草丛中或躲在石缝里静观其变，而且非常沉得住气。有时就在你不经意时，从你脚下"嗖"的一声一跃而起，能把你吓一大跳，你甚至觉得踩到了它。所以大家不敢马虎，搜查得相当仔细。可即便这样，从上午十点开始，一直到下午两点，连个兔子的影儿都没见。哥儿几个又渴，又饿，又热，又累，这时才想到放鹰真是不容易呀！甭说没有兔子，即便很多兔子，你也得架着鹰一步步地往前蹚，绝对是个体力活儿。记得有一次钓鱼，住在鱼塘边的老乡家，晚上尿急问厕所在哪儿，老乡对我说了一句俏皮话儿："老头儿放鹰——出门就撒。"当时没在意，现在可真是领会到其中的幽默了。

　　回到家已经是晚上了，几个人商量着："哪儿有兔子呀？"驯鹰成功的标志就是抓到兔子，如果这项没做到那就叫功亏一篑，之前的努力都白费了。猛然间，我想起了一个地方。两年前和朋友去延庆逮鸟儿，有个地方叫沙梁子，山区，离北京市区很远，大概要四个小时的车程。当地气温寒冷，昼夜温差较大，有哥们儿在那儿种西洋参，当年去时住在他家，逮鸟儿时山上的山鸡、野兔不计其数。记得聊天时朋友曾和我说起，自从禁枪之后，小动物繁殖很快，每到冬闲，当地老乡上山下套捕野兔、山鸡，一冬能卖五六千元。我们要到那儿去，保管黄鹰能有用武之地。

我把这情况和大伙儿一说，哥儿几个顿时来了精神，摩拳擦掌准备大干一场，大有即刻出发的意思，只有七哥低头沉思没有表态。一会儿他抬起头对我说："那你和你当地那朋友联系一下，咱们马上出发，今晚就住他们家，明天早晨逮兔子去，逮得着逮不着只当玩儿一圈儿呗。"大家一听全都表示赞成，谁也没有留意到七哥的犹豫。我马上打电话联系好地方，五个人草草吃了点儿东西，架着鹰上路了。

到沙梁子的时间是夜里一点左右，记忆中这是身处大山之中的一片广阔洼地，一条黑水河横穿而过，河的两侧零星地散落着几个小村子。虽然人在崇山峻岭中略显孤独，但却有一种远离尘世的喧嚣，置身世外桃源的超凡脱俗之感。而现今，山区的夜里一片漆黑，黑得已经看不清四面大山的轮廓了。山谷中的村落灯光尽灭，所有人都还保持着日出而作、日落而息的农耕习惯。四周静悄悄的，没有一点儿声音，借着车灯，凭着记忆，我找到了朋友居住的地方。

一下车，一股寒气扑面而来，让我们当时就找到了严冬的感觉。我后悔轻视了这里的温差，没有多带些厚衣服。朋友一家还在等着我们，他们看见车灯的移动，迎着灯光走了过来，手里还抱着厚厚的军大衣，真是太善解人意了！就下车的这么一会儿，我已经冻得开始打哆嗦了。我们顾不了许多的客套，先把棉衣穿上，深一脚浅一脚地跟着主人来到了屋中。屋内倒是很暖和，煤炉烧得旺旺的，上边的水壶咝咝地冒着蒸气，更增添了屋中温馨的感觉。房间正中央摆放着一张老式折叠圆桌，桌上堆满了热气腾腾的饭菜——简直太周到了。一阵寒暄过后大家各自落座，边喝酒边聊天，屋中充满融融的暖意。新朋友、老朋友，都是说得来的朋友。你聊会儿，我说会儿，都是彼此喜爱的话题，大家坐在一起，没有烦心之事，没有利益关系，没有钩心斗角，没有高低贵贱，有的只是共同的爱好，同样的心境，轻松的状态，欢快的气氛，这就是我最喜欢的生活。

这一顿酒一直喝到凌晨四点，尽欢而散。主人把我们带至客房，还有两三个小时的觉可睡，怎么着也得眯会儿呀！

客房是和主人居住的卧房并排的一间屋子，屋里设施简陋，屋中只交叉摆放着八张上下铺的铁架子床，有一张老式三屉桌，两把破旧折叠椅，一个城里已经淘汰的脸盆架子，就再无其他陈设了。可是，铁架子床上整整齐齐地已经铺好了五套干干净净的超厚棉被，被子不是新的但已经拆洗过。三屉桌上早就摆好了茶叶罐儿和一套茶具，桌旁的地上放着两个旧暖瓶，里边灌满了开水。脸盆架上搭着两条干的被洗得漂白的旧毛巾，半盆温热的洗脸水旁放着一块刚刚拆掉包装的灯塔牌肥皂。整间屋子一尘不染，简陋的房子中透出主人的精心、周到，让你立刻蹦出的想法是：这绝不是五星级酒店能够与之相比的，有朋友真好！

见了兔子也不能撒鹰

我们是早晨七点钟起床的，毛巾、肥皂、牙刷、牙膏，烧饼、油条、豆浆、馄饨，一切安排不必细说。我们吃饱喝足，精神饱满，迫不及待地架鹰上山。

临上山时七哥并没有把鹰交给任何人，而是自己架在胳膊上，慢慢地跟随大家往山上走。刚上到半山腰，黄鹰一改往日缩头蹲伏的低迷状态，而是抬头四下张望，两眼炯炯有神，双爪抓扣有力，身体也呈紧张状态，仿佛随时要出击捕猎的样子。它一定是看到了什么东西！鹰的眼睛可比人眼强数倍，它在高空飞翔时能看到几公里以外的猎物。这时它跃跃欲试肯定是已经锁定了目标，大家也只能顺着它的眼神极目远眺，期待着能够发现点儿什么。

又往上走了一段路，远处草中"扑棱"一声，两只山鸡腾空而起，嘎嘎地叫着，惊慌地向远处飞去。与此同时，黄鹰探头压身，双爪一蹬，两翅微展，箭一般向前扑去。可刚离开臂架，双爪就被七哥手中的纤绳紧紧拉住不能前行，身体被迫向下落去。黄鹰只得扭回身体猛扇双翅，重新落回七哥的胳膊上，神态中透出迷茫和无奈。

之前说过，尽量不让黄鹰猎捕山鸡，因为山鸡好逮，兔子难抓，怕鹰落下毛病将来懒得抓兔子。想到这儿，大家心知肚明，也没再细问。再往山上走，沿路经常有山鸡飞起，黄鹰这时精神极其亢奋，反复地冲扑，虽都被人拽回，却依旧锲而不舍地发起攻击。将到山顶时，有瞬间的清静，这段路不再有山鸡飞起，黄鹰也相对安静了一些。大家的精神刚刚有些松懈，黄鹰腾然而起，展翅向前疾扑。七哥早有准备，抓绳子的手从未放松过。当黄鹰再次落下后，大家顺着它扑飞的方向望去，什么都没有。正奇怪时，树下的草丛中悠闲地钻出两只兔子，一前一后向前方跑去。这一来大家更奇怪了，这么多山鸡不让抓，目的就是抓兔子，而且为了这个大家还不辞辛苦地来到深山之中，可为什么见了兔子还不让逮呢？

大家七嘴八舌地问七哥："怎么了？怎么不撒手？"七哥解释了这个问题："哥儿几个玩儿心挺大，我也不好扫兴，但来之前我就觉得这次不会有什么收获。我不是告诉你们了吗？只当是玩儿一趟吧！黄鹰，本身就是山里的东西，被人抓住之后，训练这些时日，野性稍退。而今回归大山，又来到了它熟悉的地方，又是山又是树，必然要勾起它的回忆，使本能回归，恢复野性，所以到山里放鹰是较为危险的。即便它仍旧非常听话，咱还是不能放！"

这又是为什么呢？大家都用好奇的目光望着七哥。七哥微微一笑，不紧不慢地说："你看对面山坡，离咱多近哪！有个山鸡兔子看得清清楚楚，这要一放鹰，就这距离之内手拿把儿掐，但是你们没想，鹰扑住猎物可不是给咱叼回来，而是要人过去拿。这距离对它来说不算什么，直线不足五百米，可是扑住猎物后咱要去取，那可费劲儿了。先下山再上山，一趟就得一个小时，我估计等赶到那儿，鹰早吃饱飞走了！再说就咱们这几块料，谁能爬山呀？所以我说呀，咱只当郊游吧。爬爬山，玩儿一玩儿咱回去吧。"

大家听了七哥的一番话，这才明白了他不放鹰的原因。行家就是行家，他不单了解鹰的饮食、习性，更能掌握它的性格、好恶，还能根据所有信息衡量现有条件，过滤出所有的隐患并加以处理，这一切不得不让我们这些自以为玩儿了多年的假行家佩服。但佩服归佩服，遗憾归遗憾，也可能正是因为外行，不能正确面对现实，才导致遗憾之外产生的侥幸心理。大家乍听七哥说完都说有理，谁也不提放鹰逮兔的事儿了，各自爬山、聊天、观景、游玩，折腾了一番下山去了。

山下有一片空地作为场院，因是冬季，四周都是棒秸垛。七哥架着鹰站在空地处抽烟，哥儿几个嘴上不说，但心里还抱有一丝幻想。各人分别都往四下里寻摸，或蹚蹚干草堆或踹踹棒秸垛，都盼着蹿出一只兔子，逮不逮放边上，怎么也能惊喜一番呀。

直到十点多，七哥说："也就这意思了，喂鹰吧！喂完咱回去了。"边说边从包里拿出了羊肉准备递给黄鹰。这时，旁边的杰子忽然提议："哥，在山上兔子逮不了，这下山了，咱们喂鹰叫叫大溜吧，也算过过瘾，不白来一趟，怎么也得把鹰撒开一回呀！"七哥可能也觉得如不实践一次实在对不起这往返三百多公里的路程，点头答应后，一边做着各种准备，一边抽着烟，嘴里不紧不慢地和我们闲聊着。通过这几天的培训，大家心里也知道了，七哥这是有意拖延时间，让鹰更加饥饿一点儿，以降低放飞时的失误。

又过了一个多小时，准备工作也已就绪，在大家的催促下，七哥让我拿着羊肉走到十米开外的场院中心。开始了！前两次的飞行十分顺利，黄鹰直线往来于两地之间，果断坚决，没有任何拖泥带水。正当大家认为七哥的担心纯属多余的时候，黄鹰第三趟飞行直奔我左臂，落脚之后，不等我抓过悬挂的脚绊儿，叼起羊肉快速起身飞向高空，落在了场院旁的高树顶上。

黄鹰扬头吞下了羊肉，这时再看，它可不是站在你胳膊上时的那个样子了。黄梅戏《天仙配》，董永卖身期满带着七仙女离开地主家第一句唱词"龙归大海鸟入林"，形容的就是这种快乐的心情和状态。这次让我从黄鹰的表现中彻底理解了这种摆脱束缚的轻松和兴奋。只见它全身羽毛根根奓起，身体瞬间显得肥胖了许多，用力抖动几下之后紧紧地贴在了身上。黄鹰转头往四下张望，眼中一扫平时迷茫的神态，透出机警灵动的光芒，缩头压身，频繁振翅，伺机找好目标之后马上远走高飞。

这时的我们全都傻了眼，说束手无策不足以形容当时我们的状态，可以说基本上没反应过来，对黄鹰脱困的现实还没有接受，呆呆地站在原地给鹰行着注目礼，仿佛在欣赏着黄鹰优美的飞态。只有七哥在黄鹰上树的同时，嘴里喊出了声，并"嗨！嗨！"地一直叫个不停。也可能正是因为七哥这连续的"嗨"声，给黄鹰形成了条件反射，才让远眺欲飞的黄鹰最终没有松开紧抓树枝的利爪。

十几秒钟之后，大家围拢在树下，仰望着树上的鹰，这才进入了束手无策的状态。大家嘴里"嗨嗨"地叫着，眼睛都瞟向了七哥。七哥说话了："别看我，你们的做法很对。我现在也只能这么办。"得！叫吧！"嗨！嗨！嗨！"——在这深山密林，旷野荒郊，不用力叫这声音还真不打远儿，哥儿几个兜上丹田这通儿喊，我上两堂声乐课也没费过这么大劲儿。即使这样，喊了不到十分钟就口干舌燥了。所幸的是树上黄鹰的兴奋劲儿也过了，不像刚才那么躁动了，只是静静地蹲在树丫之上依旧眺望着远方的大山，连看都不看我们一眼。

它可以不理你，你可不能不叫它，这时候就得拿出点儿二皮脸的架势来了，谁让咱刚才想充大爷来着呢？哥儿五个轮流来，一个人叫一会儿，累了换人。这时候黄鹰就是转转脑袋看你一眼，对我们来说都是莫大的鼓舞。唉！早知今日，何必当初呀！僵持了得有一个多小时，哥儿几个几乎快绝望了。这时树上的黄鹰抖擞羽毛，两爪交替着活动了一下身体，打了个条，转头看向了树下的众人。七哥立刻说道："快叫，要下来！"我赶忙上前又大喊起来，边喊边听身后七哥和大家说话，"这是那两块肉消化得差不多了，要不然还在那儿愣着呢！这东西，肚子里但凡有点儿底子，丫就敢跟你拗杠。刚才就不应该放它，要不怎么老人说：'善不赢人呢！'玩

145

儿这东西就不能心疼它。"

边听说话，我边往树上瞄着，斜着眼睛用余光注意着树上的黄鹰。这样倒不是怕它飞来伤到面部，而是七哥说了："别正脸看着它，你越拿它当事儿它越跟你拿绊儿，尤其你们俩眼神一对上，它更觉得你憋着劲儿逮它呢！这东西贼着呢！你就别理它，偶尔瞟它一眼，反正肉在这儿呢，你丫爱下来不下来，就得这劲儿才行呢！"七哥话里的意思我倒是可以理解，就是不要让鹰觉得你在注意它，少了这个戒心，它的行动会更加无拘无束。但说起来容易做起来难呀！本来心悬一线，还要装作自如，不能正面对视，但须时刻关注，这种状态弄得演员出身的我有点儿找不着范儿了。歪身转肩，伸脖斜眼，就跟拍婚纱照似的，这叫一个难受。

正扭捏间，黄鹰突然展翅一个俯冲飞了下来，也许真是因为深山密林刺激了它心底的野性，这次的飞行和往日驯放时的飞行大不相同，速度超快，在我一错眼神的刹那间，只觉脑后一股劲风，右臂被狠狠地抓了一下。待我回头看时，黄鹰已疾速滑过我的头顶，落在了对面那株大树上。

原来，它经过长时间的对峙，饥饿难耐，决定铤而走险。它不按平时训练的那样落在人的胳膊上吃肉，而是根本就没打算降落，俯冲到我胳膊上方时，趁着这低空一抄，想伸爪抓起羊肉飞到树上自在享用。可它没算计好，羊肉条切得太细太小，这一爪不单指甲没有嵌进肉中，就连爪子也没能攥住羊肉，肉条从爪缝中滑出，落在了地上，而我右臂上的套袖却被它锋利的爪尖划了一道长长的口子。

虽然我没见到鹰逮兔子，但就它这失败的一扑一抓，也足以让我了解了黄鹰的攻击力。也许它在野外捕猎时从未失过手，面对这次的失利有点儿难以接受。它站在树丫之上，矮下身，歪头瞪眼盯着地下的羊肉，目光中露出茫然之色。我暗暗地叫了一声"万幸"，走过去捡起羊肉接着喊："嗨！嗨！"

后来分析，黄鹰偷袭的失败，是这次人鹰对峙的转折点。如果它成功地吃到了羊肉，那就不仅仅是要等它在树上消化完之后再下来的问题了，它会随着这个伎俩的成功而产生更多刁钻古怪的手段和桀骜不驯的做法，最终有可能导致远走高飞。而这次偷袭的失败，对黄鹰来说是较为沉重的打击。它绝不会认识到这是运气使然，如果当时哪怕自己的一个爪尖钩住羊肉，或肉条在爪中稍稍改变一下位置，结果可能就完全不一样了。

黄鹰只知道：这个方法没成功就说明用这手段不灵。那么想吃羊肉怎么办呢？只有乖乖落在人的胳膊上。呵呵！这大概就是人和动物最大的区别吧！这并不是我凭空臆想，偷袭失败后没几分钟，黄鹰再次从树顶俯冲下来，稳稳地落在我的右臂之上，看状态它没有任何非分之想。趁它吞食羊肉的工夫，我抓住脚绊儿，紧紧地攥在了手里。再看它，就像没发生刚才那段插曲一样，歪头斜眼看着我手中装肉的小盒。嘿！这没心没肺的家伙！

这时七哥笑呵呵地走过来对大家说："怎么样？还放吗？"

大伙儿异口同声地说："不放了！走吧！回家吧！"七哥倒认真起来，告诉我们现在放倒没事儿了，经过刚才的实践，黄鹰已经没有什么多余的想法了。呵呵！少来这套吧！哥儿几个谁也不愿意再受这刺激了。收队！

爷和孙子的两重境界

　　回城的路上，我开车，七哥架着鹰坐副驾驶，那哥儿仨挤在后面。开车没多久，后边的仨人儿就睡得跟死狗一样了。昨天睡得晚，今天起得早，睡眠时间不够，大伙儿都困了。七哥怕我打盹儿，除了点烟、递水，还打开了他的话匣子："按说今儿咱们这就算栽了！鹰都上树了，还说什么呀？"我还想打个圆场，找找面子，顺口搭音说："这就不错了，不是给叫下来了吗？"七哥听了我这话，可让他逮着理了："甭不认，现眼就是现眼。这会儿又缓过来了，当时是没给你拍下来，要是有那么个录像，你看看你们哥儿几个那相儿大了，不是把鹰叫下来了刚才的事儿就能翻篇儿了。你得琢磨怎么回事儿。鹰因为什么不下来？是见到山了？是受惊吓了？是吃饱了？是叫得不对？这得找原因，不能稀里糊涂的。照这样下次不是还得跑吗？玩儿嘛，就得玩儿出这劲儿来，让人一看，这叫爷！如果您每次出来都着刚才那么一通儿急，那跟孙子有什么两样呀？有两回血压再上来，这不玩儿命呢吗？"

　　嚯！七哥这一张嘴，没别人说话的份儿了，也没有你还嘴的余地。仔细琢磨，七哥说得有道理。老北京人玩儿的就是范儿，讲究的是：要想人前显贵，就得背后受罪。俗话说叫山后练鞭，找没人的地方下功夫去。等到大庭广众之下亮出自己的玩意儿，一定得有过人之处。花钱多少不重要，看的是功夫，考的是眼力。一样的玩意儿玩儿出不一样的手法，人无我有，人有我精，让朋友们一看就得佩服，提起这方面的事儿来都得说：知道××吗？人家玩儿得才叫高，鹰到人家手里如何如何。不论谁说起这事儿，永远得带着一种仰慕的语气。永远得是爷！从自己的感觉出发也如此，爱一样东西就得把它读懂弄通，喂个宠物让它不死那很容易，但那只能叫养。真正称为玩儿，那可是一件极其吃功夫的事儿了。平平常常的一个东西，把它玩儿出独一无二的花样儿，在众目睽睽之下让所有人挑大拇哥，这种赞赏是对自己付出的最好回报。哪种美法儿？嘿！给个县长都不换！

当然了，有人说这是清朝遗老遗少之风，没落八旗的臭毛病，清朝遗风我不否认，臭毛病我不承认。天子脚下、皇城周边的人沾染上这种习气再正常不过了。历史走过之后还能不留痕迹吗？更何况在我看来，这种习气也没什么不好，谁不愿意鳌里夺尊呢？对比现今社会上这无数的不择手段搏出位的做法强之万倍。甭管别人说什么，反正我是引以为荣的。

老北京的爷们儿在玩儿上花的功夫太大了，越讲究越不嫌讲究。追求的是没有最好，只有更好！这也是京城玩儿家们普遍的一种心态。正是这种历史的原因，这种执着的追求，这种精益求精的心态，久而久之形成了老北京的玩儿文化。这种精神在我的思想里，和更快、更高、更强如出一辙，最起码不比它差，绝对有一拼！

我把车直接开到了昌平的一个哥们儿家。之前已联系好了，让他备饭、沏茶，做好招待工作。哥们儿嘛，跟他不客气。

我这哥们儿大家都叫他黑子，家住农村，自己的一个独门小院儿坐落在村子边上。现在农村的条件好了，家里盖房、装修、陈设、装饰，把小家布置得宽敞明亮，温馨舒适。大门口的一条水泥路直通村儿外，行车走路方便快捷，拉近了城乡之间的差距，只有路两边的玉米地在随时提醒着人们这里是远离市区的农村。而由于深秋季节，玉米也早被齐齐砍下，只剩下一寸多的粗根裸露在地表，等待着开春还田。远处是大片的果树林，枝头上随风飘落的枯黄残叶，标志着冬天的临近。一切都那么和谐自然，舒适宁静。

我把车停在了院子的大门前，黑子已闻声出来迎接了。我下了车，边和黑子寒暄着，边绕过车头，打开副驾驶的门来接七哥手里的鹰。由于座位空间太窄，七哥左手提包右手架鹰，自己下车有些费劲儿。我接过鹰的脚绊儿，让它挪动到我的右臂上，左手伸入车中想拉七哥一把，黑子也过来手扶车门和七哥打招呼。

后排的仨人儿睡眼惺忪地下了车，出于安全起见，我左手拉人，右臂直直地向侧面伸出，尽量使黄鹰远离人群，以免被抓伤。就在这混乱的一瞬间，我感觉右臂突然下压，继而一轻，右手中脚绊儿被用力夺了过去。我"哎哟"一声，顾不得扶人，回头看时黄鹰已腾空而起。这意外的发生，让所有人就像定住了一样站在原地不动了。

　　只见黄鹰在空中一个俯冲快速向地面斜扎过去，在离地一米左右处振翅疾飞，身体掠过土地直扑树林。而这时我才看到，在黄鹰的前方，一只野兔正在仓皇逃窜。这真是踏破铁鞋无觅处，得来全不费工夫呀！自从训练课程结束以来，我们托着黄鹰跑了上千公里，为的就是寻找这一时刻，来证明大家努力的成果，没想到这时机来得如此猝不及防，打了所有人一个措手不及。让人高兴的是，这时机毕竟到来了。

　　看到这一幕，所有人都屏住呼吸，两眼注视前方，观赏着这场难得一见的鹰兔大战。其实，兔子也不是白给的，据说在这种时刻，老练的兔子有很多方法能够摆脱鹰的追赶，甚至能给鹰以致命的一击。听老人们讲，在鹰疾速追逐兔子到将抓未抓之际，有经验的兔子能够拿捏住这一电光石火的瞬间，突然翻过身来，后背着地，四蹄向上，用力猛蹬。这一蹬之力，足以给鹰带来开膛破腹之灾，兔子刹那间从劣势变优势，转危为安。这就是练武之人都熟悉的一个招数——兔子蹬鹰。还有更为狡猾的兔子，会倚仗自己力大身沉的优势，豁出去痛苦，让鹰抓住自己身体的非要害部位，而这个牺牲是绝对值得的。

　　鹰爪的四指是三前一后的结构。前三指是抓，不足为患；后指紧扣，抓住猎物后会深深嵌入肉中，最为致命。而重要的是只要鹰爪扣住猎物后，骨骼肌肉便成紧张状态，不到猎物断气停止挣扎时，它自然不会放松，鹰爪也自然不会自行松开。这个力道奇大，连人力都不可拆解。因此，驯鹰时人们重点防护的就是它的后爪。一旦被抓，不能挣扎，必须静等鹰自行松开方可。

聪明的兔子可以卖个破绽，让鹰抓住自己肉厚不致命之处，等鹰爪扣死不能松脱之时，兔子会全力向酸枣窠子、荆棘丛中钻去。而这时黄鹰的双爪则越抓越紧，只能被兔子拖着身体挣扎前行。待进到低矮灌木处，这空中之王就难逃噩运了。荆棘尖刺会划得它羽毛凋零，体无完肤，最终落得被兔子拖拉至死的下场。

当然，目前的情况还不至于此，目测这只兔子的身体重量到不了如此老谋深算的地步。我担心的只是附近有洞，如果兔子钻入洞中，那黄鹰失去目标，势必会翻身寻找近处高树休息、等待，到那时，不但捕猎计划落空，哥儿几个还得望树兴叹，大声喊叫一番。

这只兔子引着黄鹰快速地向前飞奔，当鹰距离自己只有两三米时，它仿佛突然明白了什么，一个急转身向不远处的果树林跑去。不得不承认，就转身动作而言，兔子比鹰要灵活一些。黄鹰见状急忙振翅斜身，身体画出一个较大的弧线，继续紧追不舍。姿态弧线虽美，但迫于惯性身体还是向前冲出一米有余，待鹰掉过头来，又被兔子甩下一段距离了。

眼前的情况，让我又有了新的担忧。前方不远便是果树林，一排排低矮的桃树向四周伸展着枝丫。虽不像荆棘酸枣树那般凶险，但纵横交错，高低不一，最矮的也就离地不到一米，这种高度是没有黄鹰的施展空间的。追到临近，黄鹰审时度势，如果不冒险入林，必将放弃追赶，到那时捕猎将以失败告终。

　　然而，这空中的霸主并没有让我的担心持续多长时间，它直线的飞行速度占有着绝对的优势，双翅猛扇几下就已经追到了兔子的身后，紧接着两翼后展，双爪前伸，直向野兔背脊抓去。这时的兔子还想故技重施，折返转身，但一切都已太晚了，就在它身体倾斜的一刹那，黄鹰单爪已经触到了它的后腰，用力合拢之时，惯性带动兔子又向前冲出一段，致使兔子的身体纵向翻了几个跟头之后重重地摔在了地上。即使这样，黄鹰也没有给兔子任何喘息的机会，另一只尖爪迅速有力地扣住了它的头部，将它死死地摁在了地上。兔子垂死挣扎了几下，一切结束了！

　　所有人就像雕像一样呆呆地站在那里目睹着这一全过程。到这时，大家才如梦初醒，快速地奔向事发现场。七哥边跑边喊："轻点儿！不要吓到它！"听到七哥这样喊，大家在离它四五米距离时放慢了脚步，轻轻地走到了黄鹰的近前。这时的黄鹰两爪死死抓着猎物，可能是为了保持平衡，也可能是为了防止别人来抢，它两翅张开，把兔子遮挡在它的双翅之下。看到我们围拢过来，黄鹰抬起头张着嘴，用惊恐的目光环视着我们。

　　哥儿几个飞快地跑到黄鹰的跟前却不动了，谁也不知道要干什么。七哥最后一个跑上来，分开众人走到鹰跟前，从我手中接过套袖戴在自己的右臂上，伸右手到黄鹰双爪后边，伸两指先抓住脚绊儿，用左臂挡在鹰和兔子之间，让黄鹰看不到猎物。左手回勾，两手掰开黄鹰紧抓兔子的双爪。这时黄鹰还处于和兔子搏斗的紧张状态，双爪死扣，一只爪被掰开后还死死攥成空拳。

这时，七哥用戴套袖的右臂在黄鹰被掰开的左爪下方轻轻一托，由于看不到猎物，斗志渐消，黄鹰松开利爪，轻轻地站在了七哥左臂上。掰另一只爪就相对轻松了，七哥边干边说："看见了吗？这叫起鹰，关键是不能再让它看见猫①。不然爪子即使掰开，抓在胳膊上，就是有套袖人也受不了。"

说话的同时，黄鹰已站到了七哥的右臂上，七哥转过身，用身体挡住兔子。从兜里掏出一把小刀，交给我说："把兔子脸划开！"我按照七哥告诉我的方法，用刀从兔子嘴旁斜着划破皮毛，露出鲜肉。七哥又吩咐道，"把兔子拿来，举在鹰的面前！"我拿起兔子时，觉得兔子重量虽在，但软若无骨。细摸之下才知道，其脊椎骨已被拦腰撅断。我说兔子在受制后怎么那么快就停止了挣扎，原来就在黄鹰扣住兔头的瞬间，双爪一错，利索地完成了这致命的一击，真是太令人敬佩了！现在的我又对"天敌"这个词有了更深刻的认识。这种招数靠人为训练，那是绝对不可能实现的，只有利用动物之间捕猎的本能技巧，才能够把这么厉害的杀招运用于无形，施展得这样完美——因为黄鹰天生就是抓兔子的。

当我举着兔子准备走向七哥时，站在胳膊上的黄鹰向我猛扑

① 猫：驯鹰人称呼兔子的行活。

过来。幸亏七哥事前已将脚绊儿的皮条收到最短，让黄鹰只能有扑击动作，身体根本无法离开七哥的右臂。在黄鹰连扑几次之后，我手托野兔也已经走到了鹰的近前，将撕开的兔脸凑近鹰嘴，黄鹰见血，格外兴奋，伸头猛啄兔脸，用力地撕咬着兔肉，双爪紧紧抓住七哥戴套袖的右臂，就像抓在猎物身上一样。七哥又适时在肉上淋些水，给鹰补充些水分。我感觉，这时的黄鹰是最幸福、最满足的，因为这是对它的最高奖赏。几口兔肉下肚，七哥又在兔子身上沾了一点儿鲜血抹在黄鹰的胸脯上，转头对我们说："这是老规矩，黄鹰抓到第一只猫时，要给它挂挂红，也是告诉别人，这只鹰是逮过猫的鹰，是成鹰了！"大家听了这话都倍感兴奋，说实在的，心里既是庆祝自己的成功，更是为这个小家伙高兴。此仪式才是黄鹰正式的毕业典礼，也标志着我们驯鹰工作的圆满成功。之后，七哥让我把兔子拿开。黄鹰恋恋不舍地注视着我们拿走了它的战利品，虽不甘心，也无可奈何，当兔子消失在它的视线中时，它也渐渐地安静了下来。

养君千日，终须一别

我们几个人架着鹰，提着兔子走进了黑子家。在大家全都张罗着杯盘碗筷的时候，七哥独自在院子里抽着烟，反复地端详着这架黄鹰，掏出鹰瓢，给黄鹰饮水。

这时候腾下点儿工夫，咱们说说这鹰瓢。鹰瓢，实际上就是给鹰喂水时装水的器具。按说喂水拿什么喂都成，可老北京的玩儿家们就是要把平常的东西玩儿出新意来，所以这鹰瓢是个非常讲究的玩意儿。说是瓢，实际上是个葫芦，是个中小号的双肚葫芦，选料就讲究，首先要个头儿适中，饱满圆润，上小下大，形状匀称，皮要厚，上边还不能有碴儿有砟儿，什么阴皮、花皮、偏色、划痕都不成，在藤架上就先选好了，直到深秋葫芦秧都干了、葫芦彻底长熟时才能摘。摘下来以后用薄铁片儿或小刀轻轻地将葫芦外面的皮刮下来，然后挂在阴凉干燥处风干。等葫芦完全干透，用刀或小锯将葫芦的上肚侧面剖开平平的一个圆洞，然后从洞里将葫芦上下肚中的瓢和籽统统掏空挖净。用软木按葫芦腰最细处的内径尺寸做一个塞子，平时葫芦下面的大肚里装清水，塞上木塞，不洒不漏。用时打开木塞，将葫芦倾斜，水流到前边小肚中让鹰从洞中饮水，等饮饱之后直立葫芦，水重新流回葫芦底，重新盖上木塞。

人们在外边细腰上拴上粗绒线，挂在腰上，提在手里都很方便。底部有水做配重，葫芦永远呈上翘状，再包上金箔或银片，配上宝石、珠子、穗子等各种饰物，非常好看。使用时间越久，葫芦愈加红润光亮，色泽温和，既有实用价值，也具欣赏价值，是一个能够在手中欣赏把玩的物件。据七哥说，再讲究一点儿的鹰瓢，为了防止干裂，葫芦全身要缠满麻线，之后一层一层地上无数遍大漆。这种工艺制作过程是有毒的，但经过好的工匠做出来的东西，工艺精致，用料考究，不单结实，而且好看，透出一种柔和的光泽，极富厚重感。以前只有大户人家，讲究的主儿才玩儿得起这样高档的东西。

七哥给鹰饮完水，进屋坐下来吃饭，大家围坐在一起吆五喝六，推杯换盏，热闹非凡。酒过三巡，七哥直入主题："黄鹰已经驯成了，我准备放了它。"听到这儿大家都不说话了，哥儿几个心里都明白：咱不必说那些野生动物保护方面的大道理，单说时间和技术就没有人能够承担得起这项工作。七哥要上班，剩下的人没有这个本事，大家都是利用空余时间来体验和尝试一下与鹰为伍的生活。所以出于以上考虑，必须要将黄鹰放归自然。

回想起驯鹰的这段日子，我心中真是五味杂陈，各种感受。有高兴、有害怕、有欣慰、有失落、有惊喜、有牵挂、有心灵相通、有格格不入，但这一切的一切，现在想起来都让人那么怀念和不舍。这段日子，让我体验了鹰把式的生活，进入了鹰的内心世界，知道了伴侣动物和野生动物的区别，了解了什么叫服从、温驯，什么叫个性、不羁，明白了人和动物之间平等与掌控的微妙关系，实在是一段值得回味的生活！

饭后，大家来到院儿中，把剩余的羊肉条一股脑儿地都喂了黄鹰，眼看着黄鹰的嗉囊鼓胀了起来。吃吧！吃饱了不想家！哈哈，以后再想吃羊肉恐怕不那么容易了。七哥拿出鹰瓢让鹰饮足了水后，将它托到了院儿门外的宽阔地上，给它解开了脚绊儿，一抖右臂，黄鹰振翅飞到了空中。

黄鹰骤然失去落脚点，明显没有想好飞往何处，在头顶凝神一瞬间，无目的地低飞向前。在飞行中它目测右前方有一根电线杆，这才斜身转向，很不情愿地落在了电线杆头。黄鹰站稳脚后的第一件事就是转过身来向我们站立的地方张望，这个举动让所有人兴奋不已，虽然当时谁也没有出一点儿声音，但从所有人的表情以及那瞬间的氛围当中，我能清楚地感受到这一变化。

就这样人鹰对望了好几分钟，情况突然发生了变化，不知从哪里飞来几只喜鹊，盘旋在黄鹰的上空喳喳地叫着。嘿！这事儿奇怪了，这不是找死呢吗？按哥儿几个的想法，附近有鹰，其他鸟类应该唯恐避之不及才对，怎么还敢上前挑衅？太不知天高地厚了！而令我没想到的是黄鹰好像对喜鹊的聒噪很烦的样子，没等喜鹊叫两声黄鹰便振翅向远处飞去。喜鹊倒是边叫边追，气势汹汹，一副得理不饶人的架势——这事儿太逆天了！没等大家发问，七哥就说了："这没什么奇怪的，鹰体形太大，不如喜鹊灵活，所以它逮不着喜鹊。传说喜鹊能飞到黄鹰的上空，边飞边向黄鹰身上拉屎。而鹰最怕这一招，因为喜鹊屎里有极强的消化液，沾在身上毛掉肉烂，所以鹰对喜鹊倒是敬而远之的。"不管事实是不是如此，反正我们看到的是喜鹊叫喊着，追着黄鹰向远方飞去——相处了十多天的朋友就这样和我们匆匆分手了。

人
物
儿

玩儿不起的日子里

世界上走得最快的就是时间了，转眼我已过而立之年。三十多岁了，成家了，有责任了，也该虑后了，不能整天傻吃闷睡糊涂玩儿了。从小喜爱的相声艺术，社会地位下滑到了臭水沟里，市场份额几乎没有，即使到了农村，老乡们也会义无反顾地为拾粪而放弃观看一场相声演出。团里的演出几乎没有，偶尔演几场观众寥寥无几，效果平平。团内在编人员人心惶惶，各思退路。领导闲急生疯，整天除了查考勤就是抓迟到、团内评级、队内考核、体制改革、事业转企、竞争上岗、两团合并——不管怎么折腾，最终改不了的是外行领导内行，业余统治专业，副业辖主业，好大喜功，沽名钓誉，艺术团体乌烟瘴气，一盘散沙。这让我这个从业者，对自己追求的事业几乎彻底失去了信心。

演出可以没有，日子必须得过呀！2000年刚刚组建家庭的我，名义上挣着国家四百多块钱的工资，实际上扣除因迟到、请假等原因的罚款，拿到手的所得每月才区区一块二的薪水，见着媳妇儿说什么呀？说："咱什么时候要孩子？"咳！先甭想要孩子了，先想想晚上吃什么吧！——这日子没法儿过呀。谁要说这时候既没演出，又没录像，还不上班，待在家里不是正可以好好玩儿吗？嘿！谁这时候要还有心玩儿，那才真叫没心没肺呢！饭都没的吃了还有心玩儿？现在最重要的是养家糊口。因此，那时候的我，也算是过了一段着急上火、忙碌劳累的日子。除了相声什么活儿都干，小品、话剧、主持、司仪、电影、电视、电台、广告，每天往返于各剧组和家之间，有点儿休息时间还要出去吃饭、喝酒，拉关系、通路子。就这样我连踢带打、磕磕绊绊，才算饥一顿饱一顿地把生活维持了一个基本稳定。直到2004年底，受郭德纲之邀正式加盟德云社，才算挣上了一份儿稳定的收入。别看一周就两场，收入也不高，可对于过日子的人来说，这份儿固定的收入让我心里一下子踏实了下来。

托祖师爷洪福，借德云社、郭德纲等众人之力，相声又死灰复燃了。大家又重新对相声产生了兴趣，从相声在各媒体销声匿迹，到观众自觉自愿买票进剧场听相声，说实话，这真不是一件容易的事儿。但这一天终于来了！用句现今的常用语："幸福来得如此突然。"说句实在话，我们被幸福打了个措手不及。

这一年多的时间，我们可以说是忙碌、亢奋、疲惫、高兴、忐忑、喜悦、警惕、幸福。这所有的感受都在我们没有任何准备的时候扑面而来，而我们只能欣慰地接受。欣慰的不是别的，而是从小喜爱、钻研的行当又焕发了青春，近三十年的职业生涯出现了曙光，这对我们来说是极大的鼓舞。

那些日子，我俩基本上是不着家的，睁眼就演出，下场就赶路，睡在飞机上，吃在酒店里，回家只有拿换洗衣服的时间。整天睡眼惺忪，脸色灰暗惨淡，身体虚泡囊肿，精神萎靡不振，但我们的心情却是无限快乐。在那段日子里，甭说玩儿，连想玩儿的念头都没有。提笼架鸟，飞鹰走狗，对我来说太奢侈了。那时候我常哼唱一首歌："我想去桂林呀我想去桂林！可是有时间的时候我却没有钱。我想去桂林呀我想去桂林！可是有了钱的时候我却没时间。"唱的时候我就想：可能我这辈子去不了桂林了！

原来我根本还不会玩儿

    万幸的是任何事情都会有高峰期和平稳期，经过一年多的爆火翻炒，德云社逐渐从风口浪尖上退了下来，安全过渡到了平稳期，这才让我们稍稍有了喘息的机会。大家有余地思考了，有精力学习了，有时间休息了，也有心情娱乐了，而我想到的第一件事就是玩儿。

    这次玩儿，完全是解着恨地、报复性地玩儿。现在的我，自认为有了自己的事业，有了一定的经济基础，有了玩儿的时间和精力，有了玩儿的资本和心态。我看谁还敢说我不务正业？我看谁还能说我游手好闲？别跟我提玩物丧志！少和我说八旗遗风，我就八旗遗风了！怎么了？我就少爷秧子了，又当如何？打鱼摸虾，耽误庄稼？屁话！让你们看看，老子就能在庄稼丰收的时候吃螃蟹！这时候的我，带着这样的心态开始了新一轮的玩儿的高潮。

    我首先选址大兴租下了一个三亩地的小院儿，之后建狗舍、搭鸽棚、垒鸡窝、挖鱼池、栽花、种草、植树、围栏，最后还建了一排北房，里面住宿、洗澡、暖气、空调一应俱全，专门接待朋友来此聚会。为期一年的土木工程后，小院儿初具规模，只差动物了。

凭那一阵子的心情，我只想尽快把所有的笼舍装满。因此，那段时间频繁出入宠物市场购买各种宠物，由于心里浮躁，急于求成，所买的动物品相不高，价格昂贵，大部分都没有什么饲养和保种的价值，只是满足了自我膨胀的心理。

　　记得有一次给七哥打电话聊天时，他突然问我："兄弟，最近没少去鸽市吧？"

　　我很奇怪地问："你怎么知道的？"

　　七哥在电话那头哈哈大笑："兄弟，买东西没有这么买的，你要看好了让别的人去买，或者叫我跟着你。你天天自己大摇大摆地去抓鸽子，太招眼了！前几天市上一个朋友给我打电话，说你告诉谦儿哥别来了，这里的人都磨好了刀等着宰他呢！现在一帮鸽贩子把家里的破烂儿都倒腾出来，天天在市上憋着他，等着挣他钱呢！再说了兄弟，咱们玩儿这个的你还不知道吗？真正的好东西谁往市上拿呀？到那儿都是淘宝撞大运去，别犯傻了！"

　　七哥一番话把我说得有点儿清醒了，冷静下来回家再看那些买回来的东西，品相差，不达标，毛病多，价钱贵，真可以说是花高价买了一堆破烂儿，现在想到当时的情形就叫魔怔了。玩儿，应该是像书法、气功一样的，是一种沉心静气、神游物外的自得其乐。像当时那样心浮气躁、目的不纯的做法，必然要被各种私欲蒙住双眼，那不上当受骗还能有什么结果呢？

　　可我当时真的想不了那么多，说大了是没有理解玩儿的真谛，说小了是根本不知道什么是玩儿，应该怎么玩儿。虽然中途受七哥点拨了一下，可由于修行不到，也没有完全理解其中的意思，还是一味地要达到自己的目的，实现预期的目标。

很快，各种动物都入住了小院儿，这时的我仿佛心满意足了。休息时能与家人或朋友在院儿中闲坐，喝茶聊天，饮酒吹牛，但时间长了我发现，到这儿以后，除了欣赏一下自己的杰作，看一看动物的状态，好像没事儿可干了。自己营造了一个大好的玩儿的环境，到此时不知道往下该如何玩儿法。我每天除了工作，其他任何事儿都没兴趣，疯着心地赶到院儿中，可到这儿之后，各个笼舍转一圈儿，查看一下状态后就再也不知道要干什么了。难道就这么天天对着它们相面吗？这绝对不是我的目的。但往下又该做什么呢？我一下子迷失了方向，失去了目标，突然感觉到，自己以前迷恋的是那个心情和氛围，要真讲到玩儿，其实根本一窍不通！

这个感觉让我隐隐约约有点儿害怕，好家伙！玩儿！说得简单，这个东西水太深了。自认为从小玩儿到大，在这方面用的时间、下的功夫不少了，可到现在只有看着玩意儿发愣的份儿，敢情这万里长征我还没走出第一步呢！这要真想玩儿出点儿名堂来得搁多大的心思呀？！要说这万里长征咱不走了行不行？我还真没这想法，兴趣所在呀！更何况鞋都买回来穿上了，不走路钱就白花了！当你迫不得已，必须自己静下心来想这事儿的时候，我突然感觉这可比长征难多了。长征有头儿，这玩儿无止境呀！玩儿到哪儿也不是个头儿。但玩儿的其实就是这个过程，这个过程中的得、失、成、败才是最吸引人的。就目前看，我只能踏踏实实地拜师学艺，从头开始，先让自己知道怎么走出这第一步。

我给七哥打了个电话，咱们前边介绍过，在玩儿方面，七哥是世家，家传的手艺，他本人现在又在动物园工作，好玩儿、好学、好研究。这么多年下来，可以说他既有实践经验，又有书本知识；既有祖传秘方，又有科学依据；再加上这些年一直没断了玩儿，对老北京的这些个玩意儿，方方面面都很有点儿心得。他和我是发小儿，我自然要先请他过来给我指点一番。

七哥说话聊天都是老北京范儿，来到小院儿各处先看了看，然后在院儿中葡萄架下支上一张桌子，落座点烟，闷上一壶小叶儿茶，还没等喝，七哥便打开了话匣子。交情到那儿了，说话也就开门见山，七哥一点儿没客气："兄弟，你这么玩儿不成。你看看你这一棚鸽子，没有几只过门的（够条件、看得上眼的）。玩儿玩意儿眼得独，心得狠。眼独，就是得看得出什么是好东西。不管这儿有多少只鸽子，拿眼一打量就得知道哪只鸽子好。"

听到这儿我有点儿不服，哪个好我还看不出来吗？要没看出点儿好的地方来也不会买呀！七哥仿佛知道我有这想法，没容我张嘴抬杠，接着说道："好谁都能看出来，那不叫能耐。你得能看出这只鸽子身上具备哪些显性基因和隐性基因，哪些基因能遗传到子代甚至孙代，这样你才能知道哪只鸽子买回来有用，哪只鸽子能让你的鸽棚上一个台阶，升一个档次。兄弟，玩儿鸽子那么容易呢？说玄乎点儿那叫遗传工程学！"

听到这儿，我真有点儿傻眼了。还跟人抬什么杠呀！玩儿了这么多年到现在甭说入门，根本就连窗户都没找着呢！我呆呆地看着七哥，桌上的水也忘喝了，手里的烟也不知道往嘴上放了，根本就说不出话来了。

七哥也不理会我的反应，接着说："心狠，说的是不能什么都养，那不行的东西就得下狠心淘汰。"说着话，七哥抬手一指鸽棚门口正蹲在那儿晒太阳的一只点子说，"就拿这只鸽子来说吧，你当时绝对是冲着它的鼻子买的，对不对？"

我赶紧答话，语气中仍旧有点儿替自己辩解的意思："对！没错呀！您看这鸽子的鼻包儿，又大又鼓，匀称圆润，就是好呀！"我心想：您都瞧出好来了，您还能说我买得不对吗？

七哥接过我的话头儿说道："确实，这鸽子这鼻包儿有一眼，但你光看这鼻子了，没看见它眼睛是黄色的吗？这鸽子就我现在这么看，黄眼睛、红眼皮、嘴细、头小，而且头的扣度不够，光看脑袋就这么些毛病，就一鼻包儿还算说得过去。你琢磨琢磨，你得用什么鸽子、用什么方法配它，繁殖多少代，才能让它的儿子避免掉它所有的缺点，只遗传它那漂亮的鼻子呀？"

对呀！七哥说得太有道理了，在之前这问题我根本就没想过。

"那怎么办呢？"

"什么怎么办呀？这样的鸽子根本就不能要！挑鸽子不能以点代面，要挑整体水平高的，整体够一定标准了再看，如果有一两点超常，才能考虑。而且像你这样，繁殖出小鸽子来，不管好坏都养着，这是不对的。好的留，不好的一律淘汰。就像刚才咱说的那样的，只有一两点长处，那对这样的鸽子坚决不能手软。不然你这养这么多破烂儿，既耗财力又耗精力，把好鸽子都耽误了，慢慢玩儿着玩儿着就没心气儿了，那就叫玩儿败了。"

听完这一番话，我深觉有理。按七哥所说的标准再回到鸽棚看时，顿觉这批鸽子实在没有什么保留价值，心里马上没了底，两眼直勾勾地看着七哥问："那您说现在我该怎么办呢？"

七哥好像早就计划好了下面的步骤，果断地说："不是告诉你了吗？必须狠！你要听我的，这批鸽子我帮你挑挑，把可用的留下，剩下的该送人送人，该卖的卖，别心疼。然后也别着急买，没事儿的时候你跟我上鸽市转去，上朋友家看去，现在你首先得知道什么是真正的好鸽子。这就跟玩儿古董一样，你得先长眼，多看，见过真东西了，才能分辨出真假。鸽子也是，你见过好东西了，知道哪些好了，自然就知道什么叫不好了。"

玩儿这个事儿水也挺深

这学玩儿和学相声一样，传统的技巧没有课程大纲或教材之类的东西，只能靠耳濡目染，口传心授。从那时起，我只要没事儿就约上七哥，或去鸽市，或去鸽友家，游逛、拜访、请教、观摩。七哥嘱咐："不论到哪儿，多听多看，少说话，少伸手（少买东西）。"我当然是谨遵嘱咐，走到各处都是只带眼睛和耳朵，抱着学习的态度细心观察，不懂就问，这段时间可说是获益匪浅。

鸽市，是一个鱼龙混杂之地。说是鸽市，实际上花鸟鱼虫、文玩百货包罗万象，没有不卖的。逛市场的人也是三教九流、五行八作什么人都有。平时没准儿三辈子也碰不上面儿的两个行当的人，在这儿，为了一个共同的爱好，就能从相识到莫逆。所以在市场上收获的见闻，也不仅限于鸽子或玩物，可以说那是相当丰富！

在这儿，咱们找几样有意思的人或事儿聊聊吧。

特别值得一提的是，我在鸽市结识了九爷。

九爷，七十多岁，是一个相貌普通的小老头儿，身材不高，光头圆脸，皮肤较黑，貌不惊人，头上还戴着一顶蓝黑色的干部帽，身穿灰蓝色中式棉袄，插肩对襟，十三太保；下穿棉裤外罩深蓝套裤，脚底下蹬一双黑色的骆驼庵儿毛窝；右手拄一根花椒木的拐棍儿，左手揉着两块锃光瓦亮的降龙木，言谈做派，十足的老北京风范。

九爷，是大家对老爷子的尊称，其实本人姓赵，因九爷这个称呼在圈儿内叫响，本名反而不为外人所知了。跟老爷子聊天，那真是一种享受，既长能耐又长见识，老北京民俗这点儿玩意儿都在人家肚子里装着。按周围这些人对九爷的评价，说得最多的就是："这老爷子，那绝对是个人物儿！"七十多岁的人了，伸出手来，除了颜色黑点儿，剩下的和女人的手没什么两样，细皮纤指，一看就知道他长这么大没干过重活儿。他自己讲话："我这辈子，除了玩儿，就是玩儿！"

在接触中我感觉九爷为人热情，仗义豪爽，不论见谁都称兄道弟，绝没有倚老卖老端架子的时候。七十多岁的人了，把我一口一个小兄弟叫得别提多亲了，我开始虽然觉得有点儿别扭，但为不拂老人美意也就没有过多推辞。直到有一次，我到九爷家中做客，九爷的儿子、女儿，四十多岁的人了，张口闭口管我叫叔，把我叫得坐立不安，只得单独为这事儿和老爷子谈了一回，那老头儿还不依不饶呢："那哪儿行呀？那不乱套了吗？我的朋友！我的哥们儿兄弟！这不在岁数，在辈分！"好家伙！死说活说终于答应从今儿开始，我称呼他为九叔，和他的儿女们以兄弟相称。

九爷规矩大，家教严，辈分讲究只是一方面，在外虽然和蔼可亲，但说话办事却十分讲究，绝不能失了礼数，没了规矩。在家更是这样，而且还多了一副老太爷的派头儿，要风得风，要雨得雨，儿女们都四十多岁了，而且事业有成，不是为官，就是从商，在外都是独当一面的人物，但在家，在九爷面前都毕恭毕敬，俯首帖耳，唯老爷子之命是从。听家里姐姐说过一件乐事儿——九爷让儿子每月必须给自己买五条烟，而且必须是软中华。他跟儿子说："你给我买好烟对你有好处，我在外边一掏烟就是大中华，让别人一看，这肯定是家里儿女孝顺呀，那是给你长脸面的事儿，所以我必须抽好烟！"嘿，您说九爷是怎么琢磨的？还别说，自打九爷给儿子开完方子以后，我那哥哥是照方抓药，一丝不苟，每月五条软中华从不间断。而九爷更是不客气，吃儿子的，抽儿子的，应当责分。

烟的档次从此居高不下了。抽烟讲究，吃饭就更别说了！虽然家里的哥哥姐姐们都在外面开着大饭店，但像我们这些朋友上家去串门儿，必须在家里吃饭，菜品不能差，量还不能少，而且九爷要求家里人必须把客人伺候得周周到到的。但凡有一点儿不顺心，哪怕是客人有事儿先走了，九爷都不高兴，事后必要和家人闹闹别扭。即便不来客人，家里人吃饭也有大规矩。

不论早晚，饭做好了必须九爷先吃，他吃完之后一家人才能吃。九婶曾跟我说过，自打她嫁到这家来就没上桌子上吃过饭，从来都是做好以后，等全家人都吃完了，她才在厨房灶台旁凑合着吃这顿饭。

我见过讲究的，没见过像九爷这么讲究的，聊天中九婶跟我还说了一件事。

一天上午，九婶照例到九爷面前请示："中午想吃什么呀？"九爷张嘴就来："给我包点儿饺子吧！"九婶如奉圣旨，转身刚要走，就听身后九爷又说话了，"问明白了吗就走？什么馅儿呀？"九婶一想也对，不问清楚了，万一老爷子不满意，准得闹脾气，只得回过身来听吩咐。只见九爷大大咧咧地说，"包点儿韭菜馅儿的吧！可别让我吃着韭菜啊，塞牙！"

九婶一听当时就愣了，这饺子怎么包呀？放韭菜怕塞牙？不放韭菜，那还叫什么韭菜馅儿呀？左思右想没办法做，只得又问老头儿："您赏个话得了，这我实在不知道怎么做。"九爷一听，老小孩儿似的扬扬得意，嘴里还得数落着九婶："就你这样还做饭哪？不用脑子呀？嘿！这要搁老年间伺候皇上早就被杀头了！不搁韭菜就做不了韭菜馅儿了？告诉你！韭菜洗好喽，要整根的别切断，把肉馅儿调好了，按照一个肉丸的饺子那么调肉馅儿，包的时候先放肉，最后把一根韭菜横在中间再捏上皮儿，让韭菜露在饺子两头儿，下锅煮熟之后把韭菜拽出来不就齐了吗？这么着，饺子馅儿里没韭菜，但饺子还是韭菜味儿的！明白了吗？"

嘿！这主意都绝了！九婶说完我都听傻了，也不知道应该回应点儿什么话了，心里又佩服这办法高明，又心疼九婶，这老爷子太难伺候了！无奈时只得转头跟九爷开玩笑说："九叔，您这太刁难人了啊！这也就是我九婶，换别人早给您轰出去了！"

九爷在旁边一直美滋滋地听着九婶讲，这时听到我这话，"扑哧"一下乐出声来了。九婶在旁也跟着笑了，虽然说的是埋怨的话，但语气当中泛着疼爱的感情，就像对孩子的抱怨一样。当时的氛围让我十分感动，我顿时明白了，这就是传统家庭的代表，这才是中国老夫老妻感情的体现方式，这里边有上下之分，有长幼排序，有男尊女卑，有三从四德，有被时代抛弃的，有为现代人所不齿的，但最关键的是，这里边埋藏着感情，蕴含着几千年中国的传统文化——这一幕让我至今记忆犹新。

我跟九爷聊得最多的还是玩儿，老爷子在这方面可谓见多识广，身经百战。只要一聊起这些，九爷立马口若悬河，精神百倍。你就说吧，不管是大骡子大马，还是花鸟鱼虫，鹰猫雁狗，大到硬木家具，小到笼子、罐子、钩子、盖板儿、葫芦、核桃，上到清宫造办处，下到劁猪骟马行，没有说不上来的，而且每谈及一行，九叔必能说出一番亲身经历的实事来，而且中间夹杂着自己的心得或见解，让我们这些听客如沐甘霖，似饮琼浆，倍感解渴。

让我受益最多的是九爷对鸽子的见解和品评，眼光独到，入木三分，我见过的最稀奇的一对鸽子就是在他的店里。

九爷玩儿心极大，上年纪了腿脚不方便，嫌家离鸟市太远，让儿子在鸟市给自己租了两间门面房，整理得干干净净，四白落地，再放上简单的家具。不谈买卖，不做生意，他也不住在那里，只是为了离这些玩意儿近点儿，看什么东西都方便。平时早晨来，晚上走，到这儿后烧水沏茶，专等同好的朋友到这儿来聊天品玩。

老爷子交友甚广，每天屋里的人都是满满的，热闹得像个茶馆儿。我和七哥二人每次上市，必要到九爷屋中坐坐，一是看看老人，二是长长见识。九爷也非常喜欢和我们二人聊天，尤其是七哥，家传久远，见闻广博，对各种玩物也有自己的一番认识，再加上父一辈的朋友交情，每次见面都是谈养法，说驯功，提老人，聊掌故，侃得是逸兴横飞，流连忘返。按九爷的话说："我们爷儿俩能聊到一块儿去，这小子是干这个的！"

有一次，我和七哥来鸽市闲逛，又到九爷屋中看望，开门一看，这次屋里只有九爷一个人。他看到是我们来了很高兴，招呼我们先坐，说话时眼睛却没看我们，直盯着墙角。我顺着他的目光看去，只见墙角放着一个鸽子挎，两只鸽子却没在挎里，一只站在挎上，另一只站在地上，而九爷手里拿着一把鸽粮正在喂鸽子。七哥眼尖，当时就说："哎哟！九叔，这可是好东西，哪儿淘换的呀？"边说着话眼睛里边露出羡慕赞许的目光。九爷笑了："刚一朋友送给我的，知道我爱这玩意儿。嘿！找这对鸽子可下了大功夫了。"

这时，我才细细地端详了这对鸽子，确实跟平时见的鸽子不一样，全身灰色，到背部渐变为铁红，两边翅膀各有六七根白色的初级飞羽，在羽毛中部，横跨一道黑色，把白羽截在两边。头顶还有一块圆形的白色，非常夺目耀眼。更加难能可贵的是羽色纯正，分界线清晰明显，没有一丝含糊。鸽子一般一色、两色居多，三色的已极为少见，像这样的四色鸽我真的是闻所未闻。

看到我投过惊奇的目光，九爷乐了，极为欣赏宠爱地看着鸽子，同时对七哥说："老七，你能说上它叫什么来吗？"听九爷说话的意思是要抻练抻练七哥呀。当时我也来了兴趣，不知道七哥到底对鸽子研究到什么份儿上了。我们的目光同时望向七哥，只不过我的目光带着期待和好奇，而九爷的眼神中则略带挑逗和顽皮。七哥心里自然明白九爷的用意，笑着说："九叔这是考我呀？我要没看错的话，这对鸽子应该叫铜背孝头玉栏杆。"九爷听完表情中也略带惊奇，仿佛没想到七哥能说出这个鸽名，当时大加称赞："行啊爷们儿，哑巴吃扁食（饺子）——心里有数儿呀！"七哥听了也是哈哈一乐，说道："我这也是瞎蒙，这鸽子我也第一次见，以前只是在王世襄先生写的《清宫鸽谱》中有记载，我看过。上边还有图片，不过实物可比图片要活灵活现得多了。"

看着他们爷儿俩聊得有来道去的，而我在旁边听得可是一头雾水。我赶忙插话："您二位别净拣行话说呀，这儿还有一棒槌呢！谁能给咱细讲讲呀？"听我这话俩人儿都乐了，七哥扭头对我说："兄弟，咱俩今天算来着了！平时上哪儿见这高货去呀？告诉你啊，刚才我不是说了吗？这叫铜背孝头玉栏杆，其实说全了应该叫铜背孝头玉翅栏杆。铜背，指的是背上那块红色，孝头，说的是顶上那块白，白膀子叫玉翅，而栏杆说的是横在白条中间的那两条黑杠，所以这鸽子叫铜背孝头玉翅栏杆。就这俩鸽子，有的人玩儿一辈子鸽子也未见过这好东西，绝对可遇不可求！连我都算上，今儿个叫小刀拉屁股——开了眼了！"

九爷一直微笑着听七哥的讲解，脸上露出得意的笑容，这时把话头儿接了过来："爷们儿！你可别小瞧这几块颜色，能让它匀匀实实地长在该长的地方你知道得费多大劲儿？这养鸽子就跟画画儿一样，你脑子里得有东西，得描这颜色。一堆母本摆在你面前，你得知道用哪两只搭配，它的基因传到下一代大概齐是什么样儿。就拿头顶这块白来说，歪了不行，大了不行，太小了也不好看。后背上这块黄，色深了，变浅咖啡色了，就老了；色浅了，真变成黄色了，那就嫩了，怎么能让它黄得这么恰到好处？这不单得是行家，还得有多少父本母本做基础，经过多少代的繁殖才能成！就这样，还告诉你吧，一半是定向繁殖，一半也靠蒙，哪儿就出落得这么规矩呀？"

听着这爷儿俩的一番讲述，我这心里凉了半截。我就是玩儿到死，还玩儿得出点儿名堂来吗？我感觉这玩儿和相声没什么两样。也可能所有事情都是这样，最初接触可能是喜欢、爱好，乍一入门觉得这东西不过如此，都有一个小马乍行嫌路窄，初生牛犊不怕虎的过程。可是你再往深钻，越钻越觉得深不可测，越学越觉得难，甚至难到可怕的程度。

学相声就是这样，听的时候高兴、模仿，开始学了觉得枯燥无味，才登舞台时目空一切，等真正接触到高一层面时才会觉得其博大精深，其难度是自己之前想象不到的。我自从十二岁做科学艺，至今已三十余年，然察其莫测也不过三五年而已，其间以勤补拙、摸爬滚打，不敢稍有懈怠，即便如此，还深觉远不及人。好不容易找到一个能使自己放松心情、缓解疲惫的玩儿的项目，没承想其水之深较相声有过之而无不及。我这哪儿是玩儿呢？这不成玩儿命了吗？

哈哈！说归说，想归想，要拔腿跑是不可能了。按九爷讲话："身子都掉井里了，耳朵还能挂得住？"更何况万事在你知其深奥的同时，给你带来的乐趣也是你始料不及的。通过这件事儿我才算对鸽子有了新的认识，培养出新的兴趣，自此跟着九爷和七哥成了一名近乎痴迷的养鸽人。

兴趣爱好已成痴

话说到 2006 年元旦前，一天接到九爷打来的电话："爷们儿，店里聚齐，我带你串个门儿去！"九爷串门儿，肯定是跟玩儿有关系的事儿，而且他结交的八成都是资深玩儿家。我痛快地答应下来，开车去了鸟市，进门时看到七哥早就到了。见我赶来了，九爷马上站起身说："都到了，咱们就别渗着了，那儿喝茶去吧！"

爷儿仨上了车，在九爷的指点下，七拐八拐的，我们开车来到了位于青年路附近的一家大工厂。这个工厂可不小，前边是展室，中间一个大院子，一排排的都是厂房。穿过厂房，我们来到了后边一个近乎独立的小院落。说是小院儿，那是跟前院儿比的，独立看，这小院儿也得有五亩地。院子虽然没有做精致的修缮，但格局合理，人气十足。进门的过道两边，对着有两间房屋，一间接待室，一间休息室。走进门道，我探头往院儿中一看，院儿里用巨大的铁丝网把整个院子与天空隔开，而铁丝网下面，是一排排整齐的鸽子棚。还没容得拉门，门已经开了，屋里走出一位四十来岁的中年男人，个头儿不高，身材微胖，满面红光，操一口纯正的北京胡同话，热情地迎了出来："老爷子！好家伙，您可来了，有些日子没见着您了！来，来！先进屋！"边说边把九爷和我们让进了接待室。进屋后落座、寒暄、端茶、让烟，一阵忙乱之后，通过九爷引见介绍我才知道，这位是北京龙发装修公司的董事长。

董事长姓王，那年三十八岁，北京人、北京生、北京长，年轻时辛苦奋斗，十几年间创下了这一大片家业。功成名就之后，生活条件好了，但依旧对儿时北京小平房、大杂院儿的生活回味无穷，尤其是从那青砖灰瓦上的群群白鸽、蓝天白云上的阵阵鸽哨中透出的那种平凡、舒缓、恬淡、祥和的氛围让他始终念念不忘。由于这样一个情结，他对老北京观赏鸽产生了兴趣，在自己厂区的一角，辟出一块地方专门养鸽。不单养，而且还创办了中华观赏鸽保护中心，建立了中华观赏鸽论坛，成立了中华观赏鸽协会。协会成立以来，下大力、投重金从全国各地搜集名鸽、好鸽来充实自己的鸽群。到目前为止，棚中已拥有老北京观赏鸽一千六百多羽，一百五十多个品种，在国内观赏鸽这圈子中已是数一数二的位置了。

王哥热情、开朗、健谈，又因有鸽子这门共同的爱好垫底，一会儿的工夫就和我们称兄道弟，聊得热闹非凡，关系和老朋友一样了。在他的带领下，我们陪着九爷参观了鸽棚。嚯！这才叫大开眼界呢！一些平常市面上很少见到的稀有品种，在那儿是应有尽有，铁翅白、铜翅白、黑玉翅、紫玉翅、三块玉、老虎帽儿……我们看得是眼花缭乱，即便是平时常见的点子、铁膀儿、乌头、环儿等，也都品相出众，样貌完好，让我这个没见过什么世面的"半瓶子醋"频频地点头赞美，啧啧称奇。

有共同爱好的人聚到了一起有说不完的话，王哥一个鸽棚挨一个鸽棚细致地介绍着，我们仨津津有味地边听边看。九爷还时不时接过一只别人递上来的鸽子，或仔细观看或品评一番，兴趣颇浓。最后，王哥向我们说了一个令人振奋的消息，这个信息让包括九爷在场的所有人都喜出望外。

中华观赏鸽协会正在策划、运作一项大型活动，申请在 2008 年北京奥运会开幕式上，放飞中华观赏鸽。此项活动已由协会牵头，咨询并邀请到了王世襄先生，得到了老人的大力支持。王老听说此项活动后十分高兴，当即题词："让中华观赏鸽飞翔在奥运会上空。"不单如此，老人还亲笔致信当时的国务院总理温家宝，详述活动内容，分析活动的意义，陈述活动的重要性，而且此信得到了总理的回应，并得到了肯定和支持。在当时，这个项目已经申报奥组委审核了。

说句实在话，我以前从没想到玩儿能够提升到如此的高度。这个玩儿不比其他任何一种玩儿缺少内涵，有可能还有更深远的意义！自己平日饲鸽、飞盘儿，考虑的只是如何提高鸽子的品相，如何让自己的鸽子在飞翔中做到更高、更快、更强，这几乎是所有老北京观赏鸽饲养者的共同目的。在过程当中考虑的也只是：自己的鸽子代表的是自己鸽棚的形象，代表的是自己的脸面，从没有想过它还承载着咱老北京悠久的历史和文化，也是北京的象征。现在看来，以前的思想未免狭隘了。

从此以后，我玩儿得就更上瘾了，几个人天天聚在一起，细化鸽子的品系，捋清遗传的规律，使病毒的伤害减少，让孵化成功率提高。我们脑子里整天想的就是如何让鸽舍做到通风、采光的同时，保持孵化箱的安静和背暗，怎样让子代幼鸽拥有父亲良好的相貌之外，还能遗传到母亲漂亮的羽毛。除此之外，我们还设计了一个移动鸽舍，那可真是一个漂亮的活动房屋呀，它汇集了很多人的聪明才智。

放飞观赏鸽可完全不同于放飞一般的信鸽或广场鸽，信鸽磁场强，定位好，归巢欲强，不管距离多远，放飞后箭一样直接朝家的方向飞去，刹那间的壮观瞬间消失；而老北京观赏鸽，磁场弱，定位差，但飞翔能力强，每当放飞不远行，围绕鸽舍盘旋空中，久久不落，观赏性极强。

根据它们的习性特点，我们设计了一个可移动鸽舍。鸽舍主体由轻型钢材制作而成，风格按紫禁城红墙碧瓦而建，飞檐翘角，雕梁画栋，黄绿交错，金碧辉煌。青砖垫座，玉石栏杆，侧窗放飞，屋顶归巢，观旗腾空，闻哨回落。下面由重型拖车承载，车楼与鸽舍风格融为一体，光华富贵，移动灵活。原计划，在不久的将来，我们策划申报的"让中华观赏鸽在奥运会上空飞翔"活动如获批准，不论是主赛场还是分赛区，或场内，或场外，宏伟的建筑在拖车的带动下绕场缓缓而行，空中黑、白、红、蓝，数千只鸽子，身挂鸽哨，带着美妙和弦飞翔，这画面肯定是奥运史上的亮点，必将成为让世界认识北京、了解北京的窗口。

大家用了极大的热情来做这件事儿，我们几乎动用了所有人脉关系，工厂的设计人员和古建筑工程师都参与了进来。所有人全力以赴地帮忙这事儿，说实话，大家的动力都是兴趣和喜爱，争取为这项事业贡献自己的一点儿力量。至于奥组委是否能够批准我们的申请，则无大所谓。就像电影《巴顿将军》中的情节，巴顿凝望着自己为美国军队设计的军装，赞美、感叹："这是我为军队设计的军服，他们没有采用——不过它真漂亮！"这种兴趣爱好已经成痴、成痼，已经融入血液当中了，它没有任何目的性，为的只是对它的热爱。我想，这应该就是玩儿的最高境界吧！

现在说来，结果大家都能知道，我们的活动方案并没有被奥组委采纳。但我觉得这一切都不重要，重要的是在这过程中我们所有人付出了心血、学到了本事、增长了见识、交到了朋友。活动的筹备过程中一切的文案、信息、实验、图纸、照片、资料、档案，我们都记录在案并保存完好。有朝一日提起来，我们可以挺直了腰板儿说一句："我们曾经为老北京文化的传承做过一点儿贡献。"也是通过这次活动，我对老北京观赏鸽有了更深的了解和喜爱，对此项爱好更加痴迷，直至今日仍乐此不疲地保持着浓厚的兴趣。

玩儿的回忆里也有悲伤

当然，玩儿，给我留下的回忆也并不全是美好的，其中也有遗憾和伤感，有一件事就让我至今悔恨交织，难以释怀。

三哥，是我搬到西直门以来认识的第一个朋友。此人热情、好客、直爽、仗义、聪明、能干、心灵、手巧，家里是当地的老住户，随拆改住上了楼房。他从小是学校的好学生，成绩永远名列前茅。高中毕业后他接父亲的班进了地质队工作，后因地质队解散在家赋闲。其间，做过小生意，开过养鸡场，倒过玉石章料，卖过木工手艺，都因各种原因"流产"。

随着改革开放，三哥身边的发小儿、同学都混得体面光鲜起来，有的做了大老板，有的当了大领导，倒钢材的、开饭馆儿的、卖汽车的、批烟卷儿的，八仙过海，各显其能，这些人都是和三哥从小玩儿到大的，在三哥看来，这一圈儿朋友不管是单项才能还是综合素质，都较自己有差距，而现如今却都飞黄腾达，手眼通天，虽然嘴上不说，但他心中不免有郁郁不得志之感。所以三哥平时表面上看起来与世无争，安于现状，实则总是心存韬光养晦、一鸣惊人之想。

就在我和三哥成为邻居并很快成为朋友后，转年的秋天，正值鸟儿南飞之季，这时的鸟市热闹非凡，那时的我，驯鸟儿正玩儿得如火如荼，我每天必去市上，和那儿的朋友聚会、侃山、交流、飙鸟儿。

现在想起那时的形象就是个鸟贩子。整天骑个自行车，车前车后绑的都是杠，杠上站着各种鸟儿，车把上拴着水葫芦，大梁上挂着鸟笼子，兜里揣着鸟食罐儿，背上背着驯鸟儿用的一切道具，早出晚归，往来于家和鸟市之间。这勤奋劲儿你要说不挣钱谁也不信，你要说挣钱了，我跟你急。

一天早晨，我收拾好东西刚推车要走，三哥从楼门里出来了，看见我就问："谦儿？又上鸟市呀？这有什么可去的呀？在那儿一站就是一天，哪儿那么多聊的？"这一连串儿问题问得我没法儿回答，只能跟他打哈哈："你不好养鸟儿，你不知道，其乐无穷。老在家待着干吗？走！你也没事儿，跟我玩会儿去？""走呀！我倒想看看去，反正我也没事儿。"嘿！谁想到随便这么一说，他还真答应了。有人陪同我当然也很高兴，车也不骑了，推着车和他溜溜达达向官园鸟市去了。

快到市场时，便看到大街两侧人头攒动，散摊儿和玩儿鸟儿的人从市场大门沿着路两边排出一二里地。卖鸟儿的、卖笼的、卖罐儿的、卖杠的，卖钩子的、盖板儿的，卖脖锁的、倒簪儿的——一切与鸟儿有关的器具用品应有尽有。逛市场的人挨人、人挤人，都瞪大眼睛欣赏着五颜六色的飞鸟，淘着自己喜爱的东西。别看三哥平时也和我们进山逮鸟儿，可他只是了解平时北方山区常见的几个品种，而对其他的种类、鉴赏、玩儿法、讲究，知之甚少。他到鸟市以后，也感觉到两只眼睛不够使了，看这问那，兴奋不已，尤其对鸟具兴趣极大，看脖锁的制作方法，问倒簪儿的工艺流程，询鸟杠的长短尺寸，问鸟笼的市场销量。他越玩儿越高兴，越逛越兴奋，连中午吃饭时，都不停地和我在市场上一起向驯鸟儿的朋友打听物价，咨询鸟儿的习性，饭后又甩开我独自遛了一下午，直到下午五点多鸟市将散，我满世界找他回家。只见他站在一个卖鸟笼的地摊儿旁边，手里托着一个"诱子笼"正和摊主聊得热火朝天呢。看见我以后，他从兜里掏钱给了摊主，又说了几句，这才依依不舍地来到我身边。

"是不是该回家了？"他问。

"可不是嘛！我找你半天了。"

他还兴致不减："唉！好容易跟三哥出来一趟，我给你买个鸟儿驯着玩儿吧？"说着话也不容你拒绝，到旁边摊儿上，花五毛钱买了一只母黄雀儿，放到了我车上的笼子里。黄雀儿，是北方常见的一种小型鸟儿。公的放在笼里听叫，母的架在杠上驯养，经济实惠、易于饲养，是爱鸟儿人普遍玩赏的一个品种。

我哭笑不得地说："三哥，你拿我当小孩儿了？"

他也不在意："咳！玩儿呗，不就是图个高兴嘛。走吧！"推起我的自行车，我们俩人儿一起回家了。

晚上，三哥炒了几个菜，让我过去喝几杯。我刚往沙发上一坐，他就迫不及待地和我说起了他的设想："谦儿，我觉得这事儿能做。"

我听得一头雾水："什么事儿呀？"

"鸟具。不瞒你说，今天和你去鸟市给我启发挺大。以前也去过，可那时就没怎么在意，也没往那方面想过。这次去才知道，敢情这玩儿鸟儿的人那么多呢，鸟具销量也大。我今天看了，这点儿活儿在我来说不算什么呀！那脖锁，不就是弄个尖嘴钳子窝出来的吗？"说着顺手拿起了今天在市场上买的小竹笼，说道，"尤其这'诱子笼'，这有什么呀！也不用好竹子，也没有什么工艺，这在我来说小菜一碟呀！还有好多东西都能做，制作不费什么事儿，卖得还不便宜。我觉得这事儿能干，你觉得呢？"

听三哥说到这儿我才明白了他的想法，知道了为什么他今天到鸟市那么感兴趣、那么兴奋。说实话，听了他的想法我也很兴奋，真觉得这是一个好项目，而且这是大家都喜欢的一件事。

再想得细致一点儿，脖锁，是驯鸟儿时在杠上拴鸟儿用的，用细钢丝窝成小拇指粗细的一个圈儿，头上弯个钩挂住，另一头做一个转芯儿，方便鸟儿随意转动，绳锁不会打结拧劲儿，下边连上线绳就可以了。平常我们玩儿鸟儿的人没事儿也做一两个自己用，制作不复杂，只是自制的不如买来的精致、秀气罢了。

"诱子笼"就不是自己能做的了，这需要有木工手艺，要从竹子开方、拉条、打眼儿、做锁儿，然后插制而成。但这种笼很粗糙，也不需要细致。竹子质地不必考虑，也不用打磨抛光，甚至带一点儿毛碴儿都不算褒贬，这点儿木工活儿对三哥来讲确实不叫事儿，凭他的手艺甚至在熟练以后再制作些更精细的方笼、圆笼都不成问题。还有很多细小的配件，如罐鼻儿、罐托儿、门花儿、木杠，直至驯鸟儿用的八卦、绣球、红旗、飞蛋儿等，这些小东西都是工艺精致，用料讲究，而且每一个都价格很高。可这些小玩意儿按三哥的能耐，不说手到擒来，也可以说是易如反掌，说句不客气的话："玩儿着就把钱挣了。"

经过这么一番考虑，我也觉得这是一个很好的想法。要不说这人还得长能耐，有本事在身上，遍地都是挣钱的机会。三哥也很高兴，眉飞色舞、兴致勃勃地计划着生产，设想着未来，言语之中带着一种时来运转的潜台词。

三哥不太能喝酒，白酒二两的量，啤酒最多两瓶。我们吃着、喝着、聊着，其间我就我所知又给他讲了讲各种东西的详细规格和尺寸，他听得非常认真，不时还夸我两句："谦儿是个有心人，这几年鸟儿没白玩儿，学了不少东西。"得到三哥的认可我自然也很高兴，哥儿俩越说越投机，越聊越对路，当晚尽兴而散。

接下来的三天，三哥没有来找我。我以为他当时一说一乐就过去了，哥儿几个喝酒聊天，说点儿海阔天空、云山雾罩的闲话再正常不过了，我也就没太往心里去。

三天后，我晚上没事儿去三哥家闲聊，一进门，就感觉他家变样儿了。三哥住的是两居室，老户型。两口子带着儿子睡大房间，小房间布置成客厅，摆放着沙发和柜子。外边过道虽说挺宽敞，但不能算一间正经房，只能放点儿储物箱、衣架和一些杂物。今天一进门，看见过道的杂物都已经清理到阳台上，四壁皆空，干干净净。小客厅只保留了两张单人沙发，原先放柜子的位置支着一个不知名目的铁家伙，正对窗子安放着一张写字台，台面上空无一物。整个房间一尘不染，一看就是刚刚整理完毕。就是大房间还依旧是原先的模样，保留着比较浓厚的生活气息。除此之外，整个屋子像一个小型的工作室，整理完成，准备使用。

　　我好奇地走进屋里，在沙发上坐下。三哥端着一杯茶走过来放在我旁边的小茶几上，我抬起头看着他，满身是土，一脸疲惫。经过一番细聊才知道，原来三哥之前并不是说说而已，他是说干就干。这几天已经着手采办各种工具，到郊区市场打听毛竹的价格了。今晚又把家里重新折腾了一番，看来他真的是要大干一场了。

　　虽然面带倦色，但见我来了三哥像打了鸡血似的，马上又恢复了精神，指着墙边的铁家伙对我说："认识这个吗？刨床！在二哥他们单位买的，跟白给差不多。二哥是头儿，他说了算呀！有了它，我就好干活儿了。哎，我这几天睡不着觉就翻来覆去地想这事儿，肯定没问题——"

看着他跃跃欲试的样子，我也挺替他高兴。小四张儿的大老爷们儿，脑子灵光，一身本事，却天天窝在家里，发小儿、同学都干得风生水起，咱也不比谁差，干吗老让别人替咱发愁呀？现在终于有了一个能够施展自己才能的地方，又是一个自己爱干的活儿，这对三哥来说，的确是件大好事儿。

可看着他这一副疲惫相，我倒有点儿心疼了，本来还想和他聊会儿，现在别价了。我站起身说："三哥，我回去了。你也别太累了，这不是着急的事儿，什么事儿都得一步一步慢慢干，别累坏了。你今儿什么也别弄了，赶紧洗洗，好好睡个觉吧！"三哥倒是意犹未尽的样子，好像还有很多话要对我说。临出门还问我："明儿你有事儿吗？咱俩再去趟鸟市？"看着他这样子，我直想乐："好家伙，不去是不去，一玩儿上比我还上瘾。行，明儿下午我找你来，快睡觉去吧！"回到家我还在想，以前一直没发现，其实三哥是一个很执着的人。

第二天来到鸟市，三哥不像第一次那样到处乱转了，一看就是带着明显的目的性。该看的看，该问的问，看好了问完了，剩下的时间就陪着我站那儿驯鸟儿、聊天。上次三哥给我买的那只"麻儿"经过我这三天的调教，已经是浑身的本事了，飞食、叫远儿、叼钱、提水桶、捡绣球——不停地表演着。正在这时，走过来一个四十多岁的中年人，手里领着一个小男孩儿，他看到小鸟的表演张嘴就问："这鸟儿多少钱？"

这是三哥给我买的，怎么也不能卖呀！我连眼皮都没抬，张口就说："不卖。"

哎！谁想到他听了这话，不咸不淡地甩出一句："不卖拿这儿来干什么？家玩儿去好不好？！"嘿！这不抬杠吗？我冲口说出一句："不是不卖，太贵，没人买。"

"多少钱？"

"二十！"

这就叫斗气儿。价开出来了，你买不买？不买你就栽了。谁知这位也是个不吃将的主儿，立马掏出二十块钱往我手里一塞，拿起鸟儿就走，临走还说了一句："这算什么呀？"你瞧，弄得我还挺没面子。倒不因为别的，人家三哥送我的鸟儿，让我给卖了，这说不过去，就跟咱为了挣钱不懂交情似的，我拿着这二十块钱有点儿不知道怎么办好了。三哥在旁边看了个满眼，他倒是不往心里去，走过来佩服地说："行呀兄弟！三天的工夫五毛就变二十了！我就说嘛，这地方就该着是咱挣钱的地方！"得！我也别解释了，哥儿俩回家喝酒去吧！

往后的一段时间，每次上三哥家串门儿，他家都有新东西。今儿多个车床，明儿添个铣床，后天置个手钻，眼看着工具准备得差不多了，可三哥却黑瘦黑瘦的。一问他，失眠，脑子里老想事儿，怎么劝也没用。他也说："我也想睡，睡不着呀！一闭眼这事儿全来了，就在脑子里翻腾。"再劝还急了，"行了，行了！还他妈有点儿别的事儿没有了，说正经的！"弄得谁也不敢劝了。也就是我还能说他两句，但也不敢深说，说多了他不理你了，扭脸到里屋抽烟去了。这事儿闹的，大家就盼着一切赶紧就绪，干上活儿了，他心里也就踏实了。

又过了几天，三哥来到我家，张口就说："谦儿，走！跟我拉点儿东西去。"我刚要细问，他不容分说，拉着我就走。到楼下一看，有一辆面包车已经在那里等着了，急忙上了车，把地址告诉司机后，我们出发了。

我一路上经过细问才知道怎么回事儿。今天晚上是他的又一个大动作——当时是1990年秋天，春夏之交时北京刚刚举办了亚运会。运动会筹备和举办期间，全北京为了造势，除了贴标语、拉横幅、挂彩旗、喊口号以外，专门设计了一款装饰用的小彩旗。彩旗一组共有三面，一面是国旗，一面是亚运会会旗，还有一面是吉祥物熊猫盼盼。三面旗子高二十厘米左右，由细竹棍儿做旗杆，扇形排列，插在一个木制的基座之上。当时，北京所有出租车的前风挡上都必须摆放这个东西，以壮声势。

您别以为话题扯远了，一点儿都不远。三哥不知怎么找到了这个旗子的设计者和制作厂家，打听到亚运会结束后，彩旗制作停产了，库房里积压了很多旗杆，旗杆都是正经三四毫米的圆竹棍儿，三哥用极低的价格买了下来，厂家也很愿意，堆在那里根本没用，这样既清了库，又挣了钱，所以几乎是白送，今天三哥就是让大家帮忙去厂里把东西拉回来。他说："用这玩意儿插笼子既便宜，又省事儿！"——好家伙！这弯儿绕的！听三哥介绍完事情的起始缘由，我真是由衷地佩服他。差着十万八千里的两件事，能让他给拉到一起去，到一起还那么恰当、合理，你说他怎么想到的？

　　同车的还有老六，车子七拐八拐的，也看不清把我们拉到了什么地方，反正是一个不太宽的街道。说是厂家，实际上充其量算是个小作坊，来人直接把我们带到了库房。这是一间不小的彩钢房，一进门，左首靠墙堆放着很多纸箱，对方伸手打开一箱，里面是一捆一捆的竹棍儿。三哥上前看了看，回头对我和老六说了声："往车上搬吧！"哥儿仨一起动手，时间不长，就把所有的纸箱都搬了上去，粗略过了一下数儿，怎么也得有七八十箱，装了满满一车。回到家我们把东西卸到房间的过道里，堆满了小半个屋子。看着这些东西，大家都很欣慰。它们的到来，预示着三哥的工作室工料齐备，开工在即了。

　　当晚回到家，我也碰上了难得一遇的好事儿。一个哥们儿打来电话，说剧组急招演员，他推荐了我，要即刻动身，越快越好，到苏州拍戏一个月。这对我来说就是天上掉馅儿饼了！又学，又玩儿，又挣钱。转天早晨把活物送到鸟友家里寄养，收拾好东西上了南下的火车。

　　苏州的这一个月，果然如我所料，拍戏任务很轻松。那时像我这样的演员拿簸箕撮，给的角色不会很重，用谁都一样。用你是因为有哥们儿在剧组给你说句话，让你挣点儿钱，仅此而已，因此我有充裕的时间把苏州逛了个遍。狮子林、拙政园等，各个精美的园林一个不落，最后连周庄都去玩儿了一趟。一月之期转眼即过，拍戏任务圆满完成，旅游目的也达到了，还采购了很多当地的特产，兜里揣着几千元大钞，大包小包地回到了北京。

进门的第一件事，就是要去三哥家里看一看第一批成品如何，我放下东西直奔楼下三哥家，谁承想撞锁了，一下午去了三四趟都没人。干什么去了？直到晚上还不见人影。等到快八点了，估摸着老六下班了，我来到了老六家。老六和三哥住一层楼，拆迁时凡成家立业的都分了房，三哥住三号，老六没成家，跟父母一起住一号，一个三居室。见三哥家门紧闭，我转身敲开了老六家的门。和老人打过招呼之后，老六直接把我拉进了他自己的小房间，还没坐定我就问："三哥干吗去了？这一天都没着家！"老六赶紧把屋门关上，小声跟我说："三哥住院了，精神分裂症。"

"啊?！怎么得了这病了？"

"咳！就是弄上那事儿以后，可能是太上心了，魔怔了，成宿成宿地不睡觉，他说耳朵边上老有无数的人和他说话，给他提问题，他老得想事儿。后来脾气也变了，说急就急，有时候都不知道因为什么，无名火，逮谁跟谁来。家里人看着不对劲儿，想带他看去，他死活不去。后来是骗他，说是给老太太拿药去让他跟着，这才把他骗到医院。到那儿就让大夫给留下了，现在在安定医院住着呢。"

"你去看了吗？他现在怎么样？"

"不让探视。"

这个消息实在让我难以接受，生龙活虎的一个人，怎么说病就病了？而且还是精神病。在我的思想里，谁得精神病三哥都不会得精神病，多聪明的一个人呀？可不接受也得接受，事实就在那儿摆着呢。我又问了一些三哥住院之前的状态、情况，老六一一回答，之后就是沉默。现在不管我们说什么对三哥都不会有任何实质性的帮助，因为人已经住院了。

三哥在安定医院这一住就是大半年，连春节都是在里边过的。三十晚上我去老六那儿给老人拜年，也尽量避免提及此事，以免老人伤心。这期间，谁也没有心思玩儿了，什么钓鱼、逮鸟儿、捞虾米，一切活动都停止了。直到转年的七月份，我才听到了三哥出院的消息。

听说三哥出院了，我迫不及待地来到了他家，说实话，这半年多我是真挺想他的。一方面，多年的哥们儿，又难得能这么说得到一起，玩儿得到一块儿。他病了这么长时间，我很想了解一下他的近况，叙一叙事情的始末缘由，说一说病情的来龙去脉。另一方面，是我把三哥带到鸟市的，从此之后他才慢慢误入魔道、疾病缠身，在我思想深处一直埋藏着一种负罪感，始终觉得三哥的病多多少少与我有着必然的联系，这半年多我一直不能释怀。因此，我只有亲眼看到了三哥的痊愈，方能驱散心理阴影。

开门的人正是三哥，见到是我他嘴角边挤出了一丝微笑，冲我说："谦儿来了？屋里坐。"边说边把我让进了屋里。屋中还是他住院之前的老样子，过道墙角上堆着成箱的竹棍儿。各种的木工床子散放在屋内，上边落满了灰尘，再不似先前看到的那般锃光瓦亮，一看就是长时间疏于打扫所致。三哥住院期间，三嫂带着儿子回娘家住了，房屋长期空置，也没有了之前那种浓厚的生活气息了。三哥倒是胖了，也白了，但脸色中不带一丝红润，让人联想到影视剧中描写的精神病院里的场景，衣食无忧，但没有自由，缺少运动，长期生活在医生的监控下、药品的浸泡中，虽然体胖，但绝不是健康肤色。

三哥见到我之后，没有惊喜，没有兴奋，没有生气，也没有埋怨。他让我在沙发上坐下，顺手递给我一支烟，自己也拿了一支，点燃之后，便不说话了。既不回忆从前，也不介绍眼下，更不设计未来，他坐在那儿面无表情地抽着烟，看着我。

我有点儿僵，本以为哥儿俩见面之后会极为高兴，聊一聊他的病情，说一说医院里边的生活，侃一侃出院之后的想法。哪怕三哥数落我一顿呢："你看！要不是你带我上鸟市，我也不至于进医院——"哪怕是这个结果我都能够接受。但现实不是，一句话都没有，没有喜怒哀乐，不知心中所想。我先前准备聊的一肚子话也不知道从何说起了，也不敢问病情，怕他接受不了；也不敢提以前，怕他再受刺激；也不敢提现在，怕他伤心；也不敢说以后，怕他绝望。提什么都有顾虑，我勉强找个话头儿："什么时候回来的？"

"今儿上午。"

"嫂子呢？"

"上班了。"

"你挺好的？"

"挺好的。"

"上老太太那边去了吗？"

"刚从那边过来。"

完了，没话了。我问什么他答什么，绝不多说一句。我也实在没辙了，站起身说："三哥，那我先回去了，你可能也累了，先休息休息，睡会儿觉。等晚上去我那儿，我炒几个菜，叫上老六，咱一块儿喝点儿。"边说边起身朝门那儿走。

三哥也默默地起身相送，到门口说了一句："我就不去了，我戒了，你们哥儿俩喝吧。"

我还不松口："那也上家坐会儿去，咱哥儿仨聊会儿天也成呀！"我想的是晚上有老六在，仨人儿一起话题会多一点儿，比我一个人好说话，不至尴尬。

可三哥说了："不了，哪天再聊吧，晚上我得早睡。"

得！没路可走了。回到家以后，我翻来覆去把今天和三哥的所有对话想了好几遍，从话语当中任何情绪都听不出来。不高兴、不难过、不兴奋、不悲伤，没有任何期盼、愿望、愤怒、埋怨和悔恨，有的只是淡定和平静。之后的几天，我又去三哥家探望过几次，三哥依然如此，永远保持着这个情绪。

一次和老六一起喝酒聊起了这个事儿，"三哥自从出院之后，怎么好像变脾气了？也不爱说话了，见人还挺客气，但客气之后不像以前似的那么能聊了，路子不对呀？"还是老六几句话解开了我的心结："我们也发现这问题了，跟家里人也这样。我们专门去医院咨询了，大夫说这是正常现象。他出院以后还要坚持长期服药，药效就是如此，用来稳定情绪，切忌大喜大悲。说白了，这是让药拿的。"

听了老六的话，我仿佛豁然开朗，心里好像明白了许多。毕竟人家咨询了医生，医生也做了正确的解答，而且这个答案确实能够说明三哥目前的状态，可是我心中隐隐约约还有某些疑虑和不明：这药吃到什么时候算一站呢？如果终生服药，那三哥是否从此就是这样一个脾气秉性了呢？但这些问题就谁也不得而知了，我想即便是大夫也给不了一个准确答案。

无论怎么说，三哥出院了，这就是件让人高兴的事儿，最起码说明他的病情已经初步稳定，虽然还在服药，也是应该能够控制并且慢慢好转的。但也就从那天起，我接受了三哥的少言寡语，默认了他的平静淡定，渐渐忘记了对他以前的印象。而三哥在以后的生活中也一直保持着这个状态，既没有好转，也没有严重。慢慢地，大家也就习以为常，不以为然了。

这样的生活又过了小半年，这期间，我们又恢复了往日的欢乐，重新拾起了花样繁多的玩儿乐方法，只是中间缺少了三哥的加入。要想见到他，只能是在家中或小区里。好在我们都住在同一栋楼里，要想见面简单至极。我经常来往于他和老六的家中，聊天、喝酒，他也经常随老六去我家侃山、吃饭。但每次他的角色只是一个旁观者，抽着烟，目视着我们谈天说地，偶尔说两句话也是别人问到他头上，他才给予的回应。这状态只有我们心里清楚，而在旁人看来，这只不过是个不善言辞、喜怒不形于色的朋友而已。

转眼又是春节了，家家户户忙着办年货，我是单身汉一个，一人吃饱全家不饿，也没有什么忙的，好似过节跟我没什么关系一样。不单没有活儿干，反而天天没事儿，泡在哥儿几个家中连吃带喝。偶尔有一天不去，他们还不习惯地打电话，或直接上家来喊我。唉！没法子，谁让咱人缘儿好呢！

三十晚上更是如此，白天仍然是哥儿几个泡在一起吃吃喝喝。晚上在家中吃完年夜饭后，必要去楼下给三哥的老母亲拜年。一进门，一家人正在陪着老太太打麻将。大哥、大姐、二哥、四姐都在家，一家人热闹非凡，女的都在包饺子，孩子们在屋里追来跑去，大哥、二哥、老六陪着老太太稀里哗啦地码城墙。只有三哥，抽着烟，独自坐在沙发扶手上看歪脖子胡①。

_____

① 看歪脖子胡：北京口语，指看别人打牌。

由于我是家中的常客，跟所有人都熟识，大家也不见外，一阵寒暄之后各自干各自的活儿了。老六边出牌边回头跟我说话："你先坐，自己倒茶喝。我打完这锅咱们再喝点儿，一会儿吃饺子啊！"说完也不管我，自顾自地打牌去了。三哥看见我来，站起身，从兜里掏出烟来递给我一支，点燃之后问了一句："没演出呀？"我说："大年三十的谁看呀？从明儿开始，连着七天，地坛庙会，上那儿受罪去。"三哥听完"哦"了一声，也不表态，坐回身去接着看别人打牌了。

　　我也不客气，在屋里来回溜达着，跟这个聊两句，跟那个贫两句，嘻嘻哈哈起着哄。直等到夜里十一点多，我才跟老六说："你们玩儿着吧，我回家睡觉了。今儿也不喝了，明儿早晨九点就得到地坛。"大家你一言我一语地劝我吃完饺子再回家也不算晚，我说："不了，我也不饿，二哥、大姐您几位不都得在这儿住几天呢吗？明儿晚上我回来咱们一块儿热闹热闹。"说着站起身来一边跟大家道别一边往外走。三哥手里没活儿，站起身来把我送到门口，还特意叮嘱一句："那明儿晚上来啊！""好嘞！"说完各自回家了。

　　转天大年初一，一大早我收拾好服装准备出门，刚上电梯，开电梯的大姐就神神秘秘地问我："找老三去呀？"

　　平常我们这些老住户跟大姐都熟了，上楼下楼时总是咸的淡的聊上几句。今儿也没太往心里去，顺口搭音地说："不，演出去。"

"昨儿上他们家去了吗？"

"去了，给老太太拜年去了。"

"看见老三了吗？"

"看见了。"

"他怎么样？"

"挺好的。"

聊到这儿，我觉得有点儿不对劲儿。平常闲聊哪儿有这么刨根问底儿的呀？一定有事儿，赶紧问了一句："怎么了？"

"哎哟！今儿早晨起来，老三一家三口儿说是回娘家，媳妇儿又收拾自己又照顾孩子动作慢，老三穿好衣服在屋里等着嫌热，跟媳妇儿说先下楼等他们娘儿俩去。等电梯这么会儿工夫，不知道哪根弦搭错了，解下皮带在电梯门口上边这暖气管子上上吊死了。"

啊？我听到这儿脑袋"嗡"的一声，当时就傻了，还是电梯工大姐的话把我叫回了现实中："好家伙，吓死我了。幸亏我没看见。这要一开门看见他在这儿吊着，还不得把我吓死。"

我打断了她自言自语的唠叨，问道："人现在呢？"

"送医院了！咳！不行了，当时叫的急救车，打了强心针都没救过来，已经报死亡了。"

"我操！！！"当时我脑子里就这么俩字儿，也想不起别的，也不知道要干吗，思绪一片混乱，整个人直勾勾地站在电梯里犯愣，直到一层有人上电梯，大姐问我："你下不下？"

我这才算缓过神儿来："我上去瞧一眼去。"

　　"别去了，家里没人，都上医院了。就老太太在家，别去招她去了。"

　　也是，要是家里有人，我能问问情况，了解一下原因。现在就老人在家，问也问不清楚，说也说不明白，还招老人伤心，干脆等晚上回来再问吧！想到这儿，我才下了电梯，往地坛演出去了。

　　这一天可真够难熬的。地坛庙会里演出，一天两场。上午九点半到十二点，下午两点到四点半，中间休息那会儿不够回家的时间，只能就地解决一下吃饭问题，下午接着演。可就我这状态，还吃饭呢！演出都不知道是怎么演下来的，一整天晕晕乎乎、魂不守舍，脑子里就是这事儿。好不容易把这两场熬下来，我赶紧坐车回家，到家已经下午五点多了。

　　我直接敲开了老六家的门，全家人都在。屋里没有鲜花，没有挽联，也没设灵堂，一切都还没来得及准备，事情发生得太突然了，有的只是家中死一般的寂静。女人在默默地哭着，老太太坐在床上发愣，而家里的男人们都像灵魂出窍一样，木木地呆坐着，一看思想当中就还没有接受这残酷的现实。只有大哥，强忍着悲痛，打起精神吩咐着人们干这干那，主持着家中的大局。

　　进屋以后大哥和老六迎了上来，我开门见山："怎么回事儿？因为什么？"

　　老六也是满脸的不解："什么事儿都没有，昨天晚上不是还好好的吗？你不是也看见了吗？也不知道因为什么。"

"你说这不是他妈没影儿的事儿吗？"我实在是摸不着头绪。

大哥说："我分析还是他这病闹的。自从出院以后，他这脾气倒是好了，也不闹了。可这性格变化太大了，等于是长期用药来控制着，关键他不是这样的人呀！我也说不太清楚，肯定跟这个有关系。"

老六还在纳闷儿："可他自己也没有什么反应呀？"

"他自己能有什么反应呀？都是药在控制，他自己要明白不就没这事儿了吗？"大哥在坚持着自己的推断，扭脸对我说，"你先坐会儿，我得去把他这遗像的照片洗了。"说完开门出去了。

我跟着老六来到了他的房间，老六又和我叙述了一遍今天早晨事情发生时的前后经过，基本上和电梯工大姐说的一样，从中也分析不出当时三哥的情绪变化。总之，大家都还在迷茫中。而我，则基本认同大哥的观点。人的性格、脾气是与生俱来的，是不会轻易改变的。所谓江山易改，禀性难移，用药物强行改变，只能控制一时，不能改变一生。我没有医学方面的常识，不敢对医术和药品妄加评论。我只觉得，不管三哥自己感觉得到还是感觉不到，自从出院以来，他的性格是被外力所束缚的。在这种长时间的压抑下，他的潜意识是极度痛苦的，也许在等电梯的一瞬间，他的潜意识被某个细节激活，他感觉到了自己的痛苦，并努力寻求解脱，想要尽快结束这一切……

一切的分析结果都是没用的，都是于事无补的，并且都只是分析，没有定论。因为三哥走了，什么也没有留下，哪怕一个眼神、一句话，给活人留下的只有猜测、遗憾、后悔、回忆和思念，而我，有幸比其他人还多了一点点内疚……

"玩儿"对我来说，是极好的享受，有益身心，胜于吃药，但这件事儿却给我心里留下很重的阴影，久久挥之不去。今天把三哥介绍给各位，一是寄托我的哀思，二是再温前车之鉴，这三，也是我寻求解脱的一种方式——希望三哥在天堂安好！

狗

吠

喜欢和爱是两码事

我认为养鸟儿或者养任何宠物都是好事儿，培养人的爱心、细心和耐心，而且这个爱好不管你的经济条件如何，都可以让自己乐在其中，但培养这个爱好要有几个先决条件。

第一，真正的爱——其实我认为每个人都是爱小动物的，不论走在何处，看到小动物时大家都会多看几眼，露出惊喜或羡慕的目光，或驻足观看或上前抚摸玩耍。但这只能说是喜欢，和爱是两码事。当你真正决定要养一个宠物的时候，你要做好各方面的准备，因为这并不是它单方面为你带来快乐的事儿，而是双方互相取悦，这有点儿类似于交朋友，你要读懂它的内心，学会和它交流，经过互相磨合达到心灵相通，这期间你要付出很多。说白了，养宠物的过程就是个付出的过程，你的快乐是在这个过程当中找到的。再说白一点儿，和养孩子一样，甚至更难。

第二，要有充足的时间。因为在你的生活中，宠物只占一小部分，而在宠物的精神世界里，你则是它的全部，因此要尽量多地抽时间陪它、照顾它，和它交流，这很重要。

第三，细心和耐心必不可少。动物是不会说话的，它的习性也不会以人的意志而改变，你只有通过细心的观察、耐心的尝试和调养才能使它生活得更加舒适，保持健康良好的状态。

还有一点很重要，要有较强的心理承受能力。抛开所有的意外不谈，动物的寿命一般都比人要短……

我这儿大言不惭地侃侃而谈，绝不是好为人师的说教，只是我养宠物的一点儿心得，不信我给您说说我经历过的一件事。

婚后二人世界是温馨幸福的，相声的不景气又使我成了有闲阶层。因为还没有做好各方面的心理准备，所以要孩子的事儿也没有提上日程，所以我俩决定养只小狗来增添日常生活中的乐趣。

经过一番咨询和了解，决定养一只巴哥犬。因为这种狗体形不大，亲和力强，听说不需要太大的运动量，适合楼房饲养，于是买了一只刚刚断奶的一月龄幼犬，起名球球。经过细心地照料和训练，小家伙身心健康、活泼可爱，并且养成了良好的生活习惯。转眼长到了一岁多，和人的感情越来越深，平时外出不管散步、爬山、郊游，我都带它同行，它俨然成为家中的一口人了。

一次，我们一家三口儿外出到一个朋友的农场去玩儿，一直生活在城市中的我们到了大自然中心情大好，山清水秀、鸟语花香，各种动物和新奇的事物让我们目不暇接。远处的牛羊骡马在草地上悠闲自在地吃草，心旷神怡之下我们决定带球球去认识下这些它从未见过的伙伴。

我们来到了一匹高头大马旁边，抱着球球凑到了马的眼前，像对待孩子似的告诉它，这叫大马，它们吃草，不吃你的狗粮。球球也像听懂了似的，好奇地看着这马，伸鼻子使劲儿地嗅着这从未闻到过的气味。待双方介绍完毕，我们放下球球正要自己上前和马做个零距离接触，而球球却在好奇心的驱使下径自转到了马的腹下，这时马因为察觉到了腹下有东西却看不到而大感恐惧，骤然间扬蹄狂踹，数蹄踩中球球头部，球球当场七窍流血而亡。

事发一瞬，祸起萧墙，当时我们连惊呼的反应都没有，更别说驱马施救，只呆呆地目睹了惨剧的发生，又眼睁睁地看着马在消除了来自腹下的威胁之后慢吞吞地挪到别处吃草去了。当我们愣过神儿来上前看时，球球早已双眼凸胀，口鼻微张，七孔出血，断气而亡了。我记得当时的心境，只感到伤心，却并不感到悲痛。因为事情来得太快，心里还没有完全接受，所以并没有认为它是真实发生的事儿。我们像做梦一样抱着球球把它埋在一处风景秀丽的山坡下，晚上魂不守舍地回到家中，直到感觉腿边、怀中、沙发上已没有了那个活泼好动的眼前花儿了，才真正地认清了事情的真实性……

可想而知，我们那晚是怎么度过的。

悲伤一直延续了近半个月也感觉不出有任何缓解，我和老婆经过多次调整也难以走出阴影，最后经过协商又从狗市买回一只一模一样的巴哥犬，起名还叫球球。

"球二世"入住我家之后大大缓解了我们的悲伤情绪，很快就让我们走出了丧失爱犬的阴影，又过上了正常的生活。老婆朝九晚五地在 IT 行业打拼，而身为相声演员的我也为生活踏入了影视圈儿，告别了有闲阶级，成了一个早晚不着家的瞎摸海、大晕头，经常因为拍戏一走就是两三个月。即使在北京，也天天忙于应酬早出晚归，回家后又困又累，就觉得床最亲。那段时间我们把家扔给了"球二世"，和它唯一的交流就是早上一把狗粮晚上一把狗粮。

渐渐地，问题来了。"球二世"开始毁东西了，刚开始是垃圾桶被推翻，垃圾叼得满屋都是，后来沙发巾、床单、枕巾全部被扯到地下，再后来，桌上所有的东西，书本、纸笔，只要它能碰到的东西全部被扔到地下并咬坏。我们觉得球球学坏了，不可爱了，最初对它采取的是说服教育，无果；继而采用饥饿惩罚，不灵；最后改为体罚，而且动手越来越重。谁知不打还好，越打越严重。有时出门上班没走几步发觉忘拿东西回家来取时，开门一看，家中已经一片狼藉，其搞破坏的速度让你匪夷所思，怒火冲天。而你一进门看到的"球二世"，准是在转着圈儿地迎接你，但目光绝不和你的眼神碰撞，同时吓得尿尿，弄得到处都是……这日子没法儿过了！

无奈之下，我请教了宠物专家，细说情况之后专家给出的结论是，球球患有严重的孤独症。专家分析得有道理：家中长期没人，宠物缺少交流和陪伴，在寻找与主人的交流总得不到满足时，它唯一能采取的办法是用"破坏"来吸引主人的注意力，因为只有这样，它才能得到与主人交流、相处的机会。我不信，问专家："哪有交流和相处啊？净打它了！"专家说："打也是一种交流啊……"回家后我细细地琢磨了下专家的话，开始自责，替"球二世"感到委屈……

事情得解决，而且越快越好，为了尽早让它摆脱孤独症，我和老婆做了一个决定，把"球二世"送人，但有几个条件：爱动物，有耐心，保证不离不弃，家中要有退休的老人，能允许我随时探望。经过很长时间的努力，终于找到了理想的人家，通过考察之后，我把"球二世"送了过去……现在"球二世"很幸福。老两口儿拿它当宝贝一样，每天早中晚三次在小区散步，主食、副食、零食换着样儿地吃。饭后它就在老人怀里一躺，头枕着胳膊看电视……

我曾多次去看望过它，只是，它早就不认识我了。现在"球二世"已经老了，算起来也得有十二三岁了，按人类的年龄算也得六十岁左右了。前两天无意中翻到了它的照片，还不禁想起了它小时候的一件趣事。

对开始养狗的人来说，怎样解决狗的大小便是个重要问题。通常有三种方法：一是早晚遛狗，户外解决；二是经过训练，学会如厕；三是放任自流，无法无天。养狗之前我也想过这个问题，采用第一种方法？没有那时间。真按第三种方法那样？实在受不了。所以我采用的是第二招，训练它学会自己上厕所。而对于这种小型犬，蹲坐便显然不现实，最后只得在卫生间地漏处解决。老式楼房的卫生间大都要上一步台阶，这对于球球来说不成问题，它很聪明，学得快，记得牢，认得准，并且很执着……

记得夏天的一个晚上，高温潮湿，天气闷热。坐在空调屋中品着啤酒的我，闲极生疯，给"球二世"也倒了一点儿，想让它也尝尝这人间美味。谁知"球二世"还真挺爱喝，酒转眼就没了。哈哈！太给面子了！再来点儿——来，喝！你干喽，我随意！……如此这般宾主频频举杯，在友好双方亲切交谈多时之后，我发现"球二世"居然自己喝了一个燕京筒啤。

那天我明白了一个道理：狗喝多了也醉。开始时眼睛发直，不似先前有神了，继而趴在地板上做出一些奇怪的动作，再后来趴着都费劲儿了，脑袋晃晃悠悠的。又过一会儿，它突然站了起来，蹒跚着画着 S 形朝卫生间方向去了。我瞬间明白了——它喝酒走肾！卫生间的一步台阶对于它来说不是那么轻而易举了，费了九牛二虎之力才爬上去，找到地漏摆好姿势，却没尿，坚持了十几秒又踉跄着出门，一个跟头摔下台阶，没走几步又回头进门往台阶上爬，就这样爬上、作势、收势、摔下、回头，再爬、再作势、再收势、再摔下……如此往复二三十次。我看呆了！它怎么了？后来结合自身多年的喝酒经验想了半天，我才明白，它当时只是有尿意却没有尿，它却每次都认为自己已方便成功，而出门之后这感觉又来了……就这样循环往复半个多小时，最终如愿以偿，跟头把式地回窝睡觉去了。

我现在想起这事儿来仍然觉得可笑，如果"球二世"会说话，它当时肯定反复地说着一句话："下回谁要再喝酒谁他妈孙子……"

通灵之犬

还有一只具有传奇色彩的近乎通灵之物，我要在此大书特书一番。在小院儿建设初期，朋友送来一只狗给我用于看家，说实话，看到它的第一眼，我真没觉得这是一条好狗。朋友说它叫长毛儿，是一条昆明犬，但我一看，这长相可跟昆明犬差得太远了。身体黑色，四肢土黄。两只耳朵倒是立着，但永远呈四十五度角分开，一条尾巴连弯带勾垂在屁股后面，活脱脱就是一条农村的狼狗串儿。

但就是这样一条破狗，多年来得到了所有人的喜爱，不管之前的小院儿、现在的马场，一拨拨换了多少工人和饲养员，在喂养中，别的狗平均分配，到它这儿准是给它多挑两块肉骨头。

原因就是它聪明得已经超乎了人们的想象。

这狗在初来的那一天夜里就创造了一个奇闻。

当时的小院儿动物还不多，工人也只有一个，是从农村请来的一个四五十岁的中年男人，连看大门带喂动物。朋友送狗来的时候，就把它拴在了院儿中的葡萄架下，告诉我们，它叫"长毛儿"，还特别嘱咐工人："别怕，它很聪明，你多跟它亲近亲近，多喂喂它，很快就会熟悉的。"

朋友走后，工人还挺听话，去村儿里市场买了一只烧鸡，坐在院儿里一块一块地用手撕着都喂给了长毛儿。在喂食的过程中工人通过观察，长毛儿仿佛温驯了一些，眼神中的敌意也慢慢减弱了。到了夜里工人起夜上厕所，经过葡萄架下，被挣脱铁链的长毛儿一撞之下，扑倒在地。据工人第二天早晨叙述，倒地之后，人不动狗不动，只要人挣扎，狗就作势要咬，连张嘴带出声，就是不下嘴，把工人吓得只好不动，就这样被长毛儿按在地下直到天亮。最后还是我到院儿中给解了围，工人爬起来一溜烟儿回自己屋里，收拾东西当天下午就辞职不干了。

　　后来我给朋友打电话问起这事儿，朋友说："你别看长毛儿模样差，它可是警犬基地出来的，受过正规的训练！"

　　慢慢地，养了一两个月后，长毛儿已经把小院儿当成自己的家。它的领地感非常强，院儿外的一切动静不闻不问，跟没听见一样，但只要生人胆敢踏进院子半步，那绝没有好下场。

　　小院儿的房东老头儿，自恃是本院儿房主，不论什么时候推门就进。以前没有人和他较真儿，但长毛儿来了之后，老头儿依然门也不敲，刚刚推开大门，长毛儿一扑而上，张嘴就咬。幸亏老头儿半个身子还在门外，急忙一躲，闪过皮肉，被长毛儿叼住裤腿儿，从裤脚一直撕到胯下，吓得老头儿大呼小叫，连滚带爬地跑回家去了。从此之后，再有人来访，一听敲门之声略带恭敬的，准是房东老头儿到了。

长毛儿虽凶，可它也并不是逮谁咬谁。小院儿中有它，生人根本别想进来，但只要是我的朋友，和我一起走进院儿中的人，它通常是慢步过来摇几下尾巴，闻一闻气味就一旁静卧去了。

即使如此，大家对长毛儿的认识也还是流于表面，随着小院儿的搬迁，长毛儿的聪明才智才慢慢地被人发现。

搬到大院儿之后，由于围栏、房屋、围墙、笼舍等工程都还没有完成，所有动物散放院儿中。白天小马在院儿中活动，晚上群狗被解开链子负责看家护院儿的工作。大门一关，把狗放开，真的是能让人心里踏实很多。

那段时间真可以说是交通基本靠走，通信基本靠吼，治安基本靠狗。当时我的治安队伍是由八只德牧、两只藏獒和这只"疑似昆明犬"组成。德牧，全称德国牧羊犬，俗称黑背。我这八只德牧都是朋友送的，是品相相当不错的狗。两只藏獒血统有点儿不纯，长相也不是太好，但由于身材高大，护主性强，也得到了全院儿人的认可，留在了队伍当中。而长毛儿，由于深得人心，又是马场元老，在大院儿里只有它白天也不受铁链的束缚，出入随意。

但它自从进入大院儿之后好像很害怕，一脑袋就扎进了围墙与房间的一个夹角，任凭人们怎么喊叫拖曳，死活不肯出来。大家只好随它，每到开饭时给它送到角落里让它独自进食。长毛儿就这样昼伏夜出，通过一点儿一点儿的试探，将近两个月的时间，它终于建立起了新环境的领地意识，慢慢地出来活动了。

这一出来，在狗群之中很快有了自己的地位，而狗群也从开始的各自为战、一盘散沙的无政府状态逐渐转变为上传下达，秩序井然，仿佛找到了组织，有了集体感，并且有了明显的分工与协作。这种动物圈儿内自发形成的小社会，是我平生第一次遇到的，而且通过观察，长毛儿就是狗群的首领。您别认为我说得邪乎，我给您讲几件事您就能从中了解到长毛儿的领导才能了！

长毛儿是有领导风度的。您别不信，当主人进院儿，其他所有的狗都围拢过来，摇头摆尾，蹦蹦跳跃，献媚讨好时，长毛儿总是在远远地注视着群狗，主人不叫它，它是不会过来的。除非它看到它的某个成员，在和主人交流玩耍的过程中，不知轻重没大没小，张嘴欲咬，或迎面猛扑时，它才会箭一样蹿过来，照准这没规矩的家伙或脖子或后腿，狠狠一口，当这家伙吃疼，嗷嗷叫着退出狗群时，长毛儿又早已回到远处重新审视自己的队伍了。

长毛儿是有领导才能的，这么说是因为我经常参加它主持的工作会议。哈哈！一点儿都不假！开始我们也没在意，每天下午五点多，人们基本上完成了一天的工作，大家聚在工人食堂门口，或站或坐，或抽烟或喝茶，边聊天边等着开饭。每当这时，四处玩耍的狗群也会集中在不远处，或坐或卧，把长毛儿围在中间，哼哼唧唧，或小叫数声。而这时长毛儿会和它们或应和或抚慰，有时干脆带着一个成员离开群体到指定地点做详细说明，之后还回到会议现场，继续开会。

这样的状态，外人是不会发现的，只有天天住在大院儿，喜爱观察，又对动物感兴趣的少数几个人才会发现。这种工作会议也不是每天都开，一两周一次。大家开始只是觉得挺好奇，倒也猜不出狗群在干什么，但陆续发现，傍晚饲养员赶马回厩时，就会跑来两只黑背，抄到马群后面，"之"字形迂回包抄，让马无处可跑，只能乖乖回厩。赶羊入栏时会跑来另外两只，帮助人们把羊圈入栏中。而且那些狗的责任分明，是长期安排，轰马的就是轰马，赶羊的就是赶羊，从来没有乱过，这一来可省了工人不少的事儿，这个现象也就引起了他们的注意。

他们陆续又发现，当早晨睡醒出屋时，只要住人的屋子，门口台阶上必定趴着一条德牧，一夜定点，值勤站岗，就是有客人临时住个一两天，也会有岗，人走岗撤。过几天又有喂马的工人说，连着几天夜里三点起来给马加料，都看见藏獒围着大院儿四面院墙儿，小跑绕圈儿，作为游动哨巡查边界，两只藏獒轮班，大概一小时一次。信息收集到现在，可以肯定狗群是有头领的，分工明细，安排有序，但怎么知道这个领导就是长毛儿呢？到现在还没有看见长毛儿干任何工作呀？哈哈！虽然按照人类的状态我们已经能猜出个八九不离十了，不干正事儿的那个肯定是领导。可没有确凿的证据也不敢断言呀！但之后有很多人发现，夜间长毛儿从来不回窝睡觉，它的岗位是在大院儿正中的柏油马路中间，不管天气冷热，始终不离开那个位置。

知道这个信息后，大家心里才豁然开朗，那个位置远可看到大门，近可看到饲养区和工人区，在这儿可以眼观六路，耳听八方，是领导宏观调控、监查各部门工作的最佳地点。此事的明了给所有人上了一课，狗的智商可以如此之高。当大家刚刚啧啧称赞，接受了这个见所未见的现实不久，长毛儿又干出一件让人闻所未闻的事儿来。

作为领导，长毛儿是有应急预案的。刚刚来到大院儿时，除了四面围墙，院儿中一无所有，而东面围墙留有一个豁口，没有门，只有两个门垛，西面围墙有一个大铁门，是西院儿猪场出行的正门。以往猪场的人和车都从此门出入，横穿大院儿，从东墙豁口往来。我们搬来之后，在院儿东豁口安上铁门，而猪场便封住西门另开大门了。但猪场里诸多的看家狗长久往来于院儿中，已经把大院儿划为自己的势力范围，如今领地发生变化，狗群难以接受，尤其是动物搬入院儿中之后，稍有动静便一片犬吠声。两拨狗群也就领地问题经常在大铁门下的缝隙之中争得脸红脖子粗，有时一叫就是一宿，弄得人们不得休息。对于这个历史遗留问题，大家也没有什么好办法，只能等待时间长了，隔壁狗群接受了这个现实，自然也就不闹了。可什么时候是个头儿呢？

正在无计可施时，一天早晨，院儿中的伙计被一阵急促的狗叫声吵醒，睡眼惺忪地推门出来，发现自己门口没有了值夜的哨兵，再往别的屋门口看，所有的狗都不见了踪影，连忙叫喊，听见喊声后从院子的不同方向跑来了四只黑背，剩下的狗杳无音信了。

工人慌了，猜测夜间来了偷狗贼，赶忙唤醒同伴商量对策。正在着急时，见大门处缝隙间闪出长毛儿，带领着四只黑背、两只藏獒风风火火地跑了回来。到近前工人仔细观察，有几只黑背身上略带轻伤，两只藏獒头嘴带血，气喘吁吁地趴在地上休息。而长毛儿则歪头竖耳，两眼望着西院儿猪场。众人正纳闷儿呢，西墙的墙头上闪出一个人影，众狗又忽地一下站起身蹿到围墙下面狂吠。

大家定睛一看，是西院儿猪场养猪的老头儿。平时邻里关系不错，建院儿之初，各方面工具都不凑手，老头儿热心肠，还给过咱们很多帮助，因此经常走动。自从封闭西门，来往不方便了，有时双方站在高处，隔墙聊几句倒也习以为常。看到是邻居，大伙儿赶紧喝散狗群，和老头儿说起话来。

这一聊天，再根据院儿中情况一分析，才知道事情的原委。原来两拨狗群因地盘之争已结宿怨，只是高墙铁门，难于见面，不得了结，那晚长毛儿见院儿里大门没有关好，顿时生了寻仇的心思，它留下四只黑背照看本院儿，值勤放哨，挑选了四只身强体壮的德牧，加上两只骁勇善战的藏獒，趁天还没有大亮，从东边门缝中溜出，绕过北墙，跳入猪场院儿内，和对方狗群打了一场恶架，直到把对方彻底打败，才率队凯旋。

这场架，咬死对方两只狗，咬伤无数，用老头儿的话说："还没见过这么狠的架呢！"猪场的老头儿看了一个满眼，听他说整场战斗只有长毛儿没上，围着战场边跑边叫，指挥着自己的队伍，只在双方恶斗时趁敌人不备，迅速蹿上前去狠咬一口扭头就走。老头儿感叹道："嘿嘿！这家伙是这群里最阴的一个！"事后想起，长毛儿费尽心机，寻找机会，组织了这样一场大规模的战斗，按狗的习性，打群架时头领应该英勇过人，身先士卒才对呀？再一细想，我哑然失笑，之前根本没考虑到这件事儿：长毛儿怀孕了！

事情的始末都搞清楚了，好在老头儿也不是外人，咬死咬伤狗的事情也不深究，我许诺等长毛儿生产之后送他两只小狗，老头儿心满意足，高高兴兴地回屋去了。从此之后，边境线上非常平静，两拨狗群再无纷争了。

长毛儿，既是优秀的领导者，又是出色的实干家，平时胆大心细，指挥若定，到关键时刻显露身手，让你瞠目结舌。有一天，大家正在院儿中凉亭下喝茶闲聊，一辆汽车开进院儿里，来的是动物园的两个朋友。下车后从车上拉下一个铁笼，里边是一只活泼可爱的小猕猴。朋友知道我喜爱动物，特地送来给我养的。小猴儿年龄不大，长得清秀小巧，可爱至极，所有人都非常喜欢。

聊天侃山中，朋友兴之所至，说："这猴儿刚刚一岁，正是受驯的好年纪，干脆我帮你把它拴上，架在葡萄架下，不必教它大活儿，人们往来之间和它玩儿一玩儿也是个乐儿呀！"

听他这么一说，我自然举双手赞成。于是大家找来粗铁丝、细钢链儿、铜转芯儿，七手八脚地把小猴儿拴在了葡萄架的横过木上。这小猴儿太机灵了，当大家围着它喝茶闲聊时，它乖乖地蹲在过木上，眼巴巴地看着你，一副可怜相。可当大家转身走到别处时，它则双手抓住钢链儿猛拽，企图挣脱束缚。等到看见人们回来，它又安静下来，老老实实地蹲坐在架子上装可怜了。

众人都熟悉猴子的性格，只觉好玩儿，也不在意，慢慢地把注意力转向别处，走开去看马了。等大家回来时，发现小猴儿脑袋退出项圈儿，不见了踪影。

大家四处寻找，看见小猴儿扬扬得意地蹲在房顶上正看着院儿中的我们乐呢。嘿！当初为了心疼它，项圈儿做得大了一点儿，没想到被它挣脱了束缚逃之夭夭了。小猴儿没受过驯，叫它它也听不懂，追它根本追不上，现在人们只好站在院儿中干瞪眼了。有人从屋里拿出水果引诱它，它连看都不看一眼。可当你一错眼神的工夫，它"嗖"的一声蹿下房来，抱住一个大桃子，手脚并用地飞快爬上了高树，旁若无人地大吃起来。几次三番，它好像在故意气人，一会儿下来拿点儿水果，一会儿进屋抓点儿粮食，根本不把人放在眼里，上蹿下跳，来去自如。

众人眼瞧着它折腾没办法，时间长了也就放弃了逮它的念头，进屋聊天去了。当人们聊得高兴，几乎忘了这事儿的时候，长毛儿突然嘴里叼着小猴儿走进门来。众人大惊，赶忙过去从长毛儿嘴里接过猴子，仔细验看小猴儿全身，毫发无伤。

所有人都被这一幕震惊了，互相看着对方不知道说什么好。而长毛儿则丝毫不以为意，一点儿也没有恃功自傲或邀功请赏之举，依旧低眉垂眼地返回到门口台阶上趴着去了。当大伙儿反应过来的时候，屋里可炸开锅了，有称奇的，有感叹的，有赞扬的，还有猜测的。

送猴儿的两个朋友二话没说，开车出门，不一会儿买回一只烤羊腿，连骨头带肉摆在了长毛儿的面前，长毛儿则不慌不忙地享受着美食。长毛儿当时的风度，一下让我想起了《神雕侠侣》中和杨过半师半友的大雕。它有性格、有思想、有脾气、有自尊，一切都和人类一样，唯一欠缺的就是不会说话，可就是这一点，让大家一直猜想到现在：这猴儿它到底是怎么逮住的呢？

马

嘶

这些爱好不丢人

其实说起玩儿，我认为真不是个小事儿，它应该是我们生活的一部分，应该在我们的生活中占有很大的比例。任何工作都应该是以兴趣作为基础，只有会玩儿，才能更好地工作。玩儿，是一种爱好，是一种放松，只要掌握好度，它能让你从紧张疲劳的工作状态中松弛下来，缓解压力，释放情绪，轻松精神，健康身心，以饱满的状态重新投入工作当中去。

旅游、下棋、打球、养宠物等，都是玩儿，可让我搞不懂的，就是有人把这各种的玩儿，人为地分为三六九等。旅游就是开阔眼界，打球就是强壮身体，下棋就是锻炼思维，写字就是修身养性。唯独和宠物一沾边儿，什么不好的词儿都能想起来。养个鱼是少爷秧子，养个鸟儿是未老先衰，养个猫是不务正业，养个狗是八旗子弟，干吗要把一个放松心情的东西赋予那么多的意义呢？

有的人张口闭口"你要是退休了养个小猫小狗的还情有可原……"我凭什么呀？谁规定退休以前不许养狗呀？还情有可原？那还是不好呀？说来说去就是不养最好。从小到大这些话把我耳朵都听出了茧子，嘿！要不是我天生逆反的性格，这玩儿的爱好我还真坚持不下去了!

话说回来，既然玩儿了，就得越玩儿越上品，越玩儿越有高度。玩儿出点儿水平，玩儿出点儿境界来。就拿鸽子而言，我从喜爱到喂养，从不懂到钻研，过程中认识到它的深奥，体会到了它的内涵。直至今日，才真正觉得这个爱好不丢人，多年来的坚持没有错。

我真正第一次用心接触马，也是在观赏鸽中心。有一天我们在鸽棚闲逛，突然听到屋后有马嘶声，我好奇地问王哥："王哥，这儿还养着马哪？"王哥像突然想起什么似的："嘿! 兄弟，你还不知道呢，这几天忙得也忘了带你看了。来，带你看看我养的马!"

说着他站起身，带我们绕过鸽棚，通过一扇小门来到了小院儿的紧后边，后院儿有几间小屋，里边饲养着几匹小马。屋门口有一小片空地，作为马的日常活动场，有几匹马正在院儿中懒洋洋地享受着冬天的暖阳。王哥介绍说，这是他养的几匹小马。说话间小马看有人来，也慢慢聚拢在人的身旁，意思是要吃的。

我当时非常好奇，这小马不但不怕人，反而和人有一种依赖感，亲和力很强。最主要的是这马个头儿简直太小了，据我目测身高不到一米，身长也就一米出头，站在身前抬头看着你，让你像走进了动画片中，立时就觉得自己是白雪公主的丈夫，站在这儿等七个小矮人来牵自己的坐骑。而小马那楚楚动人的样子让你不得不转头回身替它去找一点儿白菜、胡萝卜之类的东西来安慰它，这种心理我一直延续至今。

王哥介绍说："这是一种矮马，产自英国，我买回几匹来给孩子骑着玩儿的。"我当时只觉得可爱，也没在意其他细节，根本从来没想过此生还能与马结缘。谁承想两年之后，一个偶然的机会，我给自己的小院儿里增添了这个宠物，而且一买就是十七匹。

　　事情是这样的，2008年北京奥运会结束了，我们的策划并没有被奥组委采纳。虽然大家对老北京观赏鸽的热爱程度没减，但从中华观赏鸽协会的角度来说，毕竟申奥工作告一段落，恢复日常工作了，集中来此的各路人员也回到了各自的工作岗位上。我们爷儿几个定期聚会，到协会来的次数也相对减少。我自己除了工作，小院儿里也是一堆玩儿物一摊子事儿呢。有一天突然接到一个动物商朋友的电话："谦儿哥，抽时间到我这儿来玩儿玩儿吧，我这儿新进了一批动物，通过检疫后刚刚拉到厂里。"喜欢玩儿的人好奇心都很强，尤其听到有动物，那简直是心痒难挠，不睹不快。

　　第二天，我就驱车来到了朋友的动物园，寒暄之后，他带我参观了他的宝贝动物。从进大门开始，斑马、犀牛、长颈鹿、羊驼、锦鸡、火烈鸟，包括海狮、海象、海豹，应有尽有。最后他带我来到一片大空场前，空场四周立着围栏，围栏中有一大群矮马。

　　站在围栏之前，他得意地向我介绍了他的成果："这一批矮马是我从英国进口的，刚刚做完检疫，前天才拉到场里。看！不错吧？"我看着一匹匹的小马在我们面前跑来跑去，说实话，眼睛都花了，还甭说评头品足。更何况当时我对马的知识只停留在好玩儿、好看上，别的一点儿不懂。因此，我看得虽然仔细，但一说话只得随口搭音，含含糊糊说些恭维之言。而他却丝毫没有察觉，兴致勃勃地介绍着，"这点儿东西可费了劲儿了。这些矮马可不像咱们想的那样，以为到了原产地有很多，他们那儿也不是大批的，只是有的农庄里边养上几匹，给自己的孩子玩儿的，我们挨家收货，费了好大劲儿才凑了这么三四十匹，品相良莠不齐，不过倒是真有不错的。"

看着这些可爱的小马，我不由自主地又动了心。以我当时的状态，三亩地的小院儿里欣欣向荣，玩儿得正是如火如荼的时候，恨不得把天下所有喜爱的动物都买到自己手中。因此根本没做更多的考虑，玩儿嘛！喜欢就买！回家筹款汇钱，找人选马运输，在整个马群内精挑细选，挑出十七匹身材好、品貌佳、体格壮、毛色艳、年龄小、个子矮的精品，三天之内就把小马拉回了院儿里。

事实证明，这次选马挑马是成功的，到目前为止，我还没听到有谁的小马整体水平超过我的马群的。从各方面汇总的消息看，现在我的这些马可以说是国内最大的、档次最高的设德兰马种群。但也正是这群马改变了我的生活状态，扭转了我的思维方式，让我体验了从未接触过的生活，饱尝了冲动带来的恶果，从而对玩儿有了更新的认识。

马倌难当

十七匹矮马拉回了小院儿，小院儿顿时热闹了。但随之而来的问题让我没有时间体验新宠物给我带来的欢乐，首先，马厩怎么解决？就像人一样，马也要有自己居住和生活的地方呀！可是院儿里除了鸽棚就是鸡窝，刨去人房就是狗舍，甭说盖马厩，连个宽敞的地方都没有了。前段时间刚刚盖了一排狗舍准备养几条大型犬，现在只得放弃这个设想，先紧着马吧！

好在马的个头儿都不大，我叫来几个朋友，再加上看院子的工人一起，把狗舍侧面的墙壁凿了一个半人多高的大窟窿，让矮马能够自由穿行，用原木临时做了一个简单的栏杆算作门，又用方钢捆绑加长，围了院子的一半给小马做日常活动区。这样马儿总算有个临时的居所了，白天能够适量活动，夜晚能睡在屋内，刮风下雨也能有个躲的地方。

住宿的问题解决了，接下来面临的是吃饭问题。家里的动物都是杂食性的，只有两只梅花鹿是食草的，平时打点儿草，再搭上玉米秸，冬天搂点儿树叶就足够它们吃的。这一下增加了十七匹马，哪儿有那么多的树叶给它们吃呀？尤其是马，在草的品质上还要讲究一些，不然会营养不良，越来越瘦。多亏这方面的朋友帮忙，联系到附近的马场，从那儿临时匀过几十捆草来接短，才使小马不至于挨饿。

好不容易把吃住都安顿妥当，紧接着，钙粉、豆粕、燕麦、玉米、麸皮，这一系列的精饲料又要寻找厂家、咨询价格、联系运输、整理仓库、储存保管，事无巨细都要考虑到，安排好。哪怕有一个细节出现差错，都会让动物受委屈，让人受损失。这点儿事儿用了一个多月的时间，终于基本稳定了，可天气也凉了下来。

您想说天气凉怎么了？好家伙！动物的防寒保暖可又是一件复杂的事儿！首先，得把我那用狗舍改的、三面墙一面铁网的临时马棚用塑料布遮挡起来，不然那一面铁网，西北风一刮，马肯定受不了。

动物都是如此，不论身体多么强壮，不管习性多么耐寒，都怕风。连北极熊那么抗高寒的大块头，休息时也要找避风处。马更是这样，光滑的水泥地面，夏天干净整洁，冲刷方便，到了冬天，冰凉潮湿，在零下十几摄氏度的低温下，小马卧在地上休息睡觉，非受病不可。而铺垫马厩地面最好的材料是锯末，因为木质隔凉生热，垫在身下或踩在脚下能保持住身体的温度，厚厚地垫上一层，既保暖又舒适，而且还吸水。马在方便后尿液很快被吸到锯末中，使厩内随时保持干燥。最突出的优势是锯末本身带有一种木头的清香味儿，用它垫地，马厩内可减少异味，不至于让人产生反感，因此锯末成了铺垫马厩的最佳材料。

但锯末用量大、价格贵，而且不容易大批量购买，所以一般的俱乐部用不起锯末。替代锯末的是稻壳，虽然吸水性稍差一点儿，但价格便宜，能大大地降低饲养成本，所以稻壳成为普通马厩地面铺垫的主打材料。现在在朋友的马场经常见到厩中垫有厚厚的稻壳，但在当时，找这个货源可也费了不少心思。

稻壳这东西，分量轻，体积大，而且价钱便宜，少了人家还不卖，必须凑够一车（六吨）才给送货。时值深秋，白天还好，晚上的温度已经让人伸不出手来了，而送货的卡车白天不能上路，只有等下午六点以后才能装车出门。

记得送货那天，狂风大作，飞沙走石，大风卷着沙粒和落叶漫天飞舞，我开车带着几个朋友在郊外的十字路口等待送货的卡车。时间虽不算太晚，但路上已经没有什么行人了。我们把车停在昏暗的路灯下，抽着烟等着车。窗缝中灌进来的凉风带着浓重的尘土味道，当时我的感觉好像是去干什么坏事，脑子里反复出现一句话："月黑杀人夜，风高放火天。"在这种环境里，哥儿几个也没有了聊天开玩笑的心思，几双眼睛直勾勾地盯着前方，盼着货车赶快出现。

远远的两束强光晃得人刺眼，车还没到电话先到了。

"我们已到约定路口，你们到了吗？"

"我们也到了，路边停的白色捷达车就是。"

嘿！越来越像特务接头！挂上电话，我们几个人从车里出来，外边真的很冷，虽然有军大衣罩住全身，但身体探出车门的一瞬间，就已被强风吹透。我们缩脖耸肩，眯着眼睛注视着那两道光束由远及近，慢慢看出车的轮廓，两下远光闪动后，我们招了招手，货车停在了路旁。这时我才看清，货车是个加长1041，车型虽然不算大，但货物堆得可像小山一样。由于是晚上送货，又不走市里，再加上司机道路熟悉，可以不过桥洞等限高标志，所以货车装得又宽又高。车上一个个鼓胀的大号编织袋，看着能把车压趴架了。

"好家伙！装多少这是？"

"六吨多点儿！你别看多，这东西不占分量。给！这是磅单！"

说着话，他们递过一张单据。这我倒知道，凡是货车运货，必须出门之前上磅称重，总重量减去车的重量就是货的重量，这个单据就是足斤足两的凭证。旁边的哥们儿适时地打亮手电筒，我验过磅单之后，也没有多余的废话，只一句："跟着我车走吧！"随即各自上车朝小院儿仓库方向开去。

小院儿位于村子的紧边上，而仓库则是院儿旁的一间废旧厂房。由于功用不大，而且年久失修，里边的电路及灯光设备都已老坏，再加之位置远离路灯，四周一片漆黑，真可以说是伸手不见五指。两辆车直开到库房门口，卡车掉头借着小车的灯光停在了卸货的位置，车尾斜对大门。这时，捷达车再调整车位，让车前大灯直照进仓库内，车不熄火借着车灯的光照卸货，只得如此了！

货车上下来了两个人，司机和副驾驶，二话不说解开捆绑货物的绳子爬上了车顶，上去之后连推带踹地把一包包稻壳直接从车顶轱辘到车下，顿时四周一片烟尘。尘土混杂着稻壳，靠着这一摔之力从编织袋的缝隙中夺路而出，再被大风一吹，在车灯两道强光的照射下漫天乱飞，如同下雪一般。而车下正是我和四个哥们儿，说实话，那时候真的顾不上脏净，哥儿几个连犹豫都没有，冲进尘土中，一个人抓起两个大袋子，连拉带拽地拖进库房。

稻壳很轻，即便是装满了大号的编织袋，一个人也可以轻轻松松地一手拽一个将其拖走。但到了库房里不能随便地扔在那儿不管呀，必须堆放成垛，虽然不要求整整齐齐，但摞得越高越省地方呀！前几层还好，几层码下来之后，后面再来就要靠人力往上扔，最后，不得不分出两个人，站在垛起来的袋子上面，一层一层地往上运，这下可费大劲儿了！您想，我们这些城里长大的孩子哪儿干过这活儿呀？就算年轻力壮，六吨多稻壳，一包包地扔上去，虽然冒着寒冷的夜风，没用二十分钟每个人还是出了一身大汗，呼哧带喘。直到把这一车稻壳都扔进了仓库，每个人都已经浑身酸软，瘫在那儿一动也不想动了。

您可别以为这是偶尔为之，自从养马开始，这样的义务劳动那是经常性的，而且越往后活儿越重。

十七匹马每天的食量可想而知，在朋友马场匀来的几十捆草吃完了。这种长期的消耗品不能总靠借呀，日子得像个过的样儿！在这期间，我们多方联络，才打听到国内有很多草场，如东北、内蒙古等。各地产的草营养含量都不一样，经过品评、挑选，选定了海拉尔草场。我们经过一番电话联系，对方终于在当地大雪封路之前发车了，对方临走时在电话中告知我们："路程大概三天，准备好充足的人员卸草，一车草大概四十吨。"

拉草的卡车来的那天天气倒是不错，没有风，阳光也很足。大家都想着不管如何累，今天绝不会像运稻壳那天一样又刮风又受冻了，谁知卡车开到院儿门口就停住了——进不来门。

本来小院儿建造时在设计上考虑到了大门的宽窄，但那也是按照中小型卡车设计的。没想到计划赶不上变化，小院儿的壮大突飞猛进，运输的车辆也在不断加长。这回运草的卡车是长二十多米的大拖板车，甭说车身，不拆门楼连车头都进不来。

这下可急死人了，之前谁都没想过这事儿，关键是谁也没见过运草车什么样儿呀！哥儿几个赶紧商量办法，最后终于决定，车停在大门外，把草卸在院儿里。您别看就这么一改，延长了十几米的搬运距离，情况可大不一样了。草都是在当地由机器割下来打捆装车的，紧绷绷、沉甸甸，大捆八十斤，小捆六十斤，没抓没拿还扎手。刚刚卸了十几捆，大伙儿就共同地认识到了一个问题——这不是我们能干的活儿。这车草要是我们自己卸完，非得累死两口子不行！

于是我们商量着到村儿里或人才市场找几个壮劳力帮忙。村子不远处就有一个人才市场，以前从来没去过这地方，现在也只得硬着头皮去了。到那儿一看，真挺热闹，一堆一堆的人在那儿边等活儿边聊天，另外有些人在和雇主商谈着价格。

细一打听让我吃了一惊，想以前，找工作都看文凭，文凭越高工作越好找，没这一纸证书连门槛都别想进，只能干些粗活儿累活儿卖些力气，工资低得可怜。过几年之后，文凭放在第二位了，首先看能力，有才能的人在职场如鱼得水，事业风生水起。只持文凭证书的人仍然要重新走入社会大学，锻炼自己的能力，才能使自己在工作岗位上应付自如。

而现在则不是我印象当中的那样了，仿佛打破了"劳心者治人，劳力者治于人"的规则。人才市场上做体力劳动的人员都牛得不行了！你还没问他会干什么，有无经验，他先问你了：干的什么活儿？一天干几小时？几顿饭？吃什么？提供住宿吗？条件如何？中午休息多长时间？工具全不全？等问一溜够，人家说了："一天八小时之内，不低于七十块钱。"嘿！真有点儿把我弄蒙了。

记得前几天上人才网看了看，本科应届毕业生，或有一两年工作经验的年轻人，求职信息上写得客客气气，低三下四的，月工资也就在2000~2500元之间。这靠体力挣钱的人，一天七十元，而且只干零工，不干包月，要干也行，每月工资2500~3000元。我去！我真有点儿糊涂了，现在这是什么情况了？可我转了一大圈儿，都是这价格，只高不低，咱也只能随行就市呀！细聊聊吧！

这一细聊心里更没底了，大部分是冬闲忙完了庄稼，家里没事儿上这儿找活儿来的。人家刚才问得细致也有人家的道理，瓦、木、油、电，一概不会，别的杂活儿也只是哩哩啦啦地干过些日子，最拿手的是种地。可人嘴里说得漂亮："要说卖力气的活儿，只要给钱没有不能干的。"

　　我们聊着聊着，其他人听见这边有活儿，陆陆续续地在我周围就聚起了一二十人，七嘴八舌地侃着。当听我说让他们卸草，有多一半儿的人笑了："这活儿在家里都是妇女们干的，还有什么干得了干不了的？"嚯！当时报名的就有十几位。

　　我也挺高兴，没想到这么痛快就把事儿办成了，当时挑了十个人，谈好明天一早，七点进场，交通自理，一天八十元，当天交活儿。所有人都爽快地答应下来，说清地址后各自回家了。

　　现在想来，这些人根本就没卸过草，根本就不知道这活儿怎么干。他们脑子里想的草就是农村场院里堆的麦秸、棒秸、散稻草，用草叉子扒来挑去，顶多装车卸车，那还不轻松吗？嘿嘿！第二天早晨一见到院儿门口停的那卡车，二十多米长的拖车，垛起来七八米高，满满当当都是草捆，他们当时就有点儿发愣。但是话也说了，牛也吹了，看在钱的分儿上也不能不干呀，硬着头皮也得上！

　　他们几个人安排好车上车下的位置和责任后卸车就开始了，俩人上车顶向下放草捆，底下八个人分四组，一组一个手推车往仓库里推、搬、抬、摞，干了不到两个小时，就看这几位的脑袋上也见汗了，动作也放慢了，腿上也拌蒜了，嘴里也不干了。他们张口闭口都是闲话，说累的，说沉的，说没想到的，说不该来的，说着说着说到了一个统一的话题：钱少。

我也不理他们，和哥儿几个坐在院儿里喝茶聊天看动物。又过了一会儿，趁着抽烟休息的间歇，他们围拢过来直奔主题："涨价！谁想到这草这么沉呀？不加钱这活儿没法儿干！一人加十块。"看着这哥儿几个累成这样子，我是又好气又好笑。俗话说得好，没有金刚钻，别揽瓷器活儿，卖体力也得有个好身板儿呀，更何况你连这阵势都没听说过就敢应这活儿？太不专业了！可乐的是这亏吃得也够实在的，看他们一个个这模样，真不是当初招工时那狂样儿了。得了！别跟他们在这十块二十块上计较了，出来混都不容易。

我当时答应了他们的条件，每人各加十元。几个人谈判成功，心满意足地回去干活儿去了。可让我们大家都没想到的是，这业余选手的体力真不是钱能买来的。活儿越干越慢不说，心眼儿转得可越来越快，没俩小时又找我，九十变一百。这让我有点儿犹豫了，草卸了不到一半，一上午时间涨了两回工资，这要是说惯了嘴儿，什么时候是个头儿呀？得了！先不说这个，饭买回来了，边吃边说吧！

十个人几乎是瘫在椅子上，用了六十个烧饼、五斤酱牛肉的时间，和我谈判成功，每人一百元。我也是最后做了妥协，因为烧饼没了。不过这次我留了个心眼儿，说好不管多晚，今天必须卸完，如果完成，每人再加十元。

　　同时我们哥儿几个一商量，大家也跟着一起干吧，一是看他们确实挺累，二是真怕卸不完，耽误了明天卡车返回海拉尔。就这样直到晚上九点多，我们才把整车草捆搬到仓库中。哥儿几个累得也动弹不了了，我强挣扎着走过去给工人结账，一点人数，十个人不知什么时候跑了四个，实在受不了这份儿累，连钱都不要了，凉锅贴饼子——蔫儿溜了！这下好，算来算去我还省了！嘿！但是卸草前后着的这通儿急受的这通儿累，也是我平生第一次遇到的。

动物园实在太闹心

　　和之后的一切相比，卸草这档子事儿可又算是小巫见大巫了。卸草的第二天南京商演，我本想着草料齐备，商演归来可以踏实下来，安安心心地在院儿里过几天舒心清静的生活。谁知到南京的转天接到家里的电话："小院儿拆迁，可能近期就有动静。"听了这消息我故作镇定地和家人说："别急，三天之后我回京再说！"

　　本来就是嘛，急也没用，和房主已然签好了三十年的合同，遇到拆迁也是谁都没办法的事儿。拆就拆呗！损失认倒霉，双方按照合同办事就完了。等我回京后抓紧时间找地方，在拆迁之前把动物转移出去就可以了，也不会今天说拆明天就动工的，何必大惊小怪？

　　嘿！这回是我错误地估计了事态的严重性。家人在电话那头告诉我说："拆迁队是没来，房主带着工程队来了，现在我们正在和他们僵持着呢！说要把全院儿搭满彩钢棚，立刻动工，连材料都拉来了。"啊？这可不行！凭什么呀？我租房我给钱，租期之内房子的使用权是属于我的，凭什么他拉着材料上我院儿里盖房来呀？这讲到哪儿我也占理呀！

可冷静一下细想，虽然理在我这儿，也不能太得理不让人喽，毕竟我现在人在外地，鞭长莫及，而且双方既是租赁关系，又是街坊朋友，虽然平时接触不多，但低头不见抬头见，磕头碰脸的也都客客气气，咱也别太强势，有事儿商量着办。呵呵！从那天起我才认识到自己太天真了。我让家人把电话给房主，我和他亲自谈一谈。哪知道我刚把自己的情绪调整好，对方接过电话张嘴就说："于谦！我这么跟你说吧，我材料、工人都备齐了，今儿你让盖也得盖，不让盖也得盖。"

他这话一出口把我给弄没词儿了，只得把这明摆着的道理再给他讲一遍："咱们签了合同，我每年交地租，这院子的使用权归我，就是说现在这院子是我的。"

"你说这没用，我等的就是这天，谁也别想拦我！"

"你把院子都搭上棚子，不见阳光，我这么些动物怎么办？"

"院儿外头有阳光呀，你白天不会让动物上外头活动呀？"

"你觉得我一年交你好几万的地钱，然后我上外边养动物去，这说得过去吗？"

"那我不管，反正棚子我是非搭不可！"

话说到这份儿上，我也没辙了，家人说他除了工人，还带来了家里十几口子男亲，大有一言不合就动手的意思。现场我方小男寡女的，真动起手来非吃亏不可，我只得采用缓兵之计："大叔！明天一天，后天我就到北京。下飞机晚上我就找您商量这事儿去怎么样？您怎么也得容我个工夫，让我把动物转个地方呀！"

"没戏！容不了！我容你工夫，谁容我工夫呀？这两天天上老过直升机拍照，据说明天评估的人就来，所以你也别急着往回赶了，我今天晚上这棚子连夜加班就得搭起来，有什么话等你回来再说吧！"

嘿！把我搁旱岸儿上了，什么辙也没有呀！事到如今不忍也得忍了！一咬牙："得！该说的我都说了，您爱怎么着就怎么着吧！"

我一生气挂上电话，告诉家里人别管了，等我回去再说！

放下电话，我让自己平静了一会儿，然后顺着事态发展的路线想了想，我觉得房东搭棚是根本拦不住的。您想，房东老头儿今年六十多岁，作为一个平平常常的农民家庭，一辈子苦也吃了，累也受了，到中年托人拉关系送礼，从村儿里包了这么一块地，除了租房挣钱，等的就是拆迁占地的这么一个机会。这机会要在他有生之年来了，那落一个安享晚年，挣足了棺材本儿不说，还能给儿孙留下一笔不小的数目，也算这一辈子没白受累。要真没等到这一天自己撒手而去，这几十年就算白折腾。因此，在他眼里，这块地真就是改换门庭的一个大赌注。现在机会摆在面前了，那还不连眼睛都瞪出血来呀？这时候甭说是我，就是皇帝老子来了，也别想拦住老头儿给自己未来小康生活添砖加瓦。这个原则他势必誓死捍卫，绝不怕流血牺牲。

在这种破釜沉舟的气势下，我跟他争？我能把他怎么样？因此我只能在和平的谈判中争取最大的利益，尽快找房搬家。如果一味斗气儿，纠缠不休，不但结果不会改变，说不定还两败俱伤。最关键的是时间长了见不着阳光，我那些动物要出点儿什么事儿那损失可就更大了。

想到这儿，我的心情就平和了许多。三天之后回到北京，下飞机打电话约上房东老头儿后，直接开车去了小院儿。刚到院儿门口，就发现院子已经发生了翻天覆地的变化。院子的门楼上仿佛加高了一层，整个院子扣上了一个彩钢板的大罩子。罩子的四边紧贴房屋，距离不到两米。而我精心设计建造的景观、鱼池、围栏、藤架，包括大小百十来棵果木树都被罩了棚内，所有动物影在一片阴凉之下。当时的景象看得我一阵心酸，一腔心血，两膀劳累，四季施工，五年计划，一切的一切就算付之东流了。我忍住心酸一抬眼，远远地看见村头小路上房东老头儿朝我这边走来。

那时也可能真应了这句老话："人有见面之情。"也可能是因为棚子搭起来了，心也放下了，火也消下去了，反正见面时老头儿态度收敛了许多，不似先前那样蛮横无理了，赶忙先解释："爷们儿，我也没辙，你说这村儿里催得紧，明告诉你了，凡是评估之前盖的房都算数儿，之后的就不算面积了，你说我能不急吗？你大叔也不容易，村儿里这一句话，我搭这些彩钢棚就花了十五万多，那也得搭呀，咱这一辈子等的不就是这机会吗？咱爷儿俩这关系，你说，大叔要挣了钱，你不得替大叔高兴呀？"

他倒真会套近乎！我嗯嗯啊啊地应付着，你房都盖完了，我还和你争竞①什么呀？但是该说的也必须要说，什么该说呢？咳！无非也就是把电话里那天说的再重复一遍，最终让他明白，这事儿是他违约在前，因为他的违约给我造成了重大的经济损失，我之所以不追究，是因为不愿闹到两败俱伤的份儿上。

这时听到我说这些话，他反过头来对我也采取了"怀柔政策"，你怎么说我怎么应，只要不触碰到我的利益就行，反正房子我盖了。两人你一句我一句的，谁也不深究这件事儿，倒也不显尴尬。

进屋落座，我们把拆迁之后的具体赔偿事宜简单聊了几句，好在有合同制约，按协议办事，双方也没有什么可争执的。反正我是打好主意了，听见拆迁的信儿想把我挤走？门儿都没有！咱就这么耗了！从今儿以后，爷们儿交情都别谈了，院子我不用，房租我照交。看的就是以后这乐！您瞧！卖了孩子买猴儿——玩儿呗！

说句题外话，自打那时到现在，拆迁就一直没动静。消息喊得欢，大部分都是谎信儿。前年好不容易动工了，拆到这院儿不拆了。现在四周都平了，就孤单单这一个院子立在这片荒地上，十五万多临时搭建的彩钢棚让风吹雨打得已经快成凉亭了。老头儿一天两趟跑村委会、乡政府咨询政策，问消息无果。眼瞅着这十五万多打了水漂儿，急得光牙就肿了好几次了。而我呢，除了按

————————
① 争竞：北京俗语，争吵，争取。

年交房钱，剩下的就只是觉得这事儿挺可乐！

可乐归可乐，但那时候可乐不出来。我这一院子的动物天天罩在阴影之下不见阳光，短期之内还能凑合，时间长了非得病不可。我得马上行动，找个地方把它们安置下来。于是，我发动了所有人脉关系要找一块属于自己的地方。我的要求不高，首先地方要够大，要让动物有足够大的活动场地；其次不能离家太远，不然照顾起来太不方便。最重要的一点，我必须直接面对产权单位进行租赁，中间不要有第三者。有过上次的经验教训，我觉得这事儿还是直接和政府单位接触比较稳妥。

那段时间我是频繁往来于城乡之间，看了无数的场地，终于在朋友的介绍帮助之下，找到了一处相对满意的地方。此处土地属于种养殖性质，占地五十七亩，产权为大兴区礼贤镇柏树庄村。因为土质沙化，不宜于庄稼生长，因此长年闲置。这一切都比较符合我的要求，所欠缺的就是五十七亩土地分为两块，虽相隔很近，但毕竟不能贯通。好在我是自己玩儿，前边一块三十亩的大院儿已经绰绰有余了。经过反复地查看、调研、洽谈、磋商，终于签下了租赁合同，我拥有了这块土地三十年的使用权。

动物搬家，元气大伤

自从有了这个大院儿之后，我就一直没有踏实过。虽然到院儿中来得比从前频繁，待的时间也长了，但脑子里总是装着这事儿那事儿，拉关系、套交情、请吃饭、送东西、搞设计、谈思路、进材料、买砖瓦、签合同、办手续——迎来送往，忙于琐事，仿佛有干不完的活儿，我再也没有以前那种心情和时间能够塌下心来和自己的宠物玩儿了。

您知道喜爱宠物的人是以照顾宠物为乐趣的，有时自己计划得好好的，今天来大院儿什么都不干，要给某只狗洗洗澡，要给哪只狗梳梳毛，要牵哪匹马运动运动，增进一下人宠之间的感情——嘿！想得美，到了院儿里活儿就来了，事无巨细都要你来拍板决定。一会儿来人说麸皮没了要去买，一会儿来人说木料不够得去进，一会儿说防疫站来电话叫咱去签个字，一会儿说动监局马上来人要检查……弄得你心里烦躁不已，还不得不放下手中活儿去解决这些杂事——这是让我最撺火的了。

正所谓隔行如隔山，自小就在城市长大、文艺圈儿游走的我，根本就不知道自己拥有一片土地有多麻烦。那时只是一心扑在玩儿上，又急于把小院儿的动物转移出来，心里只想着把合同签完，动物拉过来自己就可以踏踏实实地在这儿玩儿了。谁知这份协议对于我来说就是一副大车套，套上之后就由不得你了，虽然没有人拿鞭子抽你，但事情永远在赶着你，使你必须负重前行，永远不能停止。我再也没有之前那样的心情，再也不能整天把自己放在爱宠中间，自得其乐，优哉游哉了！

我是一个计划性很差的人，干什么事儿都没有一个长远的规划和测算，做事风格也很少迎头而上，基本上是事情赶着我跑，永远是骑驴看账本——走着瞧！到租地这事儿也是如此，过程什么的根本就没考虑，脑子里幻想着美好的目标，等到真要搬家时，来到这块地上一看，根本就不具备条件。

就说前院儿三十亩地的大院子，方方正正倒很规矩，但除了围墙连大门都没有。怎么养动物？嘿！甭说最终目标，离搬家的条件还差着十万八千里呢！好在那时刚拿下这块地，心气儿正足，什么事儿都得从头干起呗！

我回家想了一天，把思路大致捋了一下。进场的第一件事首先要给院儿里通电，电是先决条件，有了电一切才有可能往下进行。想到这儿，后边应该干的事情才渐渐地浮现在我的脑子里。电、水、吃、住、玩儿，不单是人，还有动物，这一切的一切都得从头做起。

初到此地，一切都还陌生。政府的各部门、各科室、镇政府、农建科、电管站、水务局……甭说不知道地址，有的机构根本我就从来没听说过。现在不单得找到，还得办手续，送礼物，打关系，交朋友，今后你要在人家的地面儿上混了，而且不是一年两年。这个关节必须顺当，否则什么事儿都干不成。

一年半的时间过去了，我马不停蹄，脚后跟打后脑勺地忙前忙后，外边应酬着饭局，院儿里忙活着建设，抽空办理着各种手续，整天就像个包工头，夹着皮包出没在礼贤镇的各个部门。

也总算没白忙，这期间院儿里办全了养殖用地的各种手续，成立了天精地华养殖有限公司，申请了国家二类动物饲养繁殖许可证，安装了大型变压器，打了深水井，盖了二十间马厩、两间鸽棚、一排员工宿舍、一个超大的仓库和一栋两千平方米的会所，挖了一个直径十米、深三米的鱼池，铺了一条近三百米长、贯通全院儿的柏油路，种了一片苹果树、一片梨树和各种其他果树、花树、行道树，还在开春之前成功地把以前小院儿当中种植的近百株树木移到了大院儿中，同时扩建了一个九米宽的大门，以便来往车辆通行。

可以说在这近两年的时间里，我那儿所有的宠物跟我都陌生了，因为我很少能有时间到小院儿去看它们、陪它们玩儿了。我所干的，都是我不愿意干却又不得不干的事儿。

等基本建设初步完成了，我迫不及待地把我的宠物转移到大院儿中来。转来时所有的动物可以用体弱多病来概括，身体好的也基本处于亚健康状态。在两年的恶劣饲养条件下，所有的狗都瘦骨嶙峋，小马精神萎靡，一百多只鸽子中绝大多数体内带有各种各样的病毒和呼吸道疾病，朋友送来的两只梅花鹿其中一只已经撇下同伴驾返瑶池了。虽然在这期间工人们仍旧定期给动物驱虫、防疫，但光照的不足使动物缺少了生存的三大要素之一。如果我再不赶紧帮它们搬家，必将损失惨重。

这个搬家不是条件成熟的搬迁，是非搬不可，不搬不行。

所以别看之前做了那么多的工作，来到院儿中各个方面还得凑合。首先，没建狗舍。小狗只能进屋与人共处，所有的大型犬都要定点打桩，拴在院儿中。小马没建活动场地，只能散养在院儿里，这下马儿倒是活动开了，日照充足，食水丰富。可由于人手不足，照看不过来，院儿中新栽的果树可遭殃了，不单新发的嫩芽被吃掉，连树皮都被啃光了。院儿中的树木经过不到两个月马牙的洗礼，几乎全军覆没。我心疼得咬牙跺脚，可就是没有办法。只有鸽子还算不错，搬到新家后条件好了，配合上药后身体慢慢健壮起来了，但仍有一些老弱病残、病入膏肓者，终因年迈体衰，医药晚效而不幸离去了，使我的种鸽群伤了很大的元气。

要把"敌人"放进来

　　不管怎么说，动物都转移了过来，这就是迈出了可喜的一步。有什么需要完善的，今后慢慢来吧。想是这么想的，真能慢慢来吗？马上夏天了，雨季就要到了，狗成天拴在外边怎么能行？现在要加紧施工的就是狗舍。您看农村院儿里养条看家狗，搭个狗窝省事儿着呢，捡点儿剩砖好歹垒一垒，上边盖个破板子就行。可在咱这儿没那么简单。第一，狗多，又都是大型犬，需要足够大的地方。第二，按设想将来每只狗在自己的窝外要有一定的活动场地，这样一个狗舍就需要一明一暗两间房的地方。第三，以我的远程规划，将来这里要逐渐形成一个私人会所，外部设施要讲究美观。综上几点，狗舍的建造需要正规的工程队一砖一瓦规规矩矩地盖上一排不次于人住的房子。

　　说实话，建狗舍之前，我还确实费过一番脑子。首先选址必须合理，当时想的是要远离会所，以免吵闹，要近靠工人，方便饲喂。不要建在明处，因为毕竟不是发展主项，也避免伤人。另外，院子虽大，但在房屋之间和后面还有很多空地没有利用，要尽量合理规划，少占坐北朝南正房的位置。

经过一番设计，最终选在草库北墙后边背阴处，当时并不是不知道兽舍采光的问题，而是考虑大狗傍晚需要放出来看家护院，因此在笼舍里的时间只是白天，不会影响动物健康。

再让我费了一番脑筋的问题就是用什么材料铺设地面，以我之前的经验，土地绝对不可取，水的渗透性不强，撒两泡尿就和泥了；用红砖墁地不平整，铲粪很麻烦；用水泥铺地倒是干净，但冲洗时下水没有地方疏通，容易积水，而且夏天水泥地吸热，地面温度提高，容易造成犬只上火。想来想去终于决定什么也不铺，就采用本来的沙土地，撒尿瞬间渗干，拉屎一铲就走，夏天阴凉，冬天铺木板保暖，既省事儿又合理。

我自觉主意不错，马上叫工人进场、备料、画线、施工。不到半个月，一排漂亮的狗舍建造成功。看着自己的杰作，打心里佩服自己的主意高明。谁知道两个月之后，事实就让我彻底知道了这个所谓的省事儿就是偷懒，所谓合理也是单凭自己主观的臆想，根本没有实践的经验和科学的分析。这个设计不仅白花钱了，还让大院儿所有人畜饱尝了痛苦，直到两年后隐患才彻底消除。

狗舍错误的关键还是保留了沙土地面。确实，那样狗的大便清理起来非常方便，但随着季节的变换，气温逐渐变暖，到了八月，雨季来临时，狗舍中又热又潮，正好适合跳蚤滋生。开始还不太明显，工人进去喂狗后反映身上老被虫咬，我也没太在意。

直到后来跳蚤成了灾了，在院儿里的每一个人都被咬了，而且身上新包擦旧包，这时，才引起我的重视。我到狗舍中去看时，每只狗都缩在角落里翻身回头用嘴咬着自己的背毛解痒。

我身穿短裤进去时，能明显感觉到有跳蚤噼里啪啦地往腿上蹦，当时浑身起了一层鸡皮疙瘩，胡噜着双腿慌忙跑出狗舍，再也不敢进去了。

紧接着我急忙四处买药，消毒液、灭蚤灵、生石灰、敌敌畏，所有药品用了一个遍，怎奈为时已晚，跳蚤大军已成气候，更由于温度好、湿度佳、数量多、繁殖快，不管你用药多猛，仍旧前赴后继，舍生忘死地叮咬着人畜。

我没办法，只好把狗都牵出狗舍，重新拴回院儿中，新建的狗舍被迫弃之不用了。可这并没有阻止跳蚤大军的攻城略地，没多久，它们就占领了员工生活区，连员工宿舍也成了它们繁衍后代的温床，工人们叫苦连天，大院儿里人心惶惶。那段时间，我轻易也不敢到大院儿里去了，怕万一招一身跳蚤带回家里，那就麻烦大了。

在这场人和跳蚤的战役中，人始终就没有占据优势，一直就处在被敌人包围之中被迫挨打。直到天气转冷，跳蚤们失去了生存的环境，这才逐渐丧失了攻击力，工人身上的包也慢慢少了，偶尔发现残余的小股部队，也造成不了大的危害了。直至深秋，跳蚤才在大院儿销声匿迹。

直到此时，工人的心这才踏实下来，过上一段平稳的生活。闲置一个夏天的狗舍也该整理打扫了，狗是不能在那儿养了，我原想着是不是转转思路把房间用于别的项目，比如养鸡、养鸭，或作为库房、工具房等。谁知工人一进狗舍，出来后又是一身包。原本以为在大环境的制约下，跳蚤已经全军覆没了，谁知它们龟缩在狗舍内，在适于自己生存的小环境内仍然保存了很强的实力，以图来年开春东山再起。

真没想到，这小小的物种竟有如此顽强的生命力。思来想去，这狗舍不能留了，留在此处早晚是个隐患。不管狗舍做何用途，但凡遇到适宜的条件，小东西们必会重新集结部队杀一个回马枪，到那时后悔又管什么用呢？

嘿！毛主席教导我们说，抗日战争是个持久战，不要在乎一城一地的得失，要把敌人放进来，不要心疼那些瓶瓶罐罐。现在敌人是放进来了，不舍了这些瓶瓶罐罐还真不好消灭它们呀！可这真不是瓶瓶罐罐呀，这是我花了多少心血、钱财盖的一排房子呀！唉！到现在我也管不了这么多了，心一横，牙一咬，拆！就这样，工人又用了近一周的时间，怎么盖的，又怎么给拆了。事到如此也只有往开了想：问题都要辩证地看，有失就有得。房子是拆了，可拆房的时候不是每个人又被咬了一身包吗？——我这心也太宽了！

房子被一砖一瓦地拆了下来，所有东西放在院儿中晾晒。狗舍原址又恢复成一片平地，被清扫干净后在自然的温度和光照下过了一冬一春。一进入潮湿的夏季，跳蚤居然又冒头了！这次我们有所准备了，准知道砖缝、土里的虫卵会在闷热的季节死灰复燃，我们早就准备好了大量的杀虫药，全院儿人员齐动手，进行了几次大面积的扑杀，跳蚤失去了自己的大本营，终于在这一年的初夏被我们围歼在狗舍原址附近，全军覆没。

敌人的反扑计划被扼杀在了行动之初，没有给我们造成巨大的损失，但是工人真的被这些小东西吓怕了，这一夏天药不离身，随时准备投入战斗。现在跳蚤已然在大院儿绝迹，但每年暑期的防治工作仍是重点，直到今天提起此事，我还心有余悸。

把一切看简单点儿

在和跳蚤斗智斗勇的这近两年时间里，大院儿的饲养、建设工作也不能停止。在这期间，有一个好消息，也有一个坏消息。您先听哪个？哈哈！这回先说好消息吧。两年，两个春天，分别有两匹小马驹诞生了，它们是同父异母的姐妹俩，姐姐栗色黑鬃尾，妹妹灰色银鬃尾，年龄相差一岁，天生丽质，活泼可爱。姐姐叫"小毛驴"，妹妹叫"灰姑娘"。名字都是由照顾它们的工人给起的，都是平时在日常工作中顺口说出来的名字，自然亲切还充满了爱意，这称呼一直沿用至今并记录在了马场的动物档案中。

然而就在这个好消息来临的同时，坏消息也伴随而至了。在搬过来的当年，有两匹大马死亡。先死的是一匹红色公马，年龄三岁，病因要追溯到搬家之前在小院儿中恶劣的生活条件，长时间的潮湿阴冷、光照不足、运动不够，使身体寒气过盛。搬到大院儿来，谁也没有发现它身体不适，因为此马食欲颇为旺盛，每到喂草料时，它总是率先过去进食。到后期咽喉肿大已不能吞咽，它照样随着马群奔到草料旁边低头作吃食状，因此我们根本没有注意到它的病状。直到它食欲减退，独自面壁不动时，过去查看，咽部已形成肿块儿，使得笼头都紧绷在腮部了。此时再用任何药物都已无效，发现的当天傍晚它就倒地不起了，晚上十点左右，彻底宣布死亡。后经兽医解剖查看，咽喉部位水肿，往下从气管到内脏遍布红点儿，确诊为白喉病致死。

同年秋天去世的，是"小毛驴"的妈妈。因其头形酷似阿拉伯马，饲养员也就习惯地称它为"阿拉伯"，它的死亡纯属意外。当时"小毛驴"刚刚断奶，马的孕期十一个半月，生下小马驹后的十二天内会再次发情，在这十二天中让公马与之交配，怀孕的概率相当高，马界称此为"热配"。如果错过，在这之后母马每月会有一次发情，直至怀孕为止。每次发情持续六七天，但最佳交配时间也就在其中一两天内，其余时间成功率极低。除此之外的任何时间，母马是拒绝与公马亲近的。

而"小毛驴"的母亲在成功产女之后经过热配又顺利怀孕，那时因条件不够，马匹采取散养方式，一群母马，一匹公马，随意活动，自由交配。这也是在我国几大牧区沿用至今的一种成功的饲养方式。

"小毛驴"的妈妈怀孕后也随着马群在院儿中散放，这一天的上午，饲养员在饲喂草料检查马匹时还一切正常，到下午两三点钟，"阿拉伯"突然状态不对了，站立不走，目光呆滞。员工过去查看，外表没有丝毫异常，立刻给兽医打电话，还没等兽医到场，"阿拉伯"口鼻出血，倒地气绝了，从异常到死亡前后不到一个小时。等兽医到场时，马肚子已胀得滚圆。兽医解剖时，划开马肚子的一瞬间，血水喷射出一米多远，流得满地都是。等血水流净，兽医剖开腹腔检查时，从肚中取出一只拳头般大小的小马胎儿，并以此定论，孕期交配，造成腹腔大出血。

老话说得一点儿不错："家有万贯，带毛的不算。"只要是带毛带气儿的，说没就没，有时都不等你反应过来，一错眼神的工夫就一命呜呼了。作为饲养它的人，伤心归伤心，但首先要做的是以最快的速度调整自己，让自己尽快从阴影中走出来。这一点我做得还算不错，不是我心狠，实在是从小到大与动物为伍，这方面的事情经历得太多了，习惯了。

有的人一碰到从容对待宠物的生老病死的人时总爱说一个词：心狠。其实并不是，难过有不同的表现方式，难道非得号啕痛哭，如丧考妣就叫心善？相反，我倒认为那些过度悲伤，并从此不养动物的人是在这个问题上选择了逃避，不属于真正喜欢宠物的那类人。更有一些爱心泛滥的朋友，不能提起宠物死亡的事儿。只要一提，马上不问青红皂白把一切问题归在饲养者身上，仿佛他就是事情的罪魁祸首一样。其实大可不必，一切事情都要分析，弄清原因再批评也不迟，再说生老病死是所有生物的成长规律，这很正常，人还有个三长两短呢，动物怎么就不能有个一差二错呢？

还有一些人，不要老跟我提什么"它应该属于大自然"，我还应该属于大自然呢，现在怎么那么多人管我呀？再说在大自然中它一样摆脱不了生老病死的客观规律，只是你没看见也就罢了。把一切看简单一些吧！喜欢就是喜欢，饲养就是饲养。我们尽量给动物们提供一个良好的生存空间和生活环境，吃喝不愁，适量运动，时时护理，天天陪伴，医疗到位，临终关怀。这一切的待遇，现实中又有多少人能享受得到呢？

解释归解释，牢骚归牢骚，终究动物不能白死，从中汲取经验教训是最重要的。这两次事故都反映出同一问题：饲养条件不到位。前者是因为小院儿中的光照不足，导致发病，而后者则纯属意外。

经过总结，我决定在院儿中以正房的位置，坐北朝南，专门为小马设计建造一座马厩。小马厩是一个集体宿舍的性质，面积有一百多平方米，可容纳二十多匹小马，是专门为基础母马设计的休息室。室外用木栏杆圈了一大片地作为小马的运动场，靠运动场的西墙盖了一排单间，专门饲养小公马。这样，既保证了马棚内的通风采光，又可以控制四季的温度、湿度，还能够在不毁坏植物的前提下让动物有一定的活动空间，同时把公母分开，避免乱点鸳鸯谱造成不必要的损失。自小马喜迁新居之后，每天定时饲喂草料食水，定点开门运动晒暖，马的状态日渐好转，个个膘肥体壮，再也没有闹过病了。

新疆买马记

我这个人条理性不强，计划性也差，做事随性，从来没有目标。都说水瓶座的人像外星人一样，思维很难琢磨，独树一帜，天马行空，其实根本没有外星人那么不可思议，也没有天马行空那样高深莫测，实际上说句白话，就是想起一出是一出。

我就是这样，之前拿礼贤镇这块地为的只是小院儿的动物有地方安置。现在各方面已基本安排妥当，我的脑子里又有了新的想法：要去买上几匹大马。理由有三：一是喜欢，而且从没养过，有强烈的好奇心；二是自己的养殖公司必须要有自己发展的主项，马是我目前最感兴趣而且最有发展的项目；三是本身已有的十七匹可爱的小马，之所以可爱，是因为小。何以显小？必须有大马在旁陪衬，有了对比，才能充分体现出小马的体形优势。

有了这三项原因，自觉理由已很充分，可还是不能轻易下这个决定。因为这时脑子里对马已多多少少有了一点儿了解，这么多品种的马，到底引进什么品种合适呢？这个问题可不是那么好回答的。因为答案直接牵扯到以后马场的发展方向，而这个发展方向，又对马场的成败起着决定性的作用。

据了解，当时北京大大小小的马场有二百多家，所饲喂的马种也不尽相同，就自己的财力、人力、精力、物力，以及专业技术力量，根本不具备和别人竞争的资格。因此，我分析来分析去，只得走中低端路线，繁殖杂交一些半血马，以供耐力赛和休闲骑乘这块市场，而在本土适合用于杂交的马种则非新疆的伊犁马莫属了。于是我决定，去新疆买马。

伊犁马，顾名思义，出产在新疆伊犁的马。伊犁的昭苏地区被称为天马的故乡，自古以来盛产好马。经多方联络，我和朋友一行三人整装出发了。

水哥，是我养马以来新认识的朋友，全名白金水，六十多岁，自幼和马打交道，经验丰富，见闻广博，马圈里的事儿瞒不了他。年轻时往来于北京和昭苏之间买卖马匹，眼光独到，人脉熟络。这次为我掌眼把关、充当向导，那是再合适不过的人选了。

七哥是老朋友了，世家出身，几代的把式，饲养功夫深厚独到，在玩儿方面一直给予我有力的支持。这次有他随行，让我的心里踏实了许多。

三人从北京坐飞机到乌鲁木齐，转机伊犁，水哥早已联系好当地朋友开车来接。从伊犁到昭苏还要有两个来小时的车程，在车上，水哥打开了话匣子。看着车窗外的景色，水哥就像受了刺激一样不停地说着，从初次来买马，到横跨大草原，从风餐露宿、挨冻受饿，到热腾腾的奶茶和香喷喷的手扒肉，从满山的牛羊到奔驰的马群，从热情的牧民到美丽的维吾尔族姑娘，水哥好像有着无尽的回忆，讲不完的故事。

看得出来，他对新疆的感情太深了。确实，这是一个美丽的地方。从车内向外看去，一片片广袤的土地，一块块天然的草场。蓝天、白云、青山、绿草，不像燕山的浩荡，没有泰山的宏伟，不似华山的险峻，不同黄山的灵秀，却有着西北边陲特有的磅礴和浩荡。山与山不尽相连却遥相呼应，近山之间大片的绿毯上散落着成群的牛、羊、骏马，在远山顶端终年积雪的映衬下显得柔缓、凝固却又动感十足，活脱脱一幅生动美丽的油画。

走着走着，我们进入了一片云雾之中，顿时，天阴了，雨来了，汽车如同开进了水帘洞中，雨来的速度之快让司机来不及打动雨刮器，前风挡上就已模糊一片了。此时，远山早已不见，而近山也把头顶藏了起来，在飘忽移动的阴霾之中若隐若现。车外，片片浓雾似轻烟，像棉絮，从你的车旁掠过，仿佛伸手就能抓到，可当你真的把手伸出车外时，这才感觉到它的虚无缥缈，听凭它从你的指缝间滑过，空留下一手一臂的冰凉潮湿。而当你的心还随着那浓雾飘荡变化之时，汽车又开出了这片带雨的阴云。霎时间又已响晴白日，阳光耀眼了。

车行途中，水哥突然转变了话题："兄弟，转过前边这座山，有一处很有名的景点。传说女娲补天之时，有天马从此经过，看此处景色秀丽，水草丰足，流连忘返之时，在此留下蹄印。从此，昭苏被称为'天马的故乡'。一会儿停下车，你一定要看一看。"水哥一番话，说得我好奇心顿起。天马之词当然是一个美丽的传说，蹄印之事自然也是来自人们的遐想。但这样一个如诗如画的故事，在人们的脑海里会怎样与现实结合呢？这是我急于想知道的答案。

说着话，汽车已转过了山弯，慢慢停靠在了路边，大家开门下车。此处是两山之间的一条山坳，地形不算宽敞，有一条路弯弯曲曲延伸向前，隐没在前方的山脚下。路的右侧，有一泓溪水，不情愿似的陪伴在道路的旁边，忽远忽近，若即若离。水哥手指路左边的山脚处说："就是那儿！"边说边带着大家向传说中天马的蹄印处走去。

此地离公路不远，下道后爬上山脚下的十几米缓坡就能看到。来到近前，我不禁哑然失笑，这跟我想象的差距太大了。翠绿的山坡上只有此处寸草不生，一堆拳头大小的铁红色的石块儿堆成一个直径三米左右的圆坑，没前没后，没左没右，既没有马蹄的半圆形状，也没有神物的浩渺仙风，只有下雨时存在坑中的半池脏水。嘿！真是看景不如听景。

我们陆续走下山坡，司机还在原地等待，见我走来，开窗问道："看了吗？怎么样？"我笑着说："呵呵，也就是个土坑，看不看的不吃紧，不过停车尿个尿倒是必要的！"我边说边走过车前，来到路右侧的坡下。

坡下就是小溪，溪水不宽也不深，但流速不慢。我也没多想，自然而然地找了水边的一棵大树影住一点儿身子，准备解决一下内急问题，以便轻松登程。

这时，水哥快步跟了上来，招呼我说："兄弟！别在那儿尿，离水远点儿！"

我按照水哥说的换了个离水稍远的地方，但心里不解为什么要这么做。

当我们各自忙完回车上时，水哥向我解释道："这儿和城市不一样，这儿是牧区，一条河水，人、马、牛、羊一起使用，洗涮、饮用全靠它。没准儿拐过弯去就有人在饮水，咱们尽量别污染人家的水源呀！"

听到这儿我才明白其中的原因，牧区的生活是原生态的。这里的一切都是那么天然、质朴、纯洁、无华，从山水草木到人畜起居，从工作方式到生活习惯，一切的一切都是那么不加雕琢，浑然天成，这才是人类和大自然融为一体、和谐相处的最佳方式。想到这儿，刚才参观天马蹄印时，本有点儿失落的心情立刻好了起来。现在觉得，这里的人文景观就应该这样，不要华丽的装饰，不加复杂的工艺，只把最原始的思维展现给大家，让人们展开自己的想象，使每个人脑海中的故事成为你最美好的回忆，这才是唯美的最高境界。而来此观看的人，不必失望，也无须后悔，因为站在此地之时，你已经是身在画中了。

又走了近一个小时，汽车开进了昭苏县城。县城不算大，一条主街横贯东西，南北向的大道也不过三四条。每条街走不了多远就出了城镇，整个县城像一个小岛，四周被草原所包围。汽车停在了县招待所门口，这算是县城之内条件最好的宾馆了。我们办完了一切住宿手续，简单地洗了洗脸，就匆匆地来到院儿后边的酒店。早有当地的朋友在那里，只等我们到来，接风洗尘，把酒言欢了。

新疆这趟的行程是来之前就定好了的，当地的朋友安排得也非常严谨。到这儿的第二天，就是"昭苏草原第二届全国超级马术耐力公开赛"开幕式，我们被安排在主席台上观礼。

这是一场马界的盛会，来自世界各地的爱马人和国内著名的育马场都会聚在此地。赛事持续五天，速度、耐力各种比赛都有设置，开幕式场面宏大，热闹非凡。宽阔的冲积平原上绿草如茵，大片的草场被打理收割后平整得和绿毯一样，早已修建好的跑道给绿毯画上了两个洁白的圆。远处的雪山映衬着对面大红的主席台，人群散落在草地上，或三人两伙，或成群结队，聊天、散步、遛马、彩排，一派温馨祥和的气氛。

上午九时，庆典正式开始，欢乐的人群身穿鲜艳的民族服装，列队经过主席台，之后，带有各个民族特色的舞蹈依次呈献给了来自各地的贵宾，让人们了解到，新疆，是一块养育着众多民族的富饶美丽的土地，这里的人们善良、好客、开朗、奔放、能歌善舞。特色的民族风过后，典礼进入了高潮部分——马匹展示。这是让所有人大开眼界的环节，一个个育马场骑手马匹组成方阵，把自己引进的良种和培育的精品展现在众人的眼前。

霎时间主席台前人欢马叫，世界各地的名马良驹汇集于此。英纯血马、阿拉伯马、温血马、阿哈尔捷金马、顿河马、奥尔洛夫马、重挽马……最后出场的是产自中国的传统马种——蒙古马、三河马、德保马、伊犁马。这对于我这个刚刚进入马圈的初学者来说，简直是闻所未闻，见所未见，一时间眼花缭乱，目不暇接。

在这众多的骏马之中，有一匹青马跃入了我的眼帘。当昭苏种马场的骑行方阵接近主席台之时，我远远地就看见领跑的一匹高头大马，比所有的马都高出一头。一身青灰色，银鬃银尾，膘肥体壮，英俊飘逸。马背上一名年轻骑手，身穿民族服装，颜色鲜艳，配饰耀眼，手舞红旗，引领方阵远远而来。

马到近前我才看清楚，此马步伐为走步，却比其他马跑得还要快。之前曾听专业人士说起，这种步伐行内称之为"大走"，不是所有马都能做到，必须是有些马的基因中带有此项特长，后经严格的系统调教才能走出这种步式。

这种步伐雄壮威严，大气雍容，不似轻快步或跑步那样有波浪感和颠簸感。骑手在马背上平稳悠闲，轻松自如。这青马领先到达主场地，在骑手的操控下，转身面向主席台，前腿屈膝，低头弓颈，跪地行礼。紧接着，马背上的骑手俯身提缰，一声口令，青马站起身来，前腿上扬，人立而起，长嘶一声，昂首阔步地引领着马队风驰而去了，只留下身后一片雷鸣般的掌声和台上台下围观众人的唏嘘赞叹。大家极目远眺，极尽目力，却也只能目送着这天物般的神骏绝尘而去。

我回过神儿来的第一件事就是找到昭苏种马场场长，我要问清楚这匹马的品种和来历。马场场长是水哥的朋友，也是昨天酒桌上的接待方之一。他微笑着看我向他走来，便知道了我的意思，没等我问就和我说："我们这马怎么样？这是咱们场非常具有代表性的一匹马，是由奥尔洛夫马和伊犁马杂交改良而成的，现在是场里的零号种公马，也是昭苏种马场的骄傲！"

水哥看懂了我的心思，他见我心驰神往地看着此马，又心急火燎地询问马的信息，知道我准是爱上这匹马了，但是他心里清楚，这马人家是根本不会卖的。作为马场自己繁育的具有代表性的种公马，怎么会轻易卖掉呢？于是，水哥找到了当地配种站的兽医师王思农老师。

王老师是当地兽医界的权威人物，主攻马匹的生殖繁育技术。目前在我国，马匹的发情、配种以及繁育还沿用着古老的手段。这种方法既简便快捷，又准确无误，马还不受痛苦。受检马匹被赶到一个高大的铁架内，铁架的长短宽窄仅可容纳一匹马，进去后马只能原地不动地站立在地上，前后左右都不能移动。

医师戴好薄塑料手套，或手臂涂抹肥皂水，将手臂从马的肛门伸进，沿直肠壁探摸，有经验的兽医，这一摸之下便知此马生殖系统有无疾病，是否发情，最佳交配时间在哪天，或怀孕与否，胎儿多大。这一切都在这一摸之下全部了然于胸，专业上称此为直检（直肠检查），是既要技术也要经验的一项工作。而王老师正是擅长这项技术，经他手检验过的马，诊断结果从不出错，配种成功率极高，是当地享有极高声誉的名医，被水哥戏称为"全国第一掏"。

目前，王老师在当地一家有名的配种站任职，他边工作边教学，收徒传艺，多年下来他的学生遍布整个牧区，各大兽医院、配种站几乎都有他的弟子，真可谓桃李满天下了。

在牧区，配种站是极为主要的一个环节。牧民以牲畜为产业，每年牲畜的繁殖、品种的优化改良全在配种站这一环节。站内的资料中保存着牧区内所有优良品种的资料与配种信息，种马一旦交配繁殖必有记录存档。因此，水哥找到王老师，让他帮忙留意，今后如有种马场零号种公马的配种信息，挑母系品质同为上乘的优良仔驹，务必给个消息，我们能够从人家手里买一匹好马驹也算不错了。

王老师听后笑着说："没问题！信息我可以帮忙查问，有了好母马的驹子给你们打电话。但是我也只能给你们提供个信息，至于对方卖不卖，价钱高低，我就掌控不了了。说句实话，花这么大价钱，配种生驹，都是为了改良马种。生下来卖的基本都是母马，好公驹很难碰，看运气吧！"既然人家话说到这份儿上，我们也就不便再多说什么，只好如此，好在希望是有的。

在新疆逗留的这五天，除了看马，就是议价，跑遍了整个昭苏地区，幸亏从种马场借了一辆车，四驱柴油皮卡，可真顶了大用了。不然，就当地那泥泞的山路，什么车都不好使了。从县城到草原，从公路到山区，夏牧场到冬窝子，不论草地、土路、柏油路、石子路、爬坡、过河，这车永远是动力十足。如果车陷到泥里干踩油门儿，汽车只是横向左右打滑就是不往前走，可只要一挂四轮车驱动，车子"噌"的一下就能摆脱泥沼，继续前行。

　　沿途的风光自不必说，山峦起伏，碧草蓝天，让我们完全忘掉了旅途的艰辛。偶尔有成群的牛羊横穿山道从车前跑过，浩浩荡荡，旁若无人，一过就是半个多小时，这让我一下对战国时期苏秦苏济子目识群羊典故的真实性产生了很大的怀疑。成千上万只牛羊布满整个山坡，绵延不断，奔跑移动，要想瞬间数出多少只，哪儿那么容易呀？

　　让我印象深刻的一幕是当我们转过一座山弯，面前出现了一个巨大的泥塘。由于这几天阵雨不断，这个山谷中地势低洼，积水不能及时疏通，在这里和泥土、青草搅拌在一处，把路面封堵得严严实实。泥塘两边的道路上汇聚着过往的车辆，此处进入山区已深，地点偏僻，来往车辆极少，但有两三辆小轿车停靠在路边，车上的人走下来观看地形，商量着什么地方好通过。

　　放牧中的数十只健壮的伊犁马依次从泥坑中蹚过，若无其事，如履平地。而泥坑中央，有一台拖拉机，上边满载着帐篷、毡包和生活用品，陷入了泥沼中。几个牧民围着拖拉机想办法，一会儿找到石块儿垫地，一会儿聚到车尾推车。怎奈拖拉机的后轮仍旧深陷泥中，马达巨响，突突地冒着黑烟，任凭司机怎么加油，就是不动地方。

这时，放马的牧民骑着自己的工作马从后边赶了过来，见此情景，从马背上解下一捆绳子，向车周围的几个人喊了几句什么，几个人过来，接过绳子一分为二，把两个绳头拴在拖拉机的两侧，另外两个绳头拴在了马鞍上。牧马人骑在马上两脚一磕马肚子，那马用力向前，生生把拖拉机和堆得小山似的一车货物拽出了陷坑。那牧民并没有停步，让马拉着后边的拖拉机继续向前，直到走出泥潭来到硬地上，才解下绳子收好，独自追赶马群去了。

这一幕把我给看愣了，首先是没见过马拉机动车，看着新鲜，最重要的是没想到马有这么大的力气，看来我这个刚入行的小学生对马还需要做更多更深的了解呀！

那几天，我们每次都要往山里开车三个多小时，回程还得同样时间，每天如此，早出晚归，目的就是看马。如果相中，谈一谈价钱，如果不满意，掉头就走，这来回多半天的时间就算白跑了。这也是没办法的事情，当地就是这样一种规矩，除非你想看哪匹马，有明确的目标，价格基本谈妥，牧民才有可能把马拉出山来做最后的确认，否则都要跋山涉水地进入牧区挑选，而且路程肯定不近。

这和牧民们对马的认识有很大关系，当地的人们把牛、羊看作牲畜、财产，需要照顾和看护。因此有专人放牧，每天早晨赶着牛羊出去吃草，不管走多远，晚上必然回来，赶牛羊进圈。而对马的态度则完全不同，牧民们把马视作有灵性的动物，认为它们是放牧的工具，是可以相处合作的朋友、伙伴。在他们眼里马像人一样是可以在自然条件下自己照顾自己的，因此，牧民们把自己的马群都散放到草原上，不管是三五十匹，还是一二百匹，从不加以管束，任其自由自在地寻找水草肥美之处。

马群由众多母马组成，有一匹好公马在群中作为头马来统领全队，然后放归草原，不理不睬，不管不查，半野化饲养，有时一年半载也不见一面。偶尔想起来，骑上一匹工作马，四处寻找一番，看到马群就远远地用望远镜查看一下，只要看到自己的公马在群中，知是自家的马群了，便安下心来。至于今年病死几匹马，或马群中新添了多少马驹，则根本不管，这就是伊犁马在原产区的饲养状态。

正是这样的饲养方式，造就了伊犁马的优良特性，体形健美，吃苦耐劳。小马驹降生在自然条件下，出生后立刻随马群跋山涉水，长途奔走。各种地形、环境、气候、条件都经历过来，再经过优胜劣汰，这样的马匹其耐力与柔韧度怎能不好？它的生命力也一定是顽强的、超群的。

经过不厌其烦地奔波、严格细心地挑选，最终有大小十四匹马被我们选中。水哥通过当地的关系，联系到了一辆大型的运马车，雇好了看马的工人、押车的师傅，备足了沿途的草料，买齐了饮水的器具，安全地把十四匹马装上大车以后，运马车起程上路了。

赶马上架

经过一周的运输，十四匹马安全地到达了北京。大院儿热闹了，马场添丁进口，而且从此能够算作名副其实的马场了。高兴的同时，我心里也犯起了嘀咕。从来没养过大马，行不行呀？以前养小马，虽然饲养方式相似，但我毕竟有一个养宠物的心态，并且矮马个子小，脾气好，性格温驯，亲和力强，添食加水、有病有灾、扎针喂药的也好摆弄。而这高头大马可不一样了，肩高都在一米六往上，体重都在四五百斤，外行甭说摆弄，就是看着它朝你走过来，心里都觉得瘆得慌。而且这些马又是来自牧区，习惯了那种野放的生活，自小无拘无束，自由惯了，个个性格刚烈，脾气暴躁，现在整天被关在厩里，圈在围栏中，更是对人有很大敌意，不容易接近。好在我身边有很多这方面的朋友帮忙，才算是安顿下来，但这暂时的平稳没坚持多长时间便出事儿了。

马群中有一匹八岁龄的黑色母马，黑中透亮，身高体大，壮硕无比，是有百分之七十五奥尔洛夫血系的杂交马，在一次与同伴的争斗中受伤了，右后腿内侧被踢了一条两寸来长的大口子，皮肉往两侧翻着，鲜血淋漓。

其实对于马来说，这种皮外伤并不算严重，只需要兽医稍加处理就可以了。如果是一匹受过调教的马，具有很强的亲和力，对人没有戒备之心，只需拉到铁架中，上药，缝合伤口就行，但这事儿放在这匹黑马身上可不是那么简单了。

这匹马在马群中是出了名的暴烈，对人有很大的敌意。记得买马的时候就见它在野外散放时仍旧戴着笼头，笼头上拴着一根很长的绳子，它的主人和我们说起它也略显无奈之态："马是真不错，就是太厉害，不让人靠前。甭说生人，我都走不近它两米以内，扬起前蹄子拍人！这不，留根缰绳好逮呀！"

在马圈里，马匹的买卖有个规矩，卖马不卖缰，马匹成交后，必须换上新主人自带的缰绳。以前的缰绳不管多破旧，卖家也要解下来拿回去。可这匹黑马直到运回北京，那根旧长缰一直在笼头上拴着，估计是没人敢解。到了我的马场仍是如此，而且变本加厉，不单不让牵了，只要看见人，还远远地冲过来踢咬拍吓。现在不是它躲人，几乎是人要躲它，弄得饲养员只得拿着鞭子，每天轰它进出马厩。大伙儿都开玩笑说："这马既不能骑乘，也不能拉车，每天好草好料地喂着，它还见谁踢谁，咱这是请一老太爷回来呀！"日久天长，饲养员称其为"神经病"。

现如今，它受伤了，咱肯定不能眼睁睁地看着它伤口化脓不加以治疗呀，所以，摆在我们面前的道路只有一条：强行接近。我把马场里所有的人都叫来，让每个人手里都拿些木棍、鞭子之类的东西，从围栏四周慢慢进入，渐渐围拢，形成包围圈儿，把它堵在一个角落里。说是堵在角落里，实际上也就是众人在离马还有七八米的地方形成了一个半包围式的弧形。这过程一定要慢，尽量保持镇定，装作若无其事，连动作幅度都不能过大。不然一旦刺激到它，它肯定冲人扑来，不是冲撞就是扬蹄拍打。到那时人很容易受伤，而且它一旦受惊，不容易平静下来，今天的治疗计划就泡汤了。

我们现在靠的是胆大心细，和它比的是耐性了。几个人拿着家伙，原地不动地站在那里和黑马僵持着。那马被众人堵在墙角十分惊恐、烦躁，时而原地打转，时而面冲众人，弓颈、瞪眼，鼻孔中"呼呼"地喘着粗气，前蹄用力拍打地面，发出"啪啪"的响声威胁着面前的对手，仿佛在说："别过来啊！看见了吗？我这一脚上去不死也是重伤，你们都掂量着点儿啊！"其实我们大家的心里何尝不明白这个道理呀！

所谓"僵持"，就是各自都不触碰对方的底线，不加上那最后的一根稻草，使局面保持相对稳定，不致出现火拼的结果。就这样，双方对峙了近一个小时，黑马渐渐地放松了戒备，停止了咆哮，安静下来。我对大家使了个眼色，众人把眼神看向别处，用余光注意着黑马，脚步都轻轻挪近了一些，包围圈儿缩小了一点儿。

和动物接触就是这样，眼神的交流非常重要。双方能从眼睛中获取很多信息，包括喜、怒、哀、乐。现在这个状态，如果眼神相对，就意味着挑战，必要激起黑马更强的敌意。这是我长期与动物为伍所得的经验。

即使如此，黑马依然警惕了起来，又开始咆哮、拍蹄，只是脸转向侧面，眼神快速转换，来来回回地从人的身上扫过却不做停留。哈哈！这叫麻秆儿打狼——两头儿害怕！

众人停下了脚步，装作没事人儿一样又进入了对峙阶段。如此三四个回合，我们的包围圈儿已经缩小到离马四五米的距离。而黑马也退到了墙角的尽头，一根长长的缰绳甩在我们身前一两米处。黑马见人对它没有任何攻击行为，精神也逐渐地松懈下来。

又让它安静了一会儿，我轻轻地走上半步，低头猫腰，捡起了拖在地上的缰绳。在我手握缰绳抬头起身的同时，黑马感觉到了来自笼头上的轻微的重量。它惊恐地睁大眼睛，咆哮着抬起一双前蹄，扬头瞪眼，准备发作。与此同时，我两旁的同伴则按照事先的约定，轻轻地向后退下，把包围圈儿又扩大了。

黑马挣扎了两下，茫然地看着周边的人们，搞不懂这葫芦里卖的到底是什么药。好在"敌人"陆续退远，威胁慢慢消减，它的情绪也逐渐缓和下来。我依然侧面朝着它，不使我们四目相对。等众人退远，我转过身来，背冲黑马，拉着缰绳就走。我这利用的也是马的习惯特点，所有的马都是如此，一朝缰绳在人手，便被驯服了一大半，只要不出现威胁或惊吓，它就会乖乖地跟着牵引的方向走。

我背身牵马在马场里绕了四五圈儿，见它没有什么异常反应，便停住了脚步，它也站住不动了。我转身回头，双眼注视着它，它立刻警觉起来，喘着粗气，转头旁视，眼神飘忽，但一只耳朵始终保持正面对着我。

看它那样子我差点儿乐出声来，这就是心虚的表现呀！现在的我最起码在心理上是占优势的。就这样走走停停、斗智斗勇中，黑马渐渐恢复了正常，行走自如了，可我也一直没敢把缰绳拉近，稍稍缩短一下我们之间的距离。这不是一时半会儿的事儿，如果冒进，太危险了！所幸今天的目的不是和马近身接触，而是只要能把它拉入铁架中顺利地进行治疗就是大功一件了。

在养马人的口中管铁架叫兽医架子，是给马治疗检查时固定马匹用的。前文有所介绍，新疆兽医王思农老师给马做检查用的铁架就是标准的兽医架子，而咱马场用的则是我从新疆回来后突击焊成的。铁管有点儿细，各种对马撞击、踢踏的保护措施也都还没有，只是临时设备，以备不时之需。

我拉着黑马遛了一会儿，看它已初步适应了人的牵引，于是把它拉到了兽医架前。

让我没想到的是，黑马对铁架也十分敏感。估计是以前治病或检查时进过兽医架，在里边吃过苦头，现在又见到此物，四条腿像钉在了地上一样，任凭你死拉硬拽，一步也不肯向前挪了。

我费了九牛二虎之力，又拉着它转了无数的圈儿，连轰带赶，可算瞎猫碰上死耗子了，也不知道哪根弦搭对了，黑马在我们的吆喝中，一头撞进了铁架内。我赶紧把缰绳拴好，后边的人也利落地把一根铁杠固定在马的屁股下方，为的是防止它退出铁架。

截止到现在，黑马已经完全在人的掌控之中了，它身在铁架中，前后左右都有铁杠贴身固定，绝对不能挪动一步了。这时大伙儿的精神也放松了下来，说说笑笑地向铁架围拢过来。

黑马见众人肆无忌惮地向它靠近，顿时有些惊慌，前后冲撞了几次不成功，想腾起前蹄也做不到，意识到自己已经被困，突然不再挣扎，只是全身紧张地站在原地，眼观六路，耳听八方，静观其变。

这时该看兽医的了，只见他慢慢地向马的身边靠近，黑马的双眼、双耳，注意力全都集中在他的身上。兽医走到它的身旁，伸出手来在马的脖子上轻轻地抚摸着，碰到马的一刹那，被摸的那块肌肉剧烈抖动了两下，马也躁动不安起来。

兽医嘴里不断"哎——哎——"地喊着，声音拉得很长，据说这个声音能对稳定马的情绪起到作用。果然，在他的"哎"声中马没有狂躁起来，他边喊边摸，动作幅度逐渐加大，黑马见没有什么威胁，情绪也平稳了许多。

兽医依然持续地抚摸着，从脖子到肩胛，从两肋到后胯，慢慢地向右腿内侧的伤口摸去。当他低头弯腰，正要检查伤口时，黑马又开始不安起来，两眼圆睁，四蹄乱踏，在铁架中左冲右突，把我临时突击焊成的铁架撞得直晃。

兽医见此情形，只好站起身来，苦笑两声说："嘿嘿！不行呀，这马太暴了，不让碰！"我奇怪地问道："刚才胡噜半天不是挺踏实的吗？"

兽医解释道："是呀，摸身上可以，可它的伤在后腿，侧后方是马的盲区，它看不见人了，只能感觉到有手碰它的伤口，那肯定急眼呀！"

"噢！那怎么办呀？"

"没别的招了，麻醉呗，麻翻了想怎么治就怎么治了。"

事到如今，我也只能听兽医的，而且从我心里也愿意给马实施麻醉，毕竟让它安静下来以后，对人对马都减少了很多危险性，而且处理伤口也可以更从容一些。

兽医从药箱里拿出针和药，目测了一下马的体重，估算了一下麻药的用量，把药配好吸进针管里，做好了一切准备工作，右手持针，左手拿着酒精棉球来到了铁架旁。

黑马又警觉起来，这东西，虽然身处困境，但丝毫没有任人宰割之态，仍旧横气十足，随时准备对身边的任何危险之人发起攻击，绝不像猫狗之类的宠物，被困初始便发出哀鸣。

爱马人都说马的身上有一种精神，不卑不亢，不屈不挠，身上带有龙性。很多民族把马视作图腾，自古就有"龙马精神"一说，现在看来，果真是不负盛名呀，黑马今天的状态大概就是这种精神的点滴体现吧！

麻醉针是肌肉注射，一般情况下兽医会选择把针扎在马的脖子上，大概是因为脖颈上血管密布，离心脏近，效果会相对快一些吧。兽医左手轻拍马的脖子，待马的躁动情绪稍微平复一些后，将手中的酒精棉在它的脖子上擦了几下，右手持针慢慢靠近，在离皮肤也就一寸左右的距离时，猛地用力向下扎去，锋利的针头无声地穿过厚厚的马皮，插进了黑马颈部的肌肉里。

顿时，黑马火了，一直僵持的局面被打破，黑马死死守住的底线终于被触碰，这一针就像一根导火索，点燃了一颗重磅炸弹。黑马暴跳如雷，在铁架内向前猛撞，把本就不甚牢固的架子冲得摇摇欲坠，同时后蹄向后狠踢，踹得立柱铁管当当作响。

黑马这样一折腾，身体虽然不能有大的动作，但人拿针的手肯定配合不好它那不规律的运动，扎进肌肉里的针头必然滑出肉皮。因此兽医赶忙松开右手，任凭针头扎在黑马肉中，带药的针管斜挂在马的脖子上，连忙冲我们喊："大伙儿都往后点儿，让它安静安静！"

听了这话，刚刚围拢过来的我们又都退到了铁架的三四米之外。黑马见众人退远，渐渐也就停止了疯狂的挣扎，站在原地呼呼地喘着粗气。又等了一会儿，兽医轻轻挪动双脚，慢慢地向它靠近，准备捏住挂在马脖子上的针筒，把麻药推进马的体内。但这马根本就不容任何人碰到它的身体，兽医手还没挨到针管，它又开始了疯狂地挣扎。在剧烈的冲撞下，针管坠着针头，滑出了肉皮，被甩到了地上。兽医叹了口气，捡起针管，回到了我们身边说："这家伙，太厉害了！"说完这话，他点上一支烟，直勾勾地看着架子里的黑马不言语了。

这番较量，可以说是让黑马占了上风。它的这通儿发飙，把大伙儿都镇住了，谁也说不出话来了。我远远地围着黑马转了一圈儿，经过这通儿折腾，它原先的伤口又崩裂了，伤口中渗出的血水顺着马腿淌了下来，不但旧伤没治，还又添了新伤。黑马刚才后腿猛烈的几踢都踹在了铁柱子上，坚硬的立柱把马两条后腿的皮肉蹭翻，几片黑色的毛皮耷拉着挂在马的小腿上，衬着旁边的伤口，黑红耀眼，鲜血淋漓。

我无助地看着兽医，又心疼又生气。旁边的众人也没心思开玩笑了，看着兽医问道："这怎么办呀？这伤也得治呀！"兽医抽着烟，心里好像一直在盘算着什么。这时听到大家的问话，把烟屁股一扔，冲着众人说："没别的办法了，用吹筒吧！"他这话一出口，我们这心里还算有点儿底了。

吹筒，在场的人还都了解一点儿，这是一个宽两厘米左右、长不到两米的金属管。把麻药注入一个特殊的针管里，装入吹筒内，用力一吹，针管能像子弹一样激射而出，扎在动物身上。而这特殊的针管上有一根皮筋，拉开后挂在注射器的推柱上。针管射出扎在动物肌肉上以后，靠皮筋的收缩力，带动注射器尾部的推柱，将药水注入动物体内。整个注射过程不用人来操作，只需站在外围鼓气将吹筒内的针管吹出就行，射程能达到十多米，是麻醉凶猛动物或跑动灵巧不易捕捉的野生动物时用的。

以前我马场中养着几只梅花鹿，春天取鹿茸时，曾用过此筒。操作方便简单，一吹即可，只是装药、调整注射器机关时稍有费时，不似打针那样直截了当。现在想来，对付这个"神经病"，那可能是当时最好的麻醉方法了。

想到了这个方法，大家心里稍微松了一口气，气氛缓和了许多，人们又恢复了说笑，一边抽烟聊天，一边注视着兽医摆弄注射器，不时地问这问那。而在这整个过程中，黑马的精神却并没有一丝一毫的松懈，它的注意力一直在两三米以外的人群中。身体虽然停止了冲撞，但大眼睛一直白眼球多黑眼球少地注视着身体侧后方的我们，两只耳朵像雷达一样转来转去。毕竟，人还没有远去，身体还被困在铁架中，这对它来说就是危险还没有解除。

在众人的期盼和注目下，一切准备就绪了。装好麻药的针管尾部有一小撮红毛线，就像箭后边的羽毛、飞镖后边的红绸子一样，在飞行中能够起到导流空气的作用，让针管始终保持头前尾后，不至于翻转。

兽医将注射器放入吹筒内，将吹筒的一头放入口中，另一头对准马的肩颈处用力一吹，"呼"的一声，一道红光射向黑马，黑马全身一震，随即恢复平静，再看时针头已深深地扎在马的肌肉中。就在注射器与马接触的同时，皮肉推动针尖上的机关，皮筋的弹性发挥了作用，将针管中的麻药快速地注入黑马的身体，一切结束了。我们现在的工作只剩等待，十分钟之内，黑马必将浑身瘫软，倒地不起。到那时，不管它有多烈性，也只能像案子上的肉一样，任凭我们摆布了。

然而，事情根本就不像我们想象的那么简单。一支烟抽完以后，黑马依旧稳稳地站在原地，没有出现任何异状。所有人都觉得很诧异，在给梅花鹿麻醉时，两三分钟后鹿便倒地了，怎么这马这么顽强？众人的目光陆续地转向兽医，渴望着他来给个解释。

兽医倒还沉得住气，对众人说："别着急，再多等一会儿。"

又十多分钟过去了，黑马照旧精神紧张地注视着我们，身体上没有丝毫晃动。

"操！你这麻药过期了吧？"马场经理小魏首先发难。他常驻马场，打理场内的一切事务，和兽医的接触最多，早已处成了朋友，因此说话直来直去，没有那么多的客套。

兽医听完当时就乐了："呵呵，你琢磨可能吗？我们干这行的，麻药是常备的东西，如果这都过期了，那我们就别干这个了！"

"会不会是量少了？"饲养员提出了第二个问题。麻药是根据动物体重来调配用量的，他每天和马打交道，对这方面比较敏感。

"应该不少，我看这马最多六百斤，我用的药只多不少。"

饲养员也不说话了，他养的马他心里清楚，人家连体重都说出来了，这方面还能有什么错呢？

"那到底怎么回事儿呢？"我想这事儿就别瞎猜了，只能请专业人士给个答案。

兽医见我问得直接，也就没有任何掩饰地告诉我："是呀！我也纳闷儿呢，我也从来没遇到过这种情况。按说早就应该倒了，我想最有可能的原因就是这马神经高度紧张，意识中和药性产生强烈的对抗，再加上身形高大，体力超强，这样，身体和精神的双重抵抗，才能让它撑到现在。除此之外，也没有更好的解释了。"

"那怎么办呀？"

"我再给它加点儿量！"说着话，兽医从药箱里又拿出了麻醉药，经过一番准备，吹筒第二次对准了黑马。兽医再次鼓气将针吹出，瞬间，已有两支空针管悬挂在黑马的肩颈之上了。"再等会儿吧！嘿嘿，这加一块儿差不多是一匹混血马的用量了。"兽医一边自言自语地说着，一边收拾着吹筒。他所说的混血马，是一种体形高大、身材魁伟的马种，一般的混血马体重几乎是国产马或温血马的两倍，也就是说，按黑马的体重算，给它注射的麻药，药量已经翻了一番。

听了兽医的话以后，我转身来到黑马的近前仔细地观察着它的状态，这时的它确实和之前有了比较大的变化。不知什么时候它已变得浑身大汗淋漓，两只眼中布满血丝，身体动作有了明显的不受支配感，但神志依然清醒。看到我靠近，它又感觉到危险来临，挣扎又开始了。只不过这次的冲撞没有之前那样有力度，动作明显缓慢了，但因它本身体重在那儿，所以仍然让人感觉势大力沉。后腿照样腾空踢踏，虽力量不如以前，可仍旧踹得铁管咣咣直响。

兽医听到这边的响声，抬头看着黑马，缓缓地站起身，眼中露出诧异的神色说："我的妈呀！不会吧？它还能这么折腾？"

在兽医的想象当中这马早就应该浑身瘫软，倒地就范了，可事情明摆着不像他预料的那样，黑马依然站在原地，而且凶性丝毫不减。这明显是他始料不及的，他向前走了两步，呆呆地望着黑马，不知道下一步应该做什么了。

我转过身朝他走来问："怎么办？"这时候我只能跟他要主意。

"没辙！治不了了。"

"再加点儿药量？"

"不行，不敢再加了，量太大了会出事儿的。"

"那也不能就这么完了呀，这不是半途而废了吗？"

"看现在这意思，只有把它吊起来……"

兽医说的这方法我倒是知道，用一块帆布兜住马的肚子，帆布的四角拴上绳子，用滑轮把马吊在半空。马是靠四蹄撑地站立，只要四蹄一离地，当时它就没了脉，四条腿直直地伸着，再也不会挣扎踢踏了——这是给烈马治病的最后的办法。但我这儿根本不具备这个条件，一切的设备全没有，这个方法根本就不可能实现。所以兽医把话只说了一半儿就停下了话头儿，大家又陷入了沉默中。

就在所有人都不知所措的时候，远处一阵敲门声。我跑过去打开大院儿的铁门一看，水哥来了。水哥知道我入道不深，没什么经验，所以自我们从新疆回京后，他隔三岔五地到马场来看上一眼，出点子，拿主意，给了我不少帮助。

水哥一进院儿，就看到了远处兽医架子里的黑马，一群人围在四周，马上问道："那黑马怎么了？"

"咳！让别的马踢伤了，这不准备给它治治伤嘛，太闹了，谁也弄不了它……"我一边说一边把水哥领到了黑马跟前。

水哥问了问之前的情况，围着黑马转了一圈儿，扭头跟经理小魏说道："给我拿根绳子来。"

不等小魏吩咐，饲养员立刻跑进马房，不一会儿拿出来一捆拇指粗细的绳子递到了水哥的手里。在养马场里，绳子是不缺的。

水哥在地上把绳捆抖开，拿着绳子的一头在黑马脖子上绕了一圈儿，盘了一个结，然后单手一抖，将绳子抖到了黑马的后腿下面，让绳子兜住黑马左后蹄蹄腕儿的细部，用力一拉，将左后蹄拉得蜷了起来，然后将绳子的另一头和马脖子上的绳结拴在了一起。就这样，黑马的左后腿以最大程度的蜷缩状态和马的脖子捆到了一起。

水哥拍拍手说："行了！老实了，该怎么治怎么治吧！"

"嘿！就这么简单？"

"那怎么着？它绝对折腾不了，你治你的！"

兽医将信将疑地走到黑马近前，试探地拍黑马的身体，黑马没有任何反应。兽医顺右后腿摸下去时，我们感觉到了马的紧张状态，但无奈左腿腾空受绑，伸缩不得，右腿独立支撑，更不能扬蹄后踹。不单两条后腿不能踢踹，因为后肢不能交替站立，连两条前腿也不敢前后挪动半步，生怕稍有不慎摔个跟头，黑马就这样三条腿牢牢地站在原地不动。嘿！众人一下都服了，姜还是老的辣呀！我们费尽了千般的辛苦，人家一根绳子解决问题。连兽医自己都摇头苦笑："嘿嘿！这可是书本上学不着的东西呀！"

剩下的问题就不叫事儿了。兽医立刻拿出医疗器材，清洁伤口、缝合、上药，连刚才踢铁柱子时所受的伤都打理了一番，最后打了一针破伤风。整个过程干净利落，黑马也没有丝毫的反抗，治疗结束了，水哥解开绳子给马松了绑，拉着它进了活动场。兽医说："也不用换药了，国产马皮糙肉厚，用不了几天就能好。"果真，不到一周，黑马伤口结痂、愈合，恢复如初了。

两次坠马阴影

自从十四匹大马进驻马场，我的心情真是好极了。想着这么多年的劳神、费力，吃苦、受累，终于可以告一段落了。现在大院儿里有我喜爱的各种宠物，狗、猫、猴子、鸽子、兔子、鸟儿、鸡、鸭、鹅、大马、小马、牛、羊、梅花鹿，甚至朋友还送来一只白狐狸，也在大院儿落了户。如今的大院儿生机勃勃，如同一个小型动物园。至此我也该休息一下我疲惫的身心，享受一下自己努力的成果了吧？嘿嘿！想得美！

事情往往是这样，当你疲惫不堪、信心不足时，回头看看自己的成果，会得到很大的鼓舞。可在你准备坐享其成，计划着想过几天悠闲日子的时候，向前一看，远远还没到你该松劲儿的时候呢！我粗略地想了想后边的工作，任重道远呀！首先想到的是，马有了，谁敢骑呀？就像那"神经病"大黑马那样，骑它？那不得摔死几口子呀？其他的马也没比它好到哪儿去，都是在草原散养，野放惯了的，连胡萝卜都不认识，能让人靠近吗？

可咱这儿是自己玩儿的地方，又美其名曰马场，朋友来了得有马骑呀！即使没朋友来，自己养马的目的也是要骑呀！怎么办？

想来想去，一方面得聘请骑手调理生马，另一方面要联系北京马圈的朋友，看有能骑的马，还得买。买骑乘马可要因人而异了，像我或我周边一帮朋友这样的生手，要骑马只能骑那老实的。这样的马不需要多么神骏，血统也不必多么纯正，只要受过系统调教，没有毛病，老实沉稳就可以，一切以安全为主。

经过朋友的一番介绍、推荐，反复地考虑和选择，我最终挑中了两匹国产马。一匹黄色马，身材高大，骑胂在一米六以上，七岁龄，名叫"金苹果"；另一匹栗色马，身材相对较矮，一米五左右，六岁龄，起名"红军"。两匹均为母马，之前在朋友马场作为初学者的授课用马，老实听话，规矩稳健，可作为骑乘，可用于繁殖。自从有了这两匹马以后，对我又有了新一轮的挑战。我之前也骑过马，并且那时骑马胆子还挺大。后来亲眼看见了一次落马事故，造成了心理阴影，就再也不敢骑了。

那是在 20 世纪 80 年代末，我从北京曲艺团学员班毕业不久，那时，相声市场虽然滑坡，但仍未到低谷，演出依然很频繁，每月的工资加上演出费，收入已然不低，偶尔有个晚会录像或是庆典走穴，外快也很可观。加之刚走出校门，家里日常供给还在保持，在那个年代，每月一两千块的收入，俨然把我们打造成了一副有钱人的模样。

那时的我整天出茶馆儿进饭馆儿，蒸桑拿泡酒吧，换着样儿地玩儿。有一次聚会，从一个朋友那儿听说现在大家都讲究去河北涞水旅游，山清水秀，景色宜人。尤其以十渡、野三坡、苟各庄三个地方最好，坐火车三站紧连，可以爬山、游泳、骑马、烤羊，是休闲度假的好去处。嗬，我们哥儿几个听完介绍高兴得不得了，正找不着好玩儿的地儿呢！赶紧，买火车票，出发，集体旅游！当时，我们要实施这样一个出行计划太简单了，刚毕业，又都在一个单位，本身就是一个集体，大家又都是单身汉，没负担，一人吃饱了全家不饿，那绝对一呼百应，雷厉风行。班长下令，班副执行，各人回家收拾装备，三天后的早晨八点永定门火车站"定"底下集合——您瞧集合这地方，多喜兴！

这次旅游的目的地是苟各庄，据朋友说，此地相对人少。下了火车，早有当地农家院儿的人在车站等我们了，这是事先就联系好的。来人把我们带回了家中，当时的农家院儿不像现在的条件那么好，那是真正意义上的"农家院儿"。整个院子没有任何修缮和装饰，根本看不出对外待客的样子，没有招牌也不做广告，客源都是由自家人到永定门火车站进站口，瞄准坐这趟车的客人，上前搭讪协商拉来的。

那院子按现在的话说那叫"很有特色"，面积不小，有个四五百平方米。房子是由山上大块的毛石垒成的，正房三间，西厢房三间，均为一明两暗，农村传统建筑模式。院儿东边没有盖房，一拉溜的棚子，放杂物、堆柴火，还养了两只羊，早出晚归的，膻气十足。北边墙除去院门，就是一个猪圈，两头二百来斤的肥猪，心满意足地在泥坑里睡觉。整个院子不能说窗明几净、一尘不染，倒也整整齐齐、干净利落。

房主人六十多岁，花白头发，身材微胖，据说以前是村儿里小学的教师，说话温和，神态可掬，一副可亲可敬的样子。老人有两个儿子，都还没有结婚，家中的一切事情由这三个男人打理。大儿子是田间地头的壮劳力，小儿子往返于家和北京之间引领客源，老爷子在家中坐镇，照应着这个不能称其为生意的生意。我们的到来让院儿中热闹起来，老头儿直接把我们带进了西厢房。房屋是经过一番收拾的，家具极其简单，靠墙只要够放一张床的地儿几乎一处不落地都放了床，有单人床有双人床，几件旧桌子、老柜子掺杂其中，才让人有点儿家的感觉。床上的被褥倒是都很干净，看得出来，主人已经意识到，目前用自家小院儿开门迎客，被褥的整洁是唯一可以讲究一点儿的硬件设施了。

那个年代，人们的思想中刚刚有了旅游这个概念，各地的旅游业也没有形成系统化，能有一床干净的被褥，踏踏实实睡一宿觉就已经非常不错了。吃饭也同样简单，村儿里没有饭馆儿，只有一家小商店。大部分食品是我们自己从北京背过来的，再从地里摘些时令青菜，自己下厨。没有肉，没有油，没有葱、姜、蒜，只有心情。而心情往往是最重要的，那几天我们比在家里吃得还多。

转天的早晨，房主带来了四五个村儿里的邻居，几个人进院儿就说："骑马吗？咱家有马。骑马进山，又快又省事儿！"一听可以骑马，把我们大家乐坏了，到这儿来的主要目的就是骑马。我们大伙儿跟着他们来到村儿里小路汇聚处的一块较宽的三角地，这是所有租马人的聚集地。空地上停着近百匹马，各家人卖力地为自家的马招揽生意，游说客人。看到我们走过来，一群人围过来介绍自己的马如何如何好，说着说着动手拽。先前带我们来的几个人上前说明了情况，对方这才死了心，陆续走了。

据房主介绍，自从此地旅游业逐渐兴旺以来，村儿里的农民几乎家家都养上几匹马，马主经常为招揽生意，一言不合，大动干戈，成群结伙或全家上阵，曾经还出过人命。我们也不多说话，跟着马主人来到他们的马群中。那时对马一点儿也不懂，在我们眼中只有高矮、肥瘦和颜色之分。我们一行十人，分三家才把自己中意的马凑齐挑好，因为自己肉大身沉，所以我给自己挑了一匹身材高大的黄马。我想，身大力不亏，马高一点儿，省得它累，另外人马比例也好看一些。一切谈妥后，我们十个人十匹马浩浩荡荡往山中进发了。

山中的景色是没的说的，我们十人十骑，策马闲游，行进在大山之间、溪水之旁，指指点点，边说边笑，那情景让我想起了老电影里的国民党骑兵。当时我们所有人都不会骑马，根本没有掌握任何要领和骑术，可越是这样胆子越大。等到大家习惯了马背上的颠簸之后，大队开始加鞭跑了起来。

从慢跑到快跑，我们最后还觉得不过瘾，在马背上连挥鞭带蹬蹬，马队撒起欢儿来了，一群人也吆喝着，喊叫着，疯狂地催马向前，尽情地享受着骑马带来的刺激。身边偶尔掠过其他游客，都向我们投来惊喜、羡慕的眼光。

我们向前跑了一阵子，前方山脚处隐约出现了另一支马队，而这时的我们，经过这一气儿狂奔，每个人的马都呼呼地喘着粗气，速度渐渐慢了下来。哈哈！关键时刻，就显出我这匹坐骑的优势来了，果然身大力猛，后劲儿十足，速度不但没减，反而越跑越快，没多久就把另外九匹马都甩在了身后，并且距离越落越远。我心里高兴，一股满足感油然而生。我心想，这时勒住马，掉回头来显摆一番，顺便再挤对挤对他们，这是多痛快的事儿呀！我两手抓紧马的缰绳慢慢向后拉，以防它急停时我在马背上稳不住身子，可马根本就没有反应。我手上慢慢加力，自觉力道已经不小，那马再迟钝也不会感觉不到人对它发出的指令，可这匹黄马仍是没有停下来的意思。

我心里有点儿发慌了，刚上马时马主介绍说："骑马很容易，两腿一磕马肚子它就往前走，两手一拽缰绳它就停，想让它跑你就挥鞭子。这马骑惯了，听话着呢！"刚才一路上说说笑笑、走走停停的，这方法也实践过了，怎么到现在就不灵了呢？

正在慌张的时候，我脑子里突然想到了一个主意，停不住干脆不停，让它在跑动中转个方向，掉头向后不是就回去了吗？只是在这么快的速度中急拐弯对于我这个第一次骑马的人来说可有点儿危险，也顾不得那么多了。我在颠簸中先把一切程序想了一遍，然后两只脚紧紧蹬住马镫，双腿紧夹马腹，右手抓住马鞍前部的铁圈儿，只等黄马跑到山路的宽阔处，估计马可以在此完成兜转。这时，我左手向左侧猛拽缰绳，同时身体向左侧微倾，做好了对付离心力的准备——可谁知道，我这一切的准备工作都是白费劲儿了，黄马在我猛力的拉拽下，马头向左上方扬起，这时的黄马马头已向左转了九十度，可它的身体还是跑着直线，就这样扭着脸，瞪着眼，脚下丝毫不停，依旧向前狂奔。

又跑了几十米，把我这胳膊拽得都酸了，索性，我也不拽了，你不是爱跑吗？你只管跑，反正不是你停下来就是我摔下来。我连缰绳都松手了，两手紧抓铁过梁，嘿嘿！咱就这么耗了！

黄马发疯似的向前跑，渐渐地，我看清了前边的一群人。这也是一群年轻人出来旅游的，十多个人，有男有女，和我们一样，每人一匹马，嘻嘻哈哈，边走边聊。马背上的人听到身后急促的马蹄声，回头望了一眼，也没在意，继续聊他们自己的话题。可当我的马离他们的马群还有十来米远时，他们群里的几匹马好像已经感觉到了有同伴向自己跑来，也加快了步子跑了起来。这一来带动了整个马群，十多匹马一齐向前奔去。马背上的人见此情景，也顾不得聊天了，急忙拉紧缰绳，企图拽停自己的坐骑。可根本没有用，像我之前妄想拉住我那匹黄马一样，他们也遭到了同样的境遇。

这时，我的大黄马驮着我已经接近了他们的马群，就这样一群马疯了一样地跑着。在大黄的前边是一匹栗色马，它等于是跑在马群的最后，这时被黄马追了个首尾相接。骑马的是一个二十来岁的女孩儿，身材苗条，穿着入时，这时也被动地骑在马背上向前跑着，双手紧扯缰绳，嘴里还不停地"吁！吁！"地喊着。黄马追到栗色马的身后，跑动中伸嘴向栗色马的后胯咬去。这一举动让我吃惊不小，我急忙左手抓紧铁过梁，右手捞起马缰，明知危险也准备拽开马头。谁知这时栗色马一声长嘶，跑动中扬起后蹄尥了两蹶子，黄马扭颈歪头，避开后蹄，依然奋力追咬着它。

这招可把我吓得够呛，我真的不知道该怎么办了。本身就没技术、没经验，较劲儿还较不过它，可偏偏还在它的背上。现在的我只能是咬牙闭眼，听天由命了。正当我把心一横，准备跳河一闭眼的时候，让我震惊的一幕出现了。那栗色马受迫不过，突然身子一偏向斜侧方冲去。山中的道路本就不宽，道旁是多年不见水的旱河，河道中遍布大石荆棘，栗色马离开大路跑进了乱石丛中。

就在马身急转之下，马背上的女孩儿重心不稳，连晃几下后尖叫一声一头栽下马来。让人始料不及的是，由于女孩儿的骑乘姿势不标准，两脚在马镫中的位置太靠前。从马的左侧栽下马之后，左脚挂在马镫中不能脱离，就这样头下脚上被马拖着向前跑了五六米后，左脚脱镫，身体才彻底从马上掉落下来，重重地摔在乱石堆中。此时女孩儿头部受地面石块儿的碰撞，早已晕了过去。而我座下的黄马，由于撕咬对象逃离现场，在我的奋力拉拽之下也停了下来。

我下了马站在路边不知所措地看着。女孩儿的同伴也傻眼了，估计也是从来没遇见过这样的情况，拉停了自己的马后，急忙下马跑向女孩儿，扶起她的身子喊着她的名字。万幸，叫了几声女孩儿就醒了。这是一个脾气倔强、具有男孩子性格的丫头，睁开眼睛之后一跃而起，大声说："嘿！我就不信我骑不了它！走，上马！"边说边从同伴手里抓过刚追回来的栗色马的缰绳，牵着走上大路准备再次上马，她的同伴围在她身边劝阻着。

这时，我们的马队也赶了上来，问清原因之后，随队的马倌说了："这黄马和栗马本来是一家的，一公一母。现在两拨人分着租过来骑，不见面倒还没事儿，现在公马见到母马肯定是紧追不舍，企图交配。可母马没有发情，拒绝与公马成其好事，于是两马追逐奔跑，踢打撕咬起来。如果遇到会骑马的人，是可以控制的，偏偏你们又都不会骑术。而马是最聪明的动物，在你认镫上马的一瞬间，它就能知道你控制不了它。所以尽管你骑在它的背上，手里抓着缰绳，它依旧不听指挥，任意胡为。这就是马的脾气，你不能制服它，它就欺负你。"

自从那一次亲身经历了这场事故，亲眼看见了女孩儿落马的全过程后，我对骑马就有了心理障碍，从此再也没有骑过马了。而现今自己养了马，一步步把自己推到了马场场主的位置上，不会骑马也说不过去呀！更何况这近水楼台的先决条件，再不练习一下，连我自己都觉得亏。没办法，硬着头皮也得上呀！好在现在有专业骑手从旁指导，我先让他们把两匹马的脾气性格摸清楚，服从性怎样，敏感度如何，有没有坏毛病，习惯哪些指令，等等。而且每次上马之前还要让骑手先骑马跑上半小时，等马把刚出马厩的兴奋劲儿过去，体力也消耗得差不多了我再骑，这样会更稳妥些。不是我小心过分，而是四十多岁的人了，不经摔了！

可俗话说得好，久在江边站，哪能不湿鞋呀！尽管我千注意万小心，还是没能逃过落马被摔这一劫。

那是2012年冬天的一个下午，我让骑手把马备好，先在场地里骑上一会儿，自己则换马裤，蹬马靴，穿护腿，罩头盔，戴手套，持马鞭，全副武装地来到场地之内，在骑手的帮扶之下，小心翼翼地上了马。今天骑的马是"金苹果"，是一匹身材魁梧的黄色母马。此马顺从，听话，受过很好的教育。因为之前已经骑乘过几次，对它的习性已经基本了解，所以我的紧张情绪也减少了很多。

我在马背上调整好坐姿，两腿轻磕马腹，"金苹果"缓步向前慢走起来。人马相互适应了两三圈儿之后，我脚下的力道渐强，黄马接受指令，开始了轻快的小跑步伐。我在马背上满意地拍了拍它的脖颈以示鼓励，它仿佛也知道了我的心思，扬头晃脑，打着响鼻儿，高兴地向前跑着。

以我目前的骑乘水平，到这个地步也就为止了，在马背上我只能保持轻快步运动，还不敢让马放开步子大跑。这对我来说已经不容易了，克服了心理障碍，重新找到了自信，虽然还不能完全消除紧张情绪，但也做到了基本自如，进步指日可待呀！

我正想入非非之时，"金苹果"两耳突然转向背后，身体急蹿向前，只这一步，就把我从马背直掀下来。我当时真的一点儿反应都没有，它的突然提速，让我的身体原地向后仰去，从马屁股上一个后滚翻摔在地上。至于什么姿势下落，哪个部位先着的地，甚至现在我也想不起来。当时只觉忽地一下人已落地，好在土地松软，穿衣较厚，我没有受伤，而我的第一反应是要立刻从地上站起来。这时，四周的人围拢了上来，掸土，搀扶，问这问那，而此时我最关心的问题是，"'金苹果'为什么跑得好好的突然前蹿"。大家见我没事儿，也就恢复了自然情绪。

骑手笑着问我："您刚才是不是走神儿想别的了？"

我笑了笑算是默认了。

他接着说道："您骑马时可不能走神儿，精神一定要集中。其实刚才马的反应动作并不是很大，如果注意力集中就不会出事儿。"

我赶忙问他："因为什么呀？"

"呵呵！刚才隔壁院子里的人听到咱们院儿里有人骑马，好奇想看一看，就爬上墙头向咱们院儿里望。马的视野非常宽，能看到身体的侧后方，它在奔跑时眼观六路耳听八方，被这一冒头惊了一下，向前蹿了一步。您如果精神集中，两腿夹紧马肚，应该没事儿的。"

嘿！您瞧这事儿闹的。

骑马的人常说一句话："上马三分险。"骑马虽然是一项非常健康、高尚的运动，但其中确实是存在一定的风险，可这风险也不是不可避免，而是需要人通过对马的饲喂、刷洗、照料、骑乘等做法和马进行深度交流，真正读懂马的内心世界，达到心灵相通、人马合一的境界，从而把风险规避在最小范围内。而人在与马接触的时候也一定要做到全身心投入，精神集中，胆大心细，这样才能屏蔽风险，安全享受饲养和骑乘的乐趣。

越玩儿摊子越大

截止到现在，在玩儿的方面，我仿佛已经达到了之前给自己规划的宏伟目标：拥有了一处属于自己的休闲娱乐场所，饲养了一批自己喜爱的动物，在工作之余可以携妻带子、呼朋唤友地来到这片远离城市喧嚣的净土中享受着属于自己的一份儿快乐。

日子一天天过着，朋友一批一批地约着，他们来到大院儿后首先惊奇的是自家玩儿乐场所的规模之大，其次赞叹的是动物种类之多，随之感慨的是主人在娱乐项目上费心耗资之巨，其后便赏鸟儿、观猴儿、放鸽、钓鱼、喂羊、逗狗、逐鹿、骑马，吃吃喝喝，尽兴玩儿乐，高兴而来，满意而去。而我要的就是这个感觉，乐此不疲地接待着各方的朋友，把他们的畅快淋漓当作给自己的最高奖赏，那一刻，只觉得自己的一切功夫都没有白费。

然而，在与朋友谈天说地的时候，很多人都谈到了一个共同的话题："这个院子以后也就准备自己玩儿了吗？"

"是呀！"

随后朋友便止住了话头儿，不再往下说了。我当时也很奇怪，我费尽九牛二虎之力弄这么个地方不就是为自己玩儿的吗？难道这地方还能有别的用途不成？

直到后来有一次请九爷到大院儿来玩儿，老爷子兴致勃勃地看完了所有的玩意儿后，和我推心置腹地说了一席话："爷们儿，你这么玩儿不行，不是长久之计呀！"

我听了这话有点儿摸不着头脑，玩儿，是一种爱好，从小到大我都坚持了这么多年了，现在各方面条件都具备了，怎么能不长久呢？

我一头雾水地问道："您是怎么看的，您说说？"

九爷不紧不慢地说："这地方儿，你应该对外营业。"

听了九爷的话我乐了："九叔，我从小就想着自己能有这么一个玩儿的地方，现在好不容易弄成了，可以说是实现了我的一个梦想。如果对外营业，从玩儿改成了做生意，那这性质就变了，首先这不是我喜欢的路数，其次我也不是做生意的料儿，再说，我也不指着这地方挣钱呀！"

听我说完，老爷子喝了口水，摇摇头说："这不是钱的事儿。你现在刚把这地方儿弄好，可以说正在兴头儿上。你又不住在这儿，你一个星期能来玩儿几次？"

"没事儿的时候一周能有一两次，忙起来就没谱儿了。"

"对呀！你来了也不过就是逗逗狗、骑骑马。可这么大一个地方，又是养殖公司性质，每年的工商、税务、卫生、检查、人吃、马喂、驱虫、防疫、夏天降温、冬天采暖等各方面的事儿，必须要有人去做呀，而且都牵扯着你的精力。你现在心气儿高，不嫌麻烦，也不觉得是个事儿，可时间长了你就烦了。再有，也不是跟钱一点儿关系也没有。就你这规模，一年的消耗怎么也得百八十万。你可以不在乎，可你得这么想，平时操心、受累，每年还搭进这么多钱，就为满足你一个星期一两次的逗狗、骑马？这现实吗？时间长了你必然觉得这是个累赘。等到真烦了，这兴趣也就没了。咱爷们儿说，这么好的一个爱好没有了，可惜了不是？"

听到这儿，我仿佛觉得九爷说得有些道理。回想起马场的建设过程和动物日常饲养的一些烦琐事宜，还真是让我很头痛的一件事。只不过在玩儿得高兴时不愿想这些，所以在我脑子里被自动屏蔽掉了。闲下来的时候更不愿想了，只觉得你要想痛快地玩儿，就得承受这些，根本没有考虑到以后——这也是我这种理想化、冲动型性格所决定的。

九爷见我在思考他的话，便不忙着往下说了，点上烟，喝口茶，给我一个对他之前言语的消化过程，之后又接着讲道："所以，你这儿只有对外营业，才能形成一套完整的运营系统，各方面都有专门、专业的人为你经营，你才能腾出时间和精力发展和钻研自己的爱好，说句最白的话儿，你才能踏踏实实地玩儿呀！还有一个最关键的问题，你这样玩儿永远是在自己的小圈子里玩儿，即便你朋友再多，能有多少人呀？谁都有各自的一摊子事儿，哪儿能老聚在一起呀？如果你对外开放，就会引来很多有共同爱好的人，这个圈子越玩儿越大，认识的朋友也就越来越多，那不是兴趣越来越大吗？就是最不济了，经营的收入多少补贴一下你每年的投资，挣钱多少是小事儿，重点是这种成就感是最刺激的，是什么也代替不了的。这是你付出的心血最直接的体现，最后也肯定是这一过程支撑着你将这爱好进行到底。不信你试试？咱们走着瞧！"

　　九爷说话，思路明了，道理清晰，让人不得不佩服。我顺着老人的话深入地考虑一番，确实如此。也是，老头儿玩儿了一辈子了，什么事儿没经过？人家吃的盐比我吃的饭都多，眼光自然独到。可作为我来说，对外营业又谈何容易呀！虽然现在马场的规模也不算小了，但一切建设和配置都是按自娱自乐的设想而行的，只要自己喜欢，其他根本没做考虑。而现在经营方向突然转变，面向公众了，这样一来，很多地方都要改动，包括马场的整体规划、经营定位、运行模式等都要重新计划。俗话说："在商言商。"以前自己玩儿无所谓，根本不用考虑钱的问题，现在进入经营状态，就必须按照做生意的思路计算马场的投入、产出、成本、盈利等一切问题。你虽然不指着它挣钱，但也必须做到心中有数儿，必须带领马场走向一个良性循环的经营道路，而这一切则是我最不擅长的。

　　没辙呀，也可以说是活该呀！谁让你喜欢这个呢？谁让你越玩儿摊子越大呢？谁让你割舍不下这点儿爱好呢？按老北京的话说："谁让你有这口累呢？"接着干！

　　我按照自己头脑中的经营思路把马场又重新设计了一番。现在全国的马场太多了，光北京就够二三百家。其中有钱的、有渠道的不乏其人，有经验的、有手艺的行业精英更是众多。我这个入道不深的生瓜蛋子要想在众多的马场当中寻找自己的一块立足之地，就必须要有准确的定位，干出我自己的特色。

思来想去，我觉得只有这十七匹小马才真正算是自己马场的特色。现今国内的马业属于起步阶段，马场虽然不少，也大都是饲养的大马，世界各地名种名血马应有尽有，为的都是骑乘、比赛。唯有这设德兰矮马，还没有人来定向繁殖饲养，偶尔有马场或个人养上几匹，也是作为宠物用来观赏玩耍的，不成规模。而我现在的矮马种群，目前在国内还真算得上顶尖水平了，也只有在此项上下下功夫，才算是扬长避短。于是，我把设德兰矮马的饲养和繁育定为马场的主要发展方向。

有了明确的定位，事情进行得就更有目的性了。我在网上搜寻了一下设德兰矮马，发现在很多马文化发达的国家，矮马的饲养已经有了较为悠久的历史，甚至很多地方都有了自己的矮马俱乐部，有定期的展览选美和比赛，并伴有极其细化的品评标准。俱乐部里吸纳了很多喜爱小马的会员，尤其是孩子们对这种动物的喜爱尤为突出。他们每周都要抽出时间来在家长的带领下到俱乐部里探看、饲喂他们喜爱的宠物，和它们交流、亲近，有的孩子还能骑上小马散步、奔跑，或做一些初级的跳跃动作，整个过程当中充满了天真、快乐、惬意、祥和的气氛。

看了这一系列的消息，我有很多的感慨。它让我想到了我的童年时代，让我想到了自己在养第一只鸟儿时那种激动的心情，精心地呵护，细心地照料，看它吃食时的专心，听它鸣叫时的舒畅，在它得病时的担忧，看它离去时的伤心；让我回忆起第一次养狗的经历，怎样解读它的内心，如何体会它的感受，尽量锻炼它强壮，努力教导它成材；更让我想起了小时候跟随那些有闲情逸致的哥哥、叔叔钓鱼、逮鸟儿、放鹰、跑狗的生活，那些经历让我的童年时代充满乐趣，让我的生活经历丰富多彩。它让我见识了自然，开拓了思想，懂得了奉献，知道了付出，理解了承担，体会了责任，感受了忠诚，学会了博爱。而这一切，是人在童年时代最最重要的。

反观现在孩子们的生活，和我的童年时代相比，可谓天壤之别，要让我说："真是可怜透了！"优越的生活养成了孩子们好吃懒做的毛病，家长的溺爱惯就了专横跋扈的脾气，独生子的家庭造成了自私狭隘的心胸，朋友的缺失形成了孤僻傲慢的性格。再加上来自各个方面的压力，孩子从小就身处各种兴趣课、提高班，每天为钢琴、书法、舞蹈、奥数等负担而苦恼，孩子童年应有的天真烂漫被压制于无形。可又有谁想过孩子自身的兴趣所在呢？又有谁统计过孩子成年，走入社会后儿时所谓的专长又有几项能够学以致用呢？这一切应付过去之后，如果还有时间和精力，才说到玩儿。你说是玩儿，我说是玩儿人。

写到这儿连我都觉得，这貌似有点儿跑题了。可细一想，真的没有，综上所述，与我马场的发展方向有着十分紧密的联系。我这种天马行空式的发散性思维，对目前马场的发展方向起了决定性的作用。

我从网络上看到国外矮马俱乐部的信息一直联想着，再结合我六岁儿子的现实生活状态，有了极大的启发。我决定以现有的设德兰矮马为基础种群，在饲养和繁育的同时，办一个儿童马术俱乐部，主要面对三到十岁的孩子。因为设德兰矮马身高六十至八十厘米，体态娇小，聪明伶俐，性格温驯，亲和力强，是深受大众喜爱的迷你型宠物。在国外，除了观赏，主要就是应用于儿童的骑乘和儿童马场马术的训练。孩子们骑乘这样的矮马，比例匀称，危险性小，能够消除畏惧情绪，拉近人马距离。再加上园中各种可爱的小动物和原生态的自然环境，尽量吸引那些迷恋网络、游戏的孩子走向户外，接触动物，亲近自然，增强爱心，强壮身体，锻炼儿童独立思考问题、解决问题的能力，同时享受高端运动带来的乐趣，为长大以后顺利地骑乘大马起到铺垫作用。说真的，我认为一项运动的兴起也必须要从娃娃抓起，而我准备做的，就是马术运动的幼小衔接工作。

想法有了，实现这个想法既是一项浩大的工程，又是一个漫长的过程。对我来讲，回头看看，万里长征还只是走了一步。行呀！慢慢走吧，好在我这长征路上没有敌人的围追堵截。于是，改建马舍，绿化园区，设计景观，装饰会所，请骑手，抓训练，做马具，订装备，又忙了个不亦乐乎。在这一切进行的同时，我还联络到了多家儿童教育机构，和他们协商合作方式，将学校内的英语、自然、生物、体育等课程转移至户外，结合儿童马术，专门设计教程，变换环境，尽量让孩子们能够在自然和谐的氛围里更有兴趣地接受多方面的知识，做到寓教于乐，实现快乐教育。

通过几次愉快的合作，我看到了希望，更加认定了我为马场规划的发展方向是正确的。一批一批的孩子来到乐园中，在家长和老师的陪伴下，玩儿得快乐无比，高兴而来，尽兴而去，并且在玩儿的同时，享受了大自然的阳光，体会了与动物接触所带来的乐趣，掌握了在马背上的基本坐姿，学会了有关的英语句式，知道了植物的春华秋实，亲历了动物的纯真憨直。看着孩子们花朵儿似的小脸儿，我的心里也油然而生一种自豪感。我觉得自己现在不单是在玩儿，而且是玩儿的同时，在干一项事业，这项事业，将让我玩儿得更开心、更上瘾、更有意义。

后

记

我就这么点儿梦想：玩儿

书写到这儿便戛然而止了，很多人都觉得结尾很突兀，嘿嘿！这还真没辙，文章一直写到现在，后边的事儿还没发生呢！让我瞎编我也不会不是？

实话实说，我从来没想过写书，更没做过出书梦。不是不想露脸儿，是走这条路的想法死在摇篮里了。您不信我把我小学语文老师的电话告诉您，据说我那时的作文老师还有保留，作为经典的反面教材一直就没舍得扔！——还是算了吧！那作文您要看了，甭说看我的书，恐怕今后连我的相声都不听了！哈哈！

看到这儿，您不禁要问：那怎么又写了呢？原因有三：这其一，有朋友劝我，有意思的事儿要和大家分享。老话说，听人劝吃饱饭嘛！再说娱乐大众毕竟也是我的本职工作呀！其二，我想起了当初九爷对我的教导，自己玩儿永远是个小圈子，如果能引来很多有共同爱好的人，那圈子就会越来越大，朋友就会越来越多，兴趣才会越来越浓。这样，能对老北京玩儿文化的传承起到一点儿好的作用。这其三，我想让我的朋友们知道，尤其是想让小朋友们知道，这世界上还有比电脑游戏好玩儿千百倍的东西，人脑比电脑先进得也不是一星半点儿，建设好自己的娱乐心态，才是自己一生受用不尽的福泽！仅此而已！

提起笔后，突然感觉，想写的东西还挺多。但都是些玩儿乐小事儿，貌似抓不到重点，只得信马由缰，天女散花似的想到哪儿写到哪儿。直到写过多一半儿了，才突然意识到，我想传达给读者的信息，归纳起来无非两点：一点是咱们刚才所说到的娱乐心态；而另一点想说的，则是一种精神，是老北京的"爷"们在玩儿方面的一种精神。

要干好一件事，内心必须要有一种精神做支柱。大到中华民族，有民族精神，小到女排有女排精神，北京国安足球队有国安精神！即便是一个企业，也有自己的文化和精神。而源远流长的老北京"玩儿"文化，自然也有着它自己的精神——这又是一个只可意会不可言传的东西！

几百年来，这种精神一直流淌在一辈辈老北京玩儿家的血液中，潜移默化地感染着一代代年轻的玩儿主们，逐渐形成了一种风格、一种气质、一种魂。这种精神只是还没有被人加以总结罢了。我也不想总结，因为我没那个水平。但我能深刻地感受到它的存在，这是一种傲气，是世代生活在天子脚下的人独有的、骨子里的一种傲气！这种傲气，在柏杨先生的《丑陋的中国人》一书中有细致的剖析。

目空一切，自称自赞，拔尖争胜，唯我独尊，虽然现在的人们对此褒贬不一，但北京人这种与生俱来的性格特点造就了他们在玩儿方面的磅礴大气！艺不厌精，料不厌细，追求完美，永不言败。渴望鳌里夺尊，力求技压群雄，不达目的誓不罢休。

为此可以做出巨大的牺牲，甚至搭上自己的身家性命也在所不惜。为的只是那个永远不能丢掉的"面子"。虽然出发点未免狭隘，其中也掺杂进了很多江湖气。但正是这种复杂的性格特点，成就了老北京"玩儿"的文化，使之高深莫测并能传承至今。我在文中也力求给读者传达出这种感受，我认为这就是一种精神，最起码我愿意相信这是一种精神——你们信不信我不管，反正我信了！

不管怎样，书写完了。如果您能坚持看完，我得念阿弥陀佛了！真不是我写得好，在于故事和思想来自本人，都是实实在在发生在我身上的、我亲身经历的事儿。只是在下转述得还算清楚罢了！如果您还能有些兴趣，那荣幸之至，说明咱们是同道之人，有共同的想法和爱好，真心希望能和您交个朋友，交往间切磋、探讨，同缘同乐。或还有喜爱至极，热切盼望后续者，跟您道个歉吧！呵呵！写是真没的写了！唉！可玩儿我是必须要玩儿下去的。如果您有耐心，等我个三年五载的，还会有很多好玩儿的事情发生，到那时，我再和大伙儿分享一下也未可知。咱们说定了！您可一定等我！——我可不一定写啊！哈哈！

于　谦

2013.6.13